Tatjana Marti wurde in Basel geboren und wuchs in Baden auf. Nach dem Studium der Germanistik, Kunstgeschichte und Romanistik in Regensburg folgten mehrere Auslandsaufenthalte, unter anderem als Praktikantin in einem Pariser Verlag und als Redakteurin in Florenz. Seit 2017 lebt sie in Wendelstein bei Nürnberg und ist als Kindersachbuch-Lektorin tätig.

Tatjana Marti

Linde und die Wolken über Wendelstein

Frankenkrimi

ars vivendi

Originalausgabe

1. Auflage Juni 2022
© 2022 by ars vivendi verlag
GmbH & Co. KG, Bauhof 1,
90556 Cadolzburg
Alle Rechte vorbehalten
www.arsvivendi.com

Umschlaggestaltung: FYFF, Nürnberg
Motivauswahl: ars vivendi
Umschlagfoto: © unsplash/tom-barrett
Druck: CPI buchbücher.de GmbH, Birkach
Gedruckt auf holzfreiem Werkdruckpapier
der Papierfabrik Arctic Paper

Printed in Germany

ISBN 978-3-7472-0360-6

Linde und die Wolken über Wendelstein

Prolog

Als der lang gezogene Pfiff endlich ertönt und der Zug sich schwerfällig ruckelnd in Bewegung setzt, zwingt sie sich, nicht aus dem Abteilfenster zu sehen. Starr verharrt sie auf ihrem Platz und hält die Wange dicht an die Lehne aus rotem Kunstleder gepresst, als stünde dort draußen der Leibhaftige.

In der tief stehenden Spätsommersonne werfen die Dinge, werfen auch die Menschen lange Schatten. Sie nimmt aus den Augenwinkeln ihre Bewegungen wahr und bemerkt, dass sie sich vom Bahnsteig entfernen.

Die Erkenntnis, dass niemand ihr ein Lebewohl winkt, trifft sie wie ein körperlicher Schlag und lässt ihr Herz heftig klopfen. Um ihrem Kummer etwas entgegenzusetzen, kneift sie nun ihre Augen fest zusammen. Die Anspannung überträgt sich auf den ganzen Körper, und so verharrt sie, bis der Zug an Geschwindigkeit zulegt und die Fahrgeräusche in ein konstant rhythmisches Schlagen übergehen – und sie damit auch die letzten Häuser und Höfe am Ortsrand, die vertrauten Feldwege und Pfade, schließlich die Kirschenäcker des alten Jostl hinter sich wähnt.

Als sie ein Blinzeln wagt, fällt ihr Blick auf ihre Finger, die sich in die Strickjacke des Vaters gekrallt haben und sich jetzt nur allmählich lösen. Das alte Teil hat seinen Dienst getan, doch nun klebt und scheuert die grobe Wolle an ihrer Haut. Der Tag war überraschend heiß gewesen, und im feuchtwarmen Dunst, der im Abteil hängt, mischen sich die Gerüche von Vesperbroten und zuckriger Limonade mit den Ausdünstungen lange unbenutzter Gepäckstücke und kaltem Rauch. Sie hat keine Schuld, sagt sie sich noch, während sie die Ärmel abstreift, sie hat keine Schuld ... bevor sie vor Hitze und Ermattung kurz einnickt.

Als sie die Augen wieder aufschlägt, stellt sie fest, dass der aus rot-schwarz kariertem Stoff gewebte Reisekoffer gegen ihre Beine gekippt ist und sein Lederbeschlag sich in ihre Nylons geritzt hat. Sie versucht, den Koffer in eine stabilere Position zu bringen, und fühlt sich dabei mit einem Mal beobachtet. Ihr Blick führt zu der Sitzgruppe schräg gegenüber. Dort hat eine ältere Dame Platz genommen und blickt sie mit säuerlicher Miene unverhohlen an. Verunsichert und ertappt erhebt sie sich jetzt, um ihr speckiges Reisegepäck in die metallene Ablage über ihrem Kopf zu bugsieren. Vielleicht hat die Dame an ihrer schäbigen Habe Anstoß genommen oder an der Tatsache, dass der Koffer im Weg stand, denn nun wendet sie den Blick von ihr ab und vertieft sich in eine Zeitschrift.

Es ist ihr schier unerträglich, in ihrem Kummer in der Nähe dieser fremden Frau sein zu müssen. Also zwingt sie sich, sich auf die vorbeifliegende Landschaft zu konzentrieren, doch der rasche Wechsel an Eindrücken und die abgestandene Luft verursachen ihr erneute Übelkeit. Sie unterdrückt die aufsteigenden Tränen mit Mühe, bis ihre Augen brennen. Schließlich ist es genug. Alles, die ganze Aufregung, der Kummer der letzten Tage bricht sich Bahn, und sie weint heftig und lautlos.

Zu ihrer Verwunderung reicht ihr die Frau ein Taschentuch und nickt ihr kurz zu: »*Alles wird einmal wieder gut sein*«*, sagt sie in einem ihr noch fremden Dialekt.*

Kaum mehr als zwei Stunden würde die Fahrt dauern. Da der Zug aber an fast jedem Bahnhof auf der Strecke hält, scheint sich die Zeit endlos in die Länge zu ziehen. Sie beruhigt sich ein wenig und ist jetzt abgelenkt durch ein junges Paar, das sich bei einem Halt am Bahnsteig verabschiedet. Fast neugierig betrachtet sie die beiden. Das Mädchen ist hoch aufgeschossen, schlaksig fast wie ein Junge und auch so gekleidet: Sie trägt Bluejeans mit weitem Schlag und eine enganliegende Bluse. Er, bärtig und mit langen dunklen Haaren, die seine Schultern berühren, nimmt ihr rundes, strahlendes Gesicht in die Hände, und die Nasen berühren sich. Da die beiden während ihres Abschieds ein paar Schritte in Richtung der Zugtür machen, wird sie unmittelbar Zeugin dieses innigen Moments, der eigentlich nur den beiden gehört.

Sie schöpft ein wenig Zuversicht, als würde das junge Glück auf sie abfärben. Sie denkt an ihn. Dann zieht sie ein kleines Büchlein in gelbem Stoffeinband aus ihrer Tasche. Er wird kommen. Eng hält sie ihren Schatz an ihre Brust gepresst. Er wird das nicht zulassen, er wird kommen und ihr helfen.

Unvermittelt nimmt der Zug beim Überfahren einer Weiche eine andere Richtung, sodass die Fahrgäste etwas unsanft auf die Seite gedrückt werden. Sie ist noch jung, sehr jung, fast ein Kind, doch in diesem Augenblick ergreift die vage Ahnung von ihr Besitz, dass dies der Weg in ein anderes Leben sein würde.

Montag

1

»Irmi?! Ich kann dich kaum verstehen!« Juliane Winterstein presste den Telefonhörer fester an ihr Ohr. »Was brummt denn da so im Hintergrund?«

»Ach, das ist nichts weiter, wir sehen uns dann morgen, wie abgemacht?«, lenkte Irmi ab.

Auf einmal verlor das Geräusch deutlich an Stärke. Dafür registrierte Juliane den leisen, aber vertrauten Ton von quietschendem Gummi auf Parkett. Versuchte Irmi etwa, sich von der Geräuschquelle zu entfernen?

»Alles in Ordnung bei dir? Ich kann schnell rüberkommen!« Juliane stand an ihrem Küchenfenster und blickte auf den Häuserkomplex schräg gegenüber. Von hier hatte sie einen direkten Blick auf Irmis schicke Maisonettewohnung. Aber die Vorhänge im Wohnbereich unten waren zugezogen und der Wintergarten verwaist, Irmi schien also von der Küche aus zu telefonieren.

»Ja, ja, alles gut ... das ist nur ... das ist Chris«, gab Irmi zögerlich preis, nachdem sie einen Moment lang hörbar überlegt hatte, ob sie überhaupt damit herausrücken sollte.

»Wer ist denn Chris?«, platzte Juliane heraus, »Chris, also Christian oder Christoph ... Chris, das klingt jung ... Kennt ihr euch schon länger? Hab ich da etwa was verpasst?«, zog sie die deutlich ältere Freundin auf.

»Nicht, was du schon wieder denkst«, beschwichtigte Irmi, schien sich aber gleichwohl geschmeichelt zu fühlen. Allerdings wollte sie nicht näher auf das Geplänkel eingehen, was ungewöhnlich für sie war, doch gerade jetzt schwoll der sonore Singsang noch einmal stärker an.

»Chris ist Experte für energetische Hausreinigung«, gestand Irmi nun im Flüsterton. Und: »Ich kann ihn dir nur empfehlen, er ist schon das dritte Mal hier!«

»Ein normaler, solider Hausputz würde mir völlig genügen!«, gab Juliane belustigt zurück und seufzte innerlich. Irmi fiel wirklich auf jeden esoterischen Humbug herein.

»Man nennt es auch *Space Clearing*«, beharrte die Freundin, »informier dich ruhig mal im Netz darüber. Gerade jemand wie du sollte Neuem gegenüber etwas aufgeschlossener sein!«

Jetzt brach das Brummen abrupt ab, und Irmi hatte es offenbar sehr eilig. »Bis morgen dann, ich muss!«

»Irmi? Irmi, bist du noch dran?« Verdutzt über das jähe Ende ihres Gesprächs legte auch Juliane den Hörer auf und musste grinsen. Einen Moment lang blickte sie noch aus dem Fenster, hinüber zu Irmis Wohnung. Dort bewegte sich der schwere, petrolblaue Samtvorhang jetzt merklich. Das Clearing schien auf seinen Höhepunkt zuzusteuern.

Kopfschüttelnd setzte Juliane Winterstein einen extra starken Kaffee auf und ging mit leichtem Widerwillen zurück an ihren Schreibtisch. Sie hatte dem Verlag die Abgabe ihres Manuskripts für den nächsten Tag angekündigt, was noch eine Menge Arbeit bedeutete. Umso mehr freute sie sich auf den nächsten Nachmittag, wenn der Berg Arbeit erledigt wäre und sie von Irmi erfahren würde, was diese ihr bislang nur vage angedeutet hatte.

Vermutlich geht es wieder einmal um ihren Sohn, dachte Juliane, während sie sich zwang, in ihrem Text den Faden wiederzufinden. Elio war ein steter Quell großer Sorge. Juliane wusste nicht einmal, wo er sich gerade aufhielt. Zuletzt hatte er sich in Leipzig herumgetrieben, ohne festen Wohnsitz. Einen Platz zum Schlafen fand Elio allerdings immer – er war ein hübscher Junge, der den südländischen Charme seines Vaters, zu Irmis Leidwesen aber auch dessen Rastlosigkeit geerbt hatte.

Juliane sah über den Rand ihres Laptops hinweg und betrachtete gedankenverloren die Zweige der alten Birke, die vor dem bodentiefen französischen Fenster jetzt auf und ab tanzten. Vielleicht hatte die Verabredung auch etwas mit Irmis Bitte zu tun, sie nach Kallmünz zu fahren? In ihr regte sich das schlechte Gewissen, da sie bisher noch keine Zeit dafür gefunden und Irmi schon einige Male vertröstet hatte.

Aber ab morgen galt eine neue Zeitrechnung, morgen könnten sie gemeinsam gleich einen Tag festlegen! »Irmi, Imbiss 13 Uhr« notierte Juliane nun überflüssigerweise, aber voller Vorfreude auf das Treffen mit der Freundin in ihren Terminkalender. Und während sich die Dunkelheit weiter über Wendelstein herabsenkte und Juliane mit frischem Elan an ihre Arbeit ging, sah sie vor ihrem inneren Auge bereits die kleinen italienischen Köstlichkeiten, *stuzzichini* genannt, vor sich, die Irmi bei solchen Gelegenheiten zuzubereiten pflegte.

Dienstag

2

Für eine Vollmondnacht war es ungewöhnlich dunkel. Unablässig schoben sich grauschwarze Wolkengebilde wie die Prospekte eines düsteren Bühnenbildes vor die silbrige Scheibe, als wollten sie diese verbergen. Schon früh am Abend hatte es kräftige Böen gegeben, jetzt aber schien der Wind noch einmal deutlich an Geschwindigkeit zuzulegen.

Gerhard Aumüller drehte sich unter seiner Bettdecke vorsichtig zum gekippten Fenster hin um und lauschte hinaus. Mal vernahm er eher ein sanftes Pfeifen, das um die Häuserwände zu streichen schien, dann aber schwoll eine Böe unvermittelt an und brach sich an irgendeinem Widerstand mit dumpfem Geräusch. Irgendwo weit entfernt quietschte etwas in immer gleichem Rhythmus, vielleicht eine der alten Straßenlaternen, die im Wind schaukelte.

Er hoffte, dass die Geräusche Gudrun nicht wecken würden, aber die Atemzüge in seinem Rücken waren leise und regelmäßig, und fast beneidete er sie um ihren gesegneten Schlaf. Auch als es eine heftige Böe gab, die im Garten mit Getöse etwas umstieß, hatte Gudrun nur ein wenig tiefer eingeatmet und dabei ihre Beine angezogen. Gerhard vermutete, dass das alte Wellblech umgefallen war, das er aus dem Keller geholt hatte, um seiner Frau in den nächsten Tagen ein Häuschen für die Tomatenpflanzen zu zimmern.

Mit einem Ruck setzte er sich jetzt auf. So würde er keinen Schlaf finden. Das lag jedoch nicht allein an dem heranziehenden Apriltief. Vor vier Tagen hatte er die Diagnose erhalten und Gudrun noch immer nichts davon gesagt. Er blieb einen Moment auf der Bettkante sitzen und blickte durchs Fenster auf die Dächer Wendelsteins. Sicher, Parkinson war kein Todesurteil. Heutzutage kann man die Krankheit gut in Schach halten, hatte der junge Mediziner, der ihm wie ein Student vorkam, gesagt, wenn nicht gar, sie für lange Zeit hinauszögern. Er mochte recht haben. Und ja, es standen auch noch genauere Untersuchungen aus. Dennoch würde es für seine Gundel ein Schock sein.

Die Zweige des Bergahorns vor dem Fenster zitterten jetzt nur noch ein wenig, und es schien auch nicht mehr zu regnen. Dann würde der alte Jockel eben noch mal für eine Runde herhalten müssen. Gerhard Aumüller erhob sich und schlich auf Zehenspitzen aus dem Zimmer.

Der Wind streifte ihn angenehm kühl, als er wenig später auf die Straße trat und den Hund, der sein Körbchen nur widerwillig verlassen hatte, an der Leine hinter sich herzog. Die Böen verschluckten das Schlagen der beiden Kirchturmuhren, aber er vermutete, dass es bereits Viertel vor eins war. Die Straßen waren wie leergefegt und glänzten regennass, und nur einmal meinte er entfernt ein Fahrzeug zu hören, dann war es wieder still.

Die Bewegung und die frische Luft taten ihm gut. Er bog in eine kleine Seitenstraße ein, die nach den Wohnhäusern schließlich in einen schmalen Fußweg in Richtung Sportplatz überging. In einem der letzten Häuser brannte im oberen Stockwerk noch Licht. Dort sah er hinter einem großen Fenster schemenhaft eine Person an einem Schreibtisch arbeiten. »Noch so ein Nachtschwärmer wie wir zwei, gell?«, murmelte Gerhard Aumüller mit Blick auf seinen Hund. Dessen Lebensgeister schienen nun erwacht zu sein, denn am gegenüberliegenden Gartenzaun begann Jockel plötzlich etwas zu wittern, dem er unbedingt nachgehen wollte.

Er zog und zerrte an der Leine, dass sein Herrchen ihn kaum noch halten konnte und ihm unwillkürlich folgen musste.

Durch die Ritzen des hohen Holzzauns drang etwas Licht zur Straße, und dahinter meinte Aumüller Stimmen zu hören. Als er nähertrat, um den Hund dort wegzuziehen, nahm die Lautstärke zu und er hörte, dass dort ganz offensichtlich ein Streit im Gange war. Es lag ihm nicht daran, zu lauschen oder mehr davon mitzubekommen, aber Jockel ließ nicht mehr von der Fährte ab. Aumüller wollte nicht laut werden, denn sonst hätte man ihn auf der anderen Seite des Sichtschutzes bemerkt und möglicherweise als Lauscher bloßgestellt, der er nicht war. Also zerrte er stattdessen an der Leine und trat dann noch etwas näher, um Jockel mit einem Griff am Halsband zum Mitkommen zu bewegen. Dabei konnte er jetzt auch ein paar Wortfetzen verstehen, offenbar war ein Streit auf Italienisch im Gange. Er schmunzelte innerlich: Diese temperamentvollen Südländer, die wussten noch, wie man sich richtig streitet – offen heraus und alles auf den Tisch! Kein verdrucktes Herumgerede oder versteckte Sticheleien ... ein kurzes Donnerwetter, bei dem alles gesagt wird, und dann ist auch wieder gut und man verträgt sich. Und wie man dort drunten lebt und liebt, das war so echt und voller Leidenschaft!

Während er weiterlief, dachte er an die wunderbaren Tage, die sie miteinander in Ligurien verbracht hatten. Viele Jahre waren Gudrun und er in die malerischen Dörfer der Cinque Terre gefahren, auch nachdem die Kinder schon aus dem Haus waren. Seit einigen Jahren war dies wegen Gudruns Arthrose nicht mehr möglich, wie hätte sie die vielen Treppen und steilen Wege und Pfade der Küstendörfer, die in die schroffen Hänge gebaut waren, auch bewältigen sollen? Aber er dachte gern und ohne Wehmut daran zurück. Erinnerungen. Wie schön, dass sie diese Dinge miteinander erlebt, ihre Zeit immer in vollen Zügen genossen hatten. Szenen aus jenen Sommern kamen ihm in den Sinn, Augenblicke voller Kinderlachen, Teller mit Pasta auf nackten Knien, schmerzhafte Sonnenbrände, die Gundel mit kühlen Waschlappen zu lindern suchte, und Sommerabende, in denen sich der Duft der *macchia* mit den altvertrauten Gerüchen der Ferienwohnung mischte ... Erinnerungen. Seine Stimmung hellte sich zusehends auf. Und nachdem er wieder in Richtung seines Zuhauses eingebogen war, fasste er einen Entschluss. Morgen würde er mit Gudrun reden.

3

Mit jedem Kilometer, den sich Kriminalhauptkommissar Richard Linde auf der Landstraße von Schwabach kommend Wendelstein näherte, wuchs sein Unbehagen. Er versuchte sich auf das zu fokussieren, was ihn dort erwarten würde, doch es gelang ihm nicht. Ohnehin hatte er zur Sachlage bislang nur wenige Informationen erhalten, der Anruf war direkt von der Leitstelle gekommen. Linde war gerade dabei gewesen, sich ein paar Umzugskisten vorzunehmen, in denen er seine Wanderkarten vermutete. Fündig war er nicht geworden, dafür war er auf ein paar Langspielplatten gestoßen, die er schon jahrelang nicht mehr bewusst in Händen gehalten hatte. Er hatte David Bowie aufgelegt, sich ein zweites Frühstück gemacht und dann weiter ausgepackt, als das Diensthandy läutete und ihn an seine Rufbereitschaft erinnerte. Während er aus dem T-Shirt schlüpfte und sich ein ordentliches Hemd überzog, beförderte er die Kartons mit dem Fuß zurück in die Ecke – möglicherweise würde er die Karten diese Woche nun nicht mehr brauchen. Aber diesen Gedanken schob er fürs Erste beiseite.

Ausgerechnet Wendelstein ... Als hätte er mit den Kartons die Büchse der Pandora geöffnet. Nervös trommelte er nun mit seinen Fingern auf dem Lenkrad herum und nahm die vertraute Strecke mit seltsam distanziertem Blick wahr. Ein halbes Jahr war es her, dass er zuletzt in seinem alten Wohnort gewesen war. Ein halbes Jahr, das zumindest räumlich für etwas Abstand gesorgt hatte, aber tief in seinem Inneren noch keineswegs, das wurde ihm jetzt deutlich bewusst.

Es war gegen halb ein Uhr am Nachmittag, als Linde das Ortseingangsschild passierte und kurze Zeit später nach rechts in Richtung Altort abbog. Der Tag war ein ausgesprochen strahlender, nur die wenigen, rasch ziehenden Wolken erinnerten an das Sturmtief der vergangenen Nacht. Etliche Leute waren unterwegs, um in den Läden rund um das Alte Rathaus Besorgungen zu machen, oder sie steuerten eine der beiden Eisdielen an, um einen der ersten richtigen Frühlingstage zu feiern. Da reichte es, dass die Sonne vom Himmel strahlte, wenn sie auch noch nicht wirklich wärmte. Unmittelbar vor dem »Flaschner«, wie die Einheimischen den Traditionsgasthof *Goldener Stern* nannten, verengte sich die Straße, und Linde fuhr rechts heran, um die entgegenkommenden Fahrzeuge passieren zu lassen.

Fast zehn Jahre hatte er in Wendelstein gelebt – und in dieser Zeit hatte sich der einst so beschauliche Ort gewaltig verändert, war mehr und mehr zu einer Vorstadt Nürnbergs mutiert, über die Tag für Tag eine unglaubliche Blechflut hereinbrach.

Während Linde noch wartete, um einen Bus und mehrere große Wagen passieren zu lassen, fühlte er sich mit einem Mal beobachtet. Er blickte über die Straße und sah einen Mann in seine Richtung winken. Es schien ihm, als ob er den alten Herrn kannte, vielleicht ein Nachbar oder ein Lehrer von Nicolas? Er konnte ihn nicht einordnen, nickte ihm aber kurz zu. Dann ging es weiter.

Linde stieß hörbar die Luft aus, als er sich mit dem Dienstwagen der angegebenen Adresse näherte und bereits von Weitem sah, dass dort alles zugeparkt war. Er beschleunigte und sah im Vorbeifahren den grauen Kombi von Dr. Hennig in zweiter Reihe stehen. Linde seufzte. Bis zu diesem Moment hatte er an der vagen Hoffnung festgehalten, dass sich der Todesfall noch als natürlich herausstellen könnte. Nicolas und er wollten am frühen Mittwochabend in die Berge aufbrechen, und Linde freute sich auf die Tour mit seinem Sohn, der seit eineinhalb Jahren in Freising studierte. Aber die Tatsache, dass der Leiter der Kriminaltechnik vor Ort war, machte diese Hoffnung augenblicklich zunichte.

Linde entschied sich jetzt, am Ende der Straße zu wenden und in einer der ersten Seitenstraßen zu parken. Er kannte das Wohnviertel, das auf einer leichten Anhöhe über dem Fluss Schwarzach lag, recht gut. Schmucke Einfamilienhäuser mit Gärten säumten die Straße. Viele der Häuser stammten noch aus den Sechzigerjahren und waren, nachdem die alten Besitzer verstorben waren, von den Erben oder neuen Eigentümern liebevoll saniert worden. Einige hatten behaglich wirkende Anbauten aus Holz erhalten, angepasst an die ursprüngliche Bausubstanz. Dazwischen ragte immer wieder ein futuristisch anmutendes Architektenhaus wie ein Fremdkörper zwischen den alten Siedlungshäusern auf. Wer den nötigen finanziellen Hintergrund besaß, kehrte der Stadt den Rücken und erwarb hier für sich und seine Familie eine Immobilie »auf dem Land«. Allzu oft musste dann die alte Substanz weichen, und es entstand eine dieser geschmacklosen Bausünden. Den dörflichen oder gar ländlichen Charakter hatten diese Wohnviertel schon lange verloren, dachte Linde bei sich, als er aus dem Wagen stieg und sich umsah. Auffallend oft waren die Anwesen von hohen Zäunen in grauer Kunststoff-Optik oder neuerdings von Gabionen umgeben. So wurden die mit Steinen gefüllten, stabilen Metallkörbe genannt, hatte Linde sich von Jo Bergmans, seinem jungen Assistenten, aufklären lassen. Nur hin und wieder ließen diese massiv und befremdlich wirkenden Sichtschutzmaßnahmen einen Blick auf Schaukeln, Stelzenhäuser, Trampoline sowie mehr oder weniger geschmackvolle Sitzgarnituren für die ganze Familie zu, mit denen diese Gärten in aller Regel ausgestattet waren.

Die Hausnummer 7, eine gelb-terracotta getünchte Anlage mit mehreren Wohneinheiten, hob sich in angenehmer Weise von dieser neureichen Atmosphäre ab, wie Linde fand.

Beim Näherkommen zog der Kommissar die Blicke einiger Nachbarn auf sich, die auf dem gegenüberliegenden Gehweg miteinander tuschelten. Linde erwiderte den knappen Gruß des Streifenbeamten mit einem Nicken und trat in den Hauseingang.

»Tag, Chef!« Jo Bergmans kam ihm in der Diele entgegen. Obwohl er dunkle Ringe unter den Augen hatte und auch sonst etwas unausgeschlafen wirkte, informierte er wie gewohnt knapp und routiniert. »Es handelt sich um eine Frau Alessandrini. Irmgard Alessandrini, geborene Mittermeier. Hat nach der Trennung den Namen ihres Ehemanns offenbar behalten.«

Linde nickte und schmunzelte innerlich über den großen gelblichen Fleck, der auf Bergmans' Revers prangte. »Gibt es einen weiteren Zugang zum Haus?«

»Ja, über den Wintergarten. Aber Einbruchspuren haben die Kollegen bislang keine gefunden«, schloss Jo mit unterdrücktem Gähnen.

Gemeinsam betraten sie den großzügigen Wohnbereich, während Bergmans weiter resümierte.

»Laut der Haushaltshilfe, von der sie gegen halb zehn aufgefunden wurde, lebte sie hier offenbar allein. Allerdings ist ein Sohn, Elio Alessandrini, ebenfalls in der Wohnung gemeldet.«

»Habt ihr ihn schon erreicht?«, erkundigte sich Linde.

»Bislang nicht. Und aus der Haushaltshilfe, einer Branka Perkovic«, las Bergmans jetzt von einem Notizblock ab, »war noch nicht viel rauszubekommen, sie ist ziemlich durch den Wind.« Er zeigte auf eine Tür am Ende des Flurs. »Eine Sanitäterin kümmert sich dort in der Küche um sie.«

»Kannst du das dann übernehmen?«, bat Linde seinen Mitarbeiter und nickte dem Team des Erkennungsdienstes zu, das im Wohnbereich an verschiedenen Stellen seiner Arbeit nachging.

»Bitte auf den Korridor achten!«, rief ihm ein Mitarbeiter beim Eintreten denn auch mahnend zu, während Linde sich die Einmalhandschuhe überstreifte und einen eigentümlichen Geruch wahrnahm, der schon in der Diele zu ahnen gewesen war, wenn auch nur vage. Hier im Wohnzimmer gewann er deutlich an Kontur und hatte etwas Harzig-Würziges, zugleich aber auch eine eigene, frische Komponente. Es war kein Parfum und auch kein Kerzenduft, Linde konnte den Geruch nicht einordnen und sog ihn noch einmal bewusst ein.

»Weißer Salbei!«, rief ihm jetzt eine junge Polizistin, die ihn beobachtet hatte, aus einer Ecke zu und hielt ein kleines Bündel grünlich-weißer Kräuter in die Höhe. »Wird traditionell zum Reinigen von Räumen verwendet.«

»Soll böse Geister vertreiben ...«, scherzte ein anderer Kollege, »hat hier aber offenbar nicht funktioniert.«

Lindes Blick fiel jetzt auf den leblosen Körper, der nahe am Eingang ausgestreckt auf dem Boden lag und von Dr. Hennig aus verschiedenen Perspektiven fotografiert wurde. Da er den Chef der Kriminaltechnik nicht unterbrechen wollte, sah er sich für einen Moment in dem großen Raum um, der zum Garten hin in einen kleinen Wintergarten überging. Linde hatte es sich zu eigen gemacht, immer zuerst das Wohnumfeld in Augenschein zu nehmen. Die Einrichtung, die Dinge, mit denen sich ein Mensch umgab, aber auch kleine Details aus dem Alltag verrieten oft mehr als die üblichen biografischen Einzelheiten, die man dem Lebenslauf entnehmen konnte. Lieblingsstücke, denen dieser Mensch einen besonderen Platz zugedacht hatte, Bilder oder Fotografien, die er aufgehängt, einen Artikel, den er aus einer Zeitschrift herausgerissen hatte, oder eine Einkaufsliste: All das waren wichtige Fingerzeige auf die Merkmale und Angewohnheiten einer Person.

Irmgard Alessandrini schien eine kultivierte, vielfältig interessierte und offenbar weitgereiste Dame gewesen zu sein. Die einfachen Holzregale, die an den Wänden aufgestellt waren, barsten vor Kartons und Büchern, die in zwei, mitunter drei Reihen gestapelt standen. Auch auf dem ausladenden Sofa, das als eine Art Raumtrenner zwischen Ess- und Wohnbereich diente, lagen Taschenbücher und Bildbände, die teilweise aufgeschlagen oder eingemerkt waren, sowie eine abgegriffene italienische Zeitung, die

Linde als den *Corriere della sera* erkannte. An den wenigen noch freien Wänden hingen Dutzende von Fotografien unterschiedlicher Größe aus Ländern, die er zu gerne selbst einmal bereist hätte. Auf einigen der Aufnahmen war Frau Alessandrini ganz offensichtlich in jüngeren Jahren zu sehen. Ein knallrot gerahmtes Foto, das besonders herausstach, zeigte sie strahlend, zusammen mit einem kleinen Jungen, der etwas gezwungen in die Kamera lächelte, vor den imposanten rostroten Kalksteinfelsen des berühmten Monument Valley. Gleich daneben hing ein Rahmen etwas schief, eine alte Kodachrome-Aufnahme, die inzwischen leicht vergilbt war und zwei Mädchen in bäuerlichen Dirndln neben einer älteren Frau, offenbar ihre Mutter, zeigte.

Linde trat einen Schritt zurück, und erst jetzt fiel sein Blick auf den Rollstuhl, der ganz in eine Ecke des Zimmers geschoben worden war. Einzig er schien nicht zu der Atmosphäre von Weltläufigkeit zu passen, die dieser Raum in angenehmer Weise ausstrahlte.

»MS. Multiple Sklerose«, meldete sich Dr. Jörn Hennig zu Wort, der Lindes leichte Verwunderung registriert hatte und sich jetzt mit Fotoapparat aus der Hocke erhob.

»Grüß dich, Richard!«, begrüßte Hennig den Kollegen freundschaftlich und wandte sich wieder der Leiche zu.

Irmgard Alessandrini lag in einer scheinbar lockeren Haltung auf der Seite und hielt den rechten Arm abgewinkelt, wie schützend um den Kopf. Nur die fahle, gelbliche Gesichtsfarbe, die leicht geöffneten Augen und eine kleine, blutig verklebte Stelle im silbergrauen Haar wiesen darauf hin, dass die Frau tot war.

»Kann es ein Unfall gewesen sein, ein unglücklicher Sturz vielleicht?«, begann Linde und wies auf den Vorsprung, der den Raum in zwei Ebenen teilte, aber durch eine behindertengerechte Rampe verbunden war.

Hennig presste seine schmalen Lippen zusammen und schüttelte den Kopf. »Tut mir leid, Richard. Äußerlich betrachtet scheint die Kopfverletzung geringfügig, ja, aber ich tippe auf einen Bruch der Schädelbasis oder der oberen Halswirbel. So was zieht man sich nicht eben mal bei einem kleinen Ausrutscher zu. Sie muss dabei gestanden haben, offenbar war sie wohl nicht permanent auf den Rollstuhl angewiesen. Aber, was für euch interessanter ist«, fuhr er fort, während er einen Ärmel des fliederfarbenen Morgenmantels zurückschob, »es gibt mehrere große Hämatome an den Handgelenken und Unterarmen, siehst du?« Linde beugte sich hinunter und nickte.

»Dem Notarzt waren die Male schon aufgefallen ... die müssen kurz vor ihrem Tod entstanden sein.«

»Kannst du etwas zum Zeitpunkt sagen?«

»Vermutlich in den frühen Morgenstunden, schätze zwischen ein und zwei Uhr in der Früh, aber leg mich da nicht fest!« Hennig stemmte die Hände in die Seiten. »Das können dir dann die Kollegen in Erlangen beantworten.«

Linde nickte. »Danke dir, Jörn.«

4

Katharina Bruckmüller beugte sich mit ihrem ganzen Oberkörper weit nach vorn über den großen Bottich, während sie, einen Zipfel des groben Leintuchs zwischen den zusammengepressten Lippen und die anderen Enden um beide Hände gewunden, das Tuch eintauchte und in einer geschmeidigen runden Bewegung geschickt den Bruch aufnahm. Fühlte sie, dass sie genug der bröckeligen weißen Masse im Tuch hatte, hob sie es an, schlug es zusammen, ließ es einen Moment noch über dem Zuber stehen, um es dann mit einer Handbewegung in die bereitstehende Form zu pressen, wobei sich die überschüssige Molke nach allen Seiten hin ergoss. Der milchsaure Geruch stieg ihr in die Nase und sie griff sogleich ein neues Tuch vom Stapel.

Sie war eine feingliedrige, schmale Person, die fast hinter der bodenlangen steifen Wachsschürze verschwand. Wieder und wieder vollführte sie jetzt dieselben Bewegungen, bis die körperliche Anstrengung und die Gleichförmigkeit der sich wiederholenden Handgriffe sie ganz in ihrem Tun aufgehen ließen. Jetzt war sie so sehr bei ihrer Arbeit und bei sich, dass sie sich ganz frei und leicht fühlte. Darauf hatte sie gehofft, und ihre Tätigkeit schenkte ihr zuverlässig diese Momente völligen Losgelöstseins. Es stimmte, was die Leute sagten: die Arbeit half. Der Tag gestern war nur eine ferne Erinnerung, kein Gedanke mehr an Stunden, in denen ihr alles bleiern und schwer auf den Schultern gelastet hatte. Kein guter Tag war das gewesen. Nicht für sie. Und nicht für sie beide. Christian war wortkarg und gereizt nach Hause gekommen. Sie hatte nachgefragt, doch er hatte nur einsilbig geantwortet und etwas wie »anstrengender Tag« gemurmelt. Beide hatten weiter schweigend ihr Abendbrot gegessen, und sie hatte ihm angesehen, dass er keinen Appetit hatte und nur ihr zuliebe zugriff. Da sie wusste, wie leicht reizbar er war, wenn der Tag mies gelaufen war, hatte sie nicht weiter nachgebohrt – für eine Auseinandersetzung hätte sie ohnehin keine Kraft gehabt, nicht am gestrigen Tag. Früh war sie dann zu Bett gegangen und hatte noch ihr Medikament eingenommen, denn sie wusste, dass sie sonst keinen Schlaf finden würde.

Doch heute, heute war ein neuer Tag, und sie staunte selbst über ihre Zuversicht und den frischen Mut, mit dem sie ihn begonnen hatte. Seit fünf Uhr schon war sie auf den Beinen, hatte die Tiere gemolken, die Milch angesetzt und die Wartezeit damit verbracht, den Frischkäse mit dem Portionierer zu kleinen kugeligen Laiben zu formen, die sie mit frisch geernteten Kräutern oder Gewürzen verzierte und in Folie einschlug. Später würde sie die Bestellung beim Hofladen ausliefern und im Kräutergarten nach dem Rechten sehen.

Sie empfand große Befriedigung bei ihrer Arbeit und auch Dankbarkeit. Christian hatte keine Kosten und Mühen gescheut, ihr die kleine Käserei einzurichten. Der Altbauer war zwar skeptisch gewesen, als Christian anfing, die Kacheln im alten Kühlhaus abzuschlagen und alles neu zu fliesen und herzurichten, aber mittlerweile hatte er sich an die Umgestaltung gewöhnt und war stolz darauf, dass »Kathis Ziegerei« sich stetig zu einem zwar kleinen, aber doch ansehnlichen Nebenerwerb entwickelte.

Sie hatte immer Glück gehabt im Leben, dachte sie jetzt, und war immer den richtigen Menschen begegnet, die ihr weitergeholfen hatten – auch wenn da dieser eine dunkle Fleck auf ihrer Seele lag.

Als sie den Wagen mit den Plastikwannen in Bewegung setzte, um ihn in den Kühlraum zu schieben, klopfte es gegen das kleine Fenster und sie sah Christian, der ihr mit zwei Kaffeebechern in Händen signalisierte, dass es jetzt Zeit für eine kleine Pause war. Sie nickte ihm lächelnd zu und deutete ihm mit einer Geste an, dass sie gleich nachkommen würde.

Nachdem sie noch einige Utensilien gereinigt und weggeräumt hatte, schlüpfte sie mit dem Kopf aus der Schürze, hängte sie an den dafür vorgesehenen Haken und zog sich das feucht gewordene Tuch vom Kopf. Notdürftig rieb sie sich damit das schwitzige Gesicht ab, die Anstrengung und ihr Eifer hatten rote Flecken auf ihrem zarten, fast durchscheinenden Teint hinterlassen. Draußen löste sie das Haargummi und schüttelte ihre rotblonden Locken.

Sie freute sich auf Christian, der sie wie üblich auf der kleinen Holzbank am Kräutergarten erwartete. Beim Nähertreten sah sie, dass er den Kopf vornüberhängen ließ. Also war das gestern nicht nur eine vorübergehende Laune gewesen, dachte sie jetzt, irgendetwas schien ihn zu beschäftigen und zu bekümmern. Wortlos nahm sie neben ihm Platz und schmiegte sich an ihn, neigte ihren Kopf auf seine Schulter. Er reagierte nicht gleich, fasste dann aber behutsam nach ihr und strich ihr übers Haar. Nach einer Weile löste sie sich aus dem zärtlichen Miteinander und beugte sich vor, um ihn direkt anzusehen.

»Was ist los? Hattest du Ärger gestern?« Er erwiderte nur kurz ihren Blick und stierte dann weiter vor sich hin.

»Ist es wegen der Hypothek? Konntest du deinen Freund von der Bank schon sprechen?« Sie legte ihren Arm um seine Schultern. Kaum wahrnehmbar schüttelte er jetzt den Kopf.

Kathi ließ ihm einen Moment. Normalerweise war sie es, die seinen Zuspruch, seine Unterstützung brauchte. Dass sich die Rollen auch einmal umkehrten, das hatte es in ihrer vierjährigen Beziehung kaum gegeben – es hatte sich immer nur um sie und ihre Krankheit gedreht. Für sie war es vollkommen ungewohnt, dass jemand ihre Kraft und Hilfe brauchte. Sie konnte sich keinen Reim darauf machen, was ihn umtrieb. War er unglücklich mit ihr? Oder verbog er sich so sehr mit seinem kleinen Dienstleistungsunternehmen?

»Kathi«, sagte er schließlich und atmete tief aus, »ich glaub, ich hab Mist gebaut.«

5

»Richard, kommst du mal bitte?« Jo Bergmans winkte seinen Chef zu sich in die Diele. »Draußen wartet eine Frau Winterstein, die mit Frau Alessandrini heute verabredet gewesen ist«, flüsterte er ihm zu.

Linde sah durch die geöffnete Wohnungstür, dass vor dem Haus eine großgewachsene, attraktive Frau wartete. Sie trug ein gestreiftes Sommerkleid und blickte leicht verunsichert zu dem dort postierten Schutzbeamten.

»Frau Winterstein?« Linde trat zu ihr und stellte sich vor.

»Juliane Winterstein«, streckte sie ihm ihre Hand entgegen, um sie mit Blick auf seine weißen Handschuhe sofort wieder zurückzuziehen.

»Können Sie mir sagen, was hier los ist?«, fragte sie mit leichtem Zittern in der Stimme, und Linde konnte in ihren Augen große Besorgnis erkennen.

»Sie waren mit Frau Alessandrini verabredet?«

»Wir wollten um dreizehn Uhr zusammen essen, ich bin ein wenig verspätet«, gab die Frau nervös zur Antwort.

»Lassen Sie uns kurz dort drüben hineingehen.« Linde zeigte auf den Einsatzbus der Kriminaltechnik, den die Kollegen in der Hofeinfahrt geparkt hatten und der über eine Sitzgelegenheit für Befragungen verfügte.

»In welchem Verhältnis stehen Sie zu Frau Alessandrini?«, begann Linde, nachdem sie Platz genommen hatten. »Sind Sie eine Freundin?«

»Ja, wir sind befreundet, ich bin eine Nachbarin und wohne eine Häuserreihe weiter.«

Linde blickte Juliane Winterstein direkt an und hielt einen Moment inne. An ihrem Gesichtsausdruck konnte er ablesen, dass sie mit dem Schlimmsten rechnete.

»Frau Alessandrini ist heute Nacht verstorben«, sagte er mit fester Stimme, »es tut mir sehr leid, Ihnen das mitteilen zu müssen.«

Juliane Winterstein starrte ihn einen Moment lang an, als habe sie nicht richtig verstanden, und blickte dann ausdruckslos auf die Tischplatte. Dabei sackte sie immer mehr in sich zusammen, als hätte sie einen körperlichen Schlag erhalten. Tränen schossen ihr in die Augen.

»Ich kann mir vorstellen, dass das eine furchtbare Nachricht für Sie ist«, sagte Linde behutsam und begriff, wie sehr die beiden Frauen einander nahegestanden haben mussten.

»Nehmen Sie sich ruhig einen Augenblick«, bemühte er sich und nickte Bergmans zu, der draußen aufgetaucht war und offenbar auf weitere Anweisungen wartete. Auch wenn Linde solche Momente im Lauf seines Berufslebens schon oft erlebt hatte, konnte er seine Hilflosigkeit nicht vollständig verbergen.

Er betrachtete die Frau, der nun Tränen übers Gesicht liefen. Die honigblonden langen Haare umrahmten ein fein geschnittenes Gesicht und waren im Nacken locker zusammengesteckt. Obwohl sie die Vierzig bereits überschritten haben dürfte und einige feine Fältchen die wachen blauen Augen umgaben, besaß sie noch eine mädchenhafte Ausstrahlung. Hin und wieder begegnete Linde bei Ermittlungen Menschen, die trotz ihres fortgeschrittenen Alters ihr junges Ich noch sichtbar in sich trugen. Frau Winterstein gehörte offenkundig dazu.

»Elio«, sagte sie jetzt. »Weiß Elio es schon, ihr Sohn?«
Linde machte eine kurze verneinende Kopfbewegung. »Wir konnten ihn noch nicht erreichen.«

»Irmi ... Frau Alessandrini hat auch eine Schwester, die in Regensburg lebt.« Juliane Winterstein schien sich langsam wieder zu fassen.

»Ja, wir sind gerade dabei, die nächsten Angehörigen zu verständigen«, antwortete Linde wahrheitsgemäß.

»Was ist denn geschehen, um Himmels willen?« Juliane Winterstein blickte den Kommissar jetzt verständnislos an. »Wir haben gestern Nachmittag doch noch miteinander gesprochen, also telefoniert!«

Linde ging nicht auf die Nachfrage ein. »Um welche Uhrzeit war das?«

»Ganz genau kann ich Ihnen das nicht mehr sagen, ich vermute, dass es so gegen siebzehn Uhr war, vielleicht etwas früher.«

»Wie klang Ihre Freundin? Ist Ihnen etwas an ihr oder im Gespräch aufgefallen?«

Frau Winterstein antwortete mit einem Kopfschütteln und wischte sich mit der Handfläche über das tränennasse Gesicht. »Sie war bester Laune«, erklärte sie. »Wir haben allerdings nicht lange geredet, da sie Besuch hatte.«

»Hat sie Ihnen mitgeteilt, von wem?«, hakte Linde nach.

»Sie hat von einem ›Chris‹ gesprochen, einen Nachnamen hat sie nicht genannt, zumindest erinnere ich mich nicht daran.« Sie zögerte kurz und fuhr dann fort: »Das war jemand für ›energetische Hausreinigungen‹, ja, so war der Begriff, ich hab mich noch darüber lustig gemacht.«

Linde nickte knapp, die Kollegen hatten den Flyer eines gewissen Christian Bauernfeind aus Beilngries in der Wohnung gefunden.

»Und nach diesem Telefonat haben Sie nichts mehr von Ihrer Freundin gehört?«

»Nein, ich habe dann den Rest des Abends oder vielmehr die halbe Nacht am Schreibtisch verbracht«, gab Juliane Winterstein an, »ich bin Journalistin und hatte heute einen Abgabetermin.«

»Wie lange kennen Sie Frau Alessandrini?«

Frau Winterstein überlegte einen Moment. »Etwa sieben Jahre.« Sie schien jetzt gefasster und versuchte sich auf die Fragen zu konzentrieren. »Wir haben uns recht schnell angefreundet, nachdem ich hier eingezogen bin.«

»Was war sie für ein Mensch?«

Die bloße Fragestellung schien Frau Winterstein zu schockieren, sie schluckte. »Sagen Sie mir doch jetzt bitte, was geschehen ist«, insistierte sie.

»Wir sind gerade dabei, uns ein Bild zu machen, daher kann ich Ihnen nichts über die genauen Umstände sagen«, erklärte Linde, »aber jede Information, die ich von Ihnen bekomme, ist hilfreich.«

»Irmgard ist ... war sehr lebensfroh, würde ich sagen, immer gut gelaunt und ...«, sie hielt einen Moment inne, »sie war sehr tapfer, was ihre Krankheit angeht.«

»Ich verstehe. Für den Augenblick reicht das, Frau Winterstein, aber notieren Sie mir bitte hier Ihre Adresse und eine Nummer, unter der ich Sie erreichen kann, möglicherweise haben wir noch Fragen.« Er reichte ihr einen Stift.

»Und noch etwas: Wissen Sie, wo wir Elio Alessandrini erreichen können? Er ist in Wendelstein gemeldet, scheint hier aber nicht dauerhaft zu wohnen.«

»Ja, Elio lebt schon seit geraumer Zeit nicht mehr hier. Ich meine, dass er sich momentan in Leipzig aufhält, aber ich habe keine Adresse. Seine Mobilnummer könnte ich Ihnen geben oder ...«, sie zögerte einen Moment, »ich könnte ihn anrufen, das ist vielleicht besser.«

»Was ist mit dem Vater?«, wunderte sich Linde.

»Die beiden haben schon seit Längerem keinen guten Kontakt.« Frau Winterstein hielt kurz inne. »Aber Sie haben recht, es ist besser, wenn Elio die Nachricht von seinem Vater erfährt.«

»Wie war das Verhältnis von Frau Alessandrini zu ihrem Ex-Ehemann? Bestand da ein Kontakt?«

»Ja, die beiden hatten ein ganz gutes Verhältnis, denke ich. Nicht ohne Spannungen, aber im Großen und Ganzen gut.«

Linde nickte und bedankte sich. Nacheinander verließen sie den Bus, und er verabschiedete sich von Frau Alessandrinis Freundin. Einen Moment lang sah er ihr nach und blickte sich dann um. Hier standen die Häuser dicht an dicht, sodass die Chance, dass Nachbarn etwas gehört oder gesehen haben konnten, groß war. Jo Bergmans, der die Gedanken seines Chefs zu erraten schien, war zu ihm getreten.

»Die meisten der Nachbarn hier sind noch auf Arbeit. Mit einigen konnte ich schon sprechen, aber ich denke, ich versuche es etwas später am Tag erneut.«

»Gut, mach das – ich fahre raus nach Beilngries und spreche mit diesem Bauernfeind«, sagte Linde, »wir sehen uns nachher auf der Dienststelle.«

6

Die Wasseroberfläche leuchtete in jenem tiefen Graugrün, das typisch war für die ersten Apriltage, wenn der Ansturm der Badegäste noch in weiter Ferne lag und sich nur Wasservögel, Spaziergänger und Angler den See teilten. So waren auch an diesem Nachmittag nur eine Handvoll Flaneure am gegenüberliegenden Ufer unterwegs, und in Sichtweite hatten zwei Angler, die Juliane vom Sehen kannte, ihre angestammten Plätze bezogen.

Da es ihr seltsam erschienen war, allein in ihre Wohnung zurückzukehren, war sie kurzerhand in ihr Auto gestiegen und losgefahren. Anfangs ohne einen Plan zu haben, aber dann kristallisierte sich das Ziel wie von selbst heraus.

»Komm, nimm's nicht so schwer, fahr doch erst mal zum See – das ist immer eine gute Idee! Du weißt doch, dass man einen Herzensort braucht!«, schien eine Stimme, schien Irmis Stimme ihr einzuflüstern, und in Julianes Kopf vermischten sich die Gedanken mit dem Telefonat vom vergangenen Tag. »Tja, aus unserer Verabredung wird jetzt erst mal nichts«, schien Irmi ihr weiter zuzuraunen, »auch schade um die schönen *stuzzichini*, die hat Chris übrigens auch zu schätzen gewusst!«

»Der See« war der Kratzmühlsee im Altmühltal, *ihr* See, an dem sie so viele Stunden gemeinsam verbracht, zusammen gelacht, geredet hatten – und das ein oder andere Mal auch zusammen geweint.

Juliane breitete die kleine Picknickdecke, die sie immer im Wagen hatte, auf dem leicht feuchten Gras aus und setzte sich. Da es noch recht frisch war und sie für einen solchen Ausflug viel zu luftig angezogen war, zog sie die Beine an und schlang ihre Arme um die Unterschenkel. Erst jetzt ließ sie es zu, hemmungslos zu weinen und verbarg dabei ihr Gesicht zwischen den Knien. Einer der Angler bemerkte ihr Schluchzen, aber nachdem er mit seinem Kompagnon einen knappen Blick getauscht hatte, schauten die beiden

Männer weiter schweigend aufs Wasser und schienen keine Notiz mehr von ihr zu nehmen.

Juliane hätte nicht sagen können, wie lange sie so dagesessen hatte. Irgendwann ließen die Tränen nach, und sie fühlte sich nur noch vollkommen leer. Wie konnte es sein, dass Irmi so plötzlich gestorben war? Was war nur geschehen? Sie wusste, dass Irmi wieder unter einem leichten Schub gelitten hatte, aber davon starb man nicht. Und was sollten all diese Fragen des Ermittlers? War es etwa kein natürlicher Tod? Die Anwesenheit der Polizei ließ Schlimmes erahnen.

»Julchen, davon stirbt man nicht! Und was mich nicht umbringt ...«, hatte Irmi immer getönt, wenn die Ausfälle und Beschwerden überhandnahmen und Juliane der Freundin zu Hilfe eilen, ihr dies und jenes abnehmen musste.

Im Spätsommer waren sie beide zuletzt zusammen hier gewesen. Juliane erinnerte sich noch lebhaft an den Tag, an dem es schon recht frisch gewesen war, der See aber immer noch zum Schwimmen eingeladen hatte.

»Geh nur ins Wasser«, hatte Irmi die Freundin gedrängt, wohl wissend, dass Juliane aus Rücksicht auf Irmis Handicap in ihrer Gegenwart nicht schwimmen ging, obwohl sie es liebte.

»Es macht mir nichts aus, wirklich, außerdem kann ich in dieser Saison nicht gerade mit einer Bikinifigur aufwarten ...«, scherzte Irmi, »komm, geh du rein!«

»Ist doch schon viel zu kalt!«, hatte Juliane entgegnet und den Vorschlag abgetan. Dann hatte ein älteres Ehepaar unmittelbar vor ihnen Platz bezogen und sie abgelenkt.

»Da, guck mal«, hatte Irmi geflüstert und Juliane, die gerade frischen Kaffee aus der Thermoskanne nachschenkte, in die Seite gestupst. Juliane musste zweimal hinsehen: Die beiden Rentner hatten sich in schöner Eintracht direkt vor ihnen niedergelassen. Rücken an Rücken packten die beiden Dinge aus, die sich bei näherem Hinsehen als hochprofessionelle Nageletuis entpuppten. In trauter Zweisamkeit saßen die beiden da und betrieben schweigend und völlig unbeirrt ihre Mani- wie Pediküre, als sei dies der selbstverständlichste Zeitvertreib am Badesee. Während ringsum laut juchzend Kinder tollten und übermütig ins Wasser platschten, andere sich in ihr Buch vertieften oder ein gemeinsames Picknick genossen, hantierten diese beiden mit ihren Instrumenten und schnippten von Zeit zu Zeit ihre Hinterlassenschaften ins Gras und von der Decke.

Juliane hatte sich geschüttelt und angewidert abgewandt.

»Also *die* beiden brauchen keine Beziehungsratgeber!«, hatte Irmi gefrotzelt.

»Garantiert nicht, pfui! Die brauchen dringend einen Freiluft-Knigge!«, hatte Juliane lachend entgegnet, war aufgestanden, hatte einen Bogen um das Paar geschlagen und sich nun doch mit großen Schritten ins Wasser gestürzt.

Ein bisschen hatte sie sich sogar über die Freundin geärgert. Es kränkte sie insgeheim, dass Irmi sich immer wieder darüber lustig machte. Der Beziehungsratgeber, den Juliane unlängst veröffentlicht hatte, war so gut angelaufen, dass der Verlag ihr sogar eine kleine Reihe in Aussicht gestellt hatte. Und da ja niemand zu wissen brauchte, dass ihre letzte Beziehung mehr als fünf Jahre zurücklag (außer Irmi wussten nur wenige darüber Bescheid), hatte sie den Erstling unter einem Pseudonym veröffentlicht.

Der Tag hatte später noch feuchtfröhlich in Irmis winziger, aber gemütlicher Küche bei eilig zubereiteten *spaghetti aglio e olio* und einem vorzüglichen Rotwein geendet. Und Juliane hatte sich über sich selbst geärgert, dass sie überempfindlich auf Irmis freundschaftlichen Spott reagiert hatte und sie nicht einfach darüberstehen konnte. Dass es diese Nähe der Freundin, das eingespielte Miteinander und die Vertrautheit nun nie mehr geben würde, erschien Juliane unfassbar.

7

Etwas mehr als eine halbe Stunde, nachdem er in Wendelstein aufgebrochen war, erreichte Linde den Ort Biberbach, der in Sichtweite des Klosters Plankstetten in einem Seitental der Altmühl lag. Die Felder, Viehweiden und Hofstätten der Benediktinermönche erstreckten sich rings um das kleine Dorf, und viele seiner Bewohner hatten in den Betrieben des Klosters, das eine ausgedehnte Ökolandwirtschaft mit eigener Bäckerei und Metzgerei unterhielt, eine Anstellung gefunden.

Linde mochte die Gegend und hatte bewusst die Landstraße genommen. Nicht ohne einen Anflug von Wehmut war er die von Birken und Pappeln gesäumte Straße von Berching in Richtung Beilngries gefahren, bis bald rechter Hand an einem Hang die vertraute Silhouette des Klosters aufgetaucht war.

Früher hatte er mit Cathérine ausgedehnte Spritztouren in die Gegend und Wanderungen im Altmühltal unternommen. Und nicht selten hatten diese Landpartien in der *Klosterschenke* von Plankstetten geendet, wo sie ihre Ausflüge bei einer zünftigen Brotzeit müde, aber gut gelaunt beschlossen.

Das war lange her. Aber nicht lange genug, dass der

Schmerz nachgelassen hätte. Über die Jahre hatte er sich verändert, aber er war da, wie ein konstanter dunkler Ton im Hintergrund seiner Seele. Linde wurde klar, dass er den Weg ganz bewusst gewählt hatte. Er dachte an Nicolas, der es einigermaßen gut verkraftet zu haben schien, dass seine engste Bezugsperson von einem auf den anderen Tag nicht mehr da gewesen war. Vierzehn Jahre alt war er damals gewesen. Die Sorge um seinen Sohn hatte Lindes eigener Trauer und Verzweiflung fast keinen Raum gegeben – letztendlich hatte ihn aber genau dies aufrecht und am Leben gehalten.

Nun war aus Nick ein umtriebiger junger Mann geworden, der in Freising studierte und engagiert durchs Leben ging. Und der nun zu Recht sauer sein würde, dass die geplante Bergtour ins Wasser fallen würde. Nachdem Linde von der Landstraße in die Zufahrt zum Ort eingebogen war, hielt er darum kurz an, um ihn anzurufen. Als nach wenigen Freizeichen ein Knacken ertönte und die Mailbox ansprang, war Linde insgeheim fast erleichtert. Auf diese Weise abzusagen fiel ihm für den Moment einfacher, auch wenn es sich feige anfühlte.

Der Hof der Familie Bauernfeind lag unmittelbar an der Durchgangsstraße und hatte seine besten Jahre bereits hinter sich. Das dreistöckige Haupthaus mit den unzähligen Fenstern musste einmal sehr stattlich gewesen sein, doch nun blätterte der gelbliche Putz an vielen Stellen der Fassade ab und manche der Fensterläden hingen windschief in ihren Angeln. Gleich dahinter befand sich ein langgezogenes, niedriges Gebäude, das ein kleinerer Stall oder Geräteschuppen sein mochte. Zwei große Scheunen standen dem Haus gegenüber und bildeten die dritte Seite der Hofstelle. In einer Parkbucht nahe der Hofeinfahrt sah Linde einen graugrünen Landrover älteren Datums stehen.

Er parkte seinen Dienstwagen vor der Einfahrt entlang der Straße, und als er ausstieg, fiel sein Blick auf die verblichenen Reste einer Lüftlmalerei, die sicher der Stolz der einstigen Bauherren gewesen war. Während er das Motiv als heiligen Georg identifizierte, der Schwanz eines Drachens war noch zu erkennen, hatte er den Eindruck, dass dort oben hinter der Gardine jemand stand und seine Ankunft beobachtete.

Beim Näherkommen erwies sich das Ensemble als noch heruntergekommener, als es zunächst den Anschein gehabt hatte. Dennoch ein schönes Fleckchen Erde hier, dachte Linde bei sich, als er bei strahlendem Sonnenschein den Hof betrat. Aus einem Schuppen hinter dem Haupthaus waren hämmernde Geräusche und zwischendurch immer wieder die vergeblichen Startversuche eines Anlassers zu hören. Linde ging auf das Gebäude zu und entdeckte zwei Hosenbeine, die unter einem petrolfarbenen Hanomag hervorlugten.

»Herr Bauernfeind?«, versuchte sich Linde bemerkbar zu machen, und als eine Reaktion ausblieb, präzisierte er: »Christian Bauernfeind?«

Jetzt berappelte sich der Körper und schob sich behände unter dem Traktor hervor. Linde war überrascht, als der Kopf des Mannes zum Vorschein kam, dessen Alter er deutlich über siebzig Jahre schätzte. Mit dem ölverschmierten Ärmel seiner Arbeitsjacke wischte er sich Schweißperlen und Schmutz von der Stirn – und legte ein zerfurchtes Gesicht frei, das vor sympathischer Offenheit strahlte.

»Der Christian is dort draußn, wenn Sie den suchen, auf dem Feld hat er zu doa! Mein Name ist Leopold Bauernfeind.«

»Christian ist Ihr Sohn, nehme ich an?« Linde stellte sich vor und machte klar, dass er ihn dringend sprechen müsse.

Der alte Herr schien sichtlich beunruhigt. »Er hat doch nichts angestellt? Der Christian ist ein guter Bua.«

»Ich habe ein paar Fragen an ihn, als Zeugen«, entgegnete Linde. Das entsprach zwar der Wahrheit, doch war Bauernfeind als der letzte bekannte Kontakt von Irmgard Alessandrini für die Ermittler von besonderem Interesse.

»Lebt er dauerhaft hier auf dem Hof bei Ihnen?«, wollte Linde wissen.

»Ja, seit er mit der Kathi zusammen ist, sind die beiden zu mir gezogen«, gab Leopold Bauernfeind zur Antwort. »Christian unterstützt mich auf dem Hof, und die Kathi ... na ja, die ist drin, aber sonst ist es schön, dass wieder mehr Leben im Haus ist. Wir haben jetzt Ziegen, die Kathi macht einen Käse, den verkaufen s' hernach im Kloster herüben.«

Linde nickte. Die Stimme des Altbauern rang um Zuversicht, aber es war klar, dass die Familie um den Erhalt des Hofes zu kämpfen hatte und die Käserei wohl nicht viel mehr als ein Zubrot war.

»Wann ist Ihr Sohn gestern Abend nach Hause gekommen?«, erkundigte sich Linde wie beiläufig.

»Gegen sieben, zum Abendbrot war er da. Aber warum fragen Sie ihn das nicht selbst?«

»Das werde ich«, antwortete Linde unaufgeregt.

»Dort unten ist er«, sagte der Bauer jetzt und zeigte auf die Felder, »gehn S' gleich dort drüben bei der Scheune durch, da ist ein kleiner Pfad, da kommen S' direkt hin!«

»Das mache ich, besten Dank!« Linde verabschiedete sich freundlich und stapfte auf einem kleinen Feldweg zu der Weide, auf der Christian Bauernfeind offenbar einen Zaun auszubessern hatte.

Als er näher kam und Christian Bauernfeind bis auf wenige Meter erreicht hatte, schlug dieser weiterhin Pfähle ein, obwohl Linde den Eindruck hatte, dass er den Besucher längst bemerkt hatte. Oder hatte er mit Besuch gerechnet?

Unter dem Eindruck der bodenständigen Umgebung und des Altbauern war Linde nun mehr als neugierig auf den Sohn und konnte seine Überraschung kaum verbergen, als der »Spezialist für energetische Hausreinigung«, wie ihn der Werbeflyer auswies, direkt vor ihm stand. Zwar wusste Linde selbst nicht genau, was für einen Menschen er erwartet hatte, aber die Berufsbezeichnung hatte doch gewisse Assoziationen in ihm geweckt. Vor ihm stand ein durchtrainierter Hüne, den Linde auf Anfang vierzig schätzte. Sein Körper schien vor Kraft zu strotzen, dementsprechend leicht sah es aus, wie er mit einem großen Vorschlaghammer Holzpfähle für einen Pferch in den Boden rammte.

»Christian Bauernfeind?«, begann Linde.

Der so Angesprochene wandte sich Linde zu und nickte kurz.

Seine Züge waren fein geschnitten und das Gesicht von einer gesunden Bräune. Die schulterlangen blonden Haare waren das Einzige, was ihm in Lindes Augen einen gewissen Esotouch gab, aber sie waren straff zurückgebunden und wiesen bereits einige graue Strähnen auf. Christian Bauernfeind sah eher wie ein Bergführer oder ein Extremsportler aus als wie jemand, der mit Räucherstäbchen und Klangschalen hantierte, was er zumindest in Lindes Vorstellung tat.

Linde dämmerte, dass dieses Geschäftsmodell wohl weniger auf Überzeugung beruhte, sondern vor allem aus der Not geboren war, den Familienbesitz vor der Insolvenz zu retten. Und warum auch nicht, dachte er bei sich, bestimmt öffnete Christian Bauernfeinds einnehmendes Aussehen viele Türen bei einer gewissen Klientel, und der Typ war nicht unsympathisch. Linde hielt ihm jetzt seinen Dienstausweis entgegen und kam gleich zur Sache.

»Sie hatten gestern einen Termin, einen Auftrag ... in Wendelstein?« Er wusste nicht genau, wie er sich ausdrücken sollte.

»Zwei Termine hatte ich dort, warum wollen Sie das wissen?«

Linde hatte das Gefühl, dass er genau wusste, worum es ging. »Wann waren diese genau?«

»Um zwei Uhr war ich bei einer Klientin in der Brahmsstraße, gegen halb vier hatte ich dann noch ein Clearing im Laubenweg«, gab Bauernfeind zur Auskunft. Dann stockte er und schien sich anders zu besinnen.

»Also gut! Ich habe die Dame nicht bestohlen, ich bin gestern extra noch mal hingefahren, um die Sache ein für alle Mal aus der Welt zu schaffen!«

»Frau Alessandrini hat Sie des Diebstahls beschuldigt?«, Linde war irritiert.

»Nicht die Alessandrini, die Dame in der Brahmsstraße. Die alten Leute wissen doch selbst manchmal nicht, wo sie ihr Erspartes versteckt haben ...«

»Ich bin hier wegen Irmgard Alessandrini«, entgegnete Linde nun, »wir untersuchen die Umstände ihres Todes.«

Bauernfeind hielt inne und schien nun doch überrascht, sein Ton veränderte sich.

»Irmgard ist tot?« Bauernfeinds Züge spiegelten echte Bestürzung wider. »Das verstehe ich nicht. Als ich mich von ihr verabschiedet hab, ging es ihr prächtig!«

»Wann war das?«

Bauernfeind überlegte kurz. »Das muss kurz vor sechs gewesen sein, auf die Minute genau weiß ich das nicht mehr.«

»Was haben Sie dann gemacht?«

»Ich bin nach Hause gefahren.«

»Auf direktem Weg? Haben Sie noch irgendwo haltgemacht, um etwas zu besorgen?«

»Nein, ich bin direkt auf die Autobahn gefahren und war zum Abendessen hier, das werden Ihnen mein Vater und meine Lebensgefährtin bestätigen.«

Linde nickte.

»Warum fragen Sie mich das? Was ist mit Frau Alessandrini passiert? Bin ich etwa verdächtig? Ich mache mich nicht auf diesem Weg an ältere Damen heran und nehme sie dann aus, wenn Sie das meinen!«

»Das ist reine Routine, Herr Bauernfeind, wir versuchen uns ein genaues Bild davon zu machen, wie Frau Alessandrini den Tag gestern verbracht hat – und Sie waren allem Anschein nach einer ihrer letzten Kontakte.«

»Eine feine Frau war das.« Bauernfeind schien sich zu fassen und der Unterhaltung eine andere Richtung geben zu wollen.

»Sie kannten sie demnach schon länger. Wie ist der Kontakt denn zustande gekommen?«

»Sie ist vor ein paar Monaten auf mich zugekommen, über einen Flyer, den ich verteilt hatte. Sie hatte den Eindruck, dass viel von der Aura ihres Ex-Mannes in der Wohnung hing ...« Er machte eine kurze Pause und setzte an weiterzusprechen, blieb dann aber stumm. Fast schien es Linde, als ob Christian Bauernfeind sein »Nebenerwerb« nun unangenehm vor ihm war. Er vermochte nicht einzuschätzen, inwieweit Bauernfeind diese Praxis mit Ernsthaftigkeit ausübte.

»Ich würde mir gern einen Eindruck von Ihrer Dienstleistung verschaffen, ich habe leider gar keine Vorstellung davon, wie so etwas vonstattengeht«, sagte Linde wahrheitsgemäß. »Was für Hilfsmittel oder Utensilien benötigen Sie dabei?«

»Sie wollen wissen, ob ich sie mit einer Klangschale erschlagen habe?«, sagte Bauernfeind gereizt. »Schwachsinn!«

»Woher wissen Sie, wie Frau Alessandrini zu Tode kam?«

»Ich weiß gar nichts!«, stieß Bauernfeind nun ungeduldig hervor. »Hören Sie, ich weiß, dass gewisse Leute ein Problem mit meiner Dienstleistung haben, aber ich laufe doch nicht herum und bestehle ältere Damen oder bringe sie um!«

»Das habe ich nicht behauptet«, entgegnete Linde ruhig, »dennoch würde ich mir einfach gern ein Bild von Ihrer Tätigkeit machen.«

»Kommen Sie mit!« Bauernfeind schulterte den Hammer und ging voraus.

8

Ein paar Wolken waren aufgezogen, hatten sich vor die Sonne geschoben und den See noch mehr verdunkelt. Seine Oberfläche erschien Juliane nun wie eine undurchdringliche Fläche, fast feindselig. Sie hätte nicht mehr sagen können, wie lange sie schon so dasaß. Mit einem Mal fühlte sie in ihrem Rücken, dass jemand zu ihr getreten war. Sie bemerkte einen Schatten neben sich und wandte sich um. In diesem Moment brach die untergehende Sonne wieder zwischen den Wolken hervor und blendete sie, doch die Silhouette des hageren Mannes war ihr bestens vertraut. Er stand einen Moment lang nur da und sah auf den See.

Dann nahm er wortlos neben ihr Platz, legte den Arm quer über sein aufgestelltes Knie und blickte auf das Wasser. Nach einer Weile stieß er Juliane wie zur Begrüßung kurz mit der Schulter an, ohne den Blick vom See abzuwenden.

»Ich dachte mir schon, dass ich dich hier finde«, begann Jochen. Juliane vermochte nicht zu antworten, sie spürte, wie die Tränen erneut in ihr aufstiegen. Die Gegenwart des gemeinsamen Freundes schien ihren Schmerz zu potenzieren. Bislang hatte sie mit niemandem über den Tod der engen Freundin gesprochen. Jetzt, da sie ihren Schmerz teilen konnte, schien er mit einem Mal spürbarer zu werden. Zuvor war ihr alles unwirklich erschienen – nun, da jemand da war, der Irmi ebenfalls gut gekannt und von ihrem Tod erfahren hatte, schien die Tatsache unumstößlich.

Juliane wandte sich ihm zu und betrachtete ihn von der Seite, wohl wissend, dass der Verlust ihn ungleich härter treffen musste. Für einen Moment glitt ihr Blick voller Mitgefühl über die langen grau-weißen Haare, die Jochen im Nacken zusammengebunden hatte, und über sein hageres Profil. Sie mochte sein Gesicht. Es war von einem Leben gezeichnet, das nicht immer geradlinig verlaufen war. Seine Züge waren ausgemergelt, jahrelang getragener Kummer hatte tiefe Falten gegraben, doch die graublauen Augen, von vielen Fältchen eingerahmt, wenn er lächelte, konnten unvermindert verschmitzt aufblitzen und zeugten gleichermaßen von seinem feinen Humor wie von seiner Güte.

»Hast du irgendetwas darüber gehört, wie ...« Er brach ab.

Juliane schüttelte nur stumm den Kopf und schloss dabei für einen Moment die Augen.

»Hast *du* sie gefunden?«

Sie schwieg einen Moment und fasste sich dann. »Nein, wir wollten mittags zusammen was essen ... und als ich rüberging, war schon die Polizei da.«

»Warum Polizei?«

»Ich denke, das ist die normale Routine, wenn nicht auf den ersten Blick klar ist, woran jemand gestorben ist«, gab Juliane zur Antwort und erinnerte sich an die Nachfragen des Beamten, die ihr zum Teil seltsam genau erschienen waren. Gab es doch Anlass zu vermuten, dass Irmis Tod keine natürliche Ursache hatte?

»Dieser ganze Pharma-Dreck, den sie immer nehmen musste!«, stieß Jochen bitter hervor und verschluckte die letzten Worte, da ihm die Stimme versagte.

»Ich weiß. Aber ich kann mir nicht vorstellen, dass es damit etwas zu tun hat. Sie war von ihrer Ärztin doch immer gut eingestellt.«

»Sie hat zu viel probiert! Und dann dieser Pharmaheini ...«

»Wen meinst du?« Juliane merkte auf.

»Dieser Dr. Del... Delbrock, Delbruck oder so ...«

»Wer soll das sein? Der Name sagt mir gar nichts.«

»Hatte früher einen Lehrstuhl in Erlangen, für Chemie oder Pharmazie und wurde später ein hohes Tier bei der Sanocur. Kennst doch das protzige Haus in der Hopfenstraße«, fuhr Jochen fort, »das gehört ihm. Delbrück heißt er, jetzt hab ich's wieder.«

Juliane konnte sich nicht erinnern, ihm schon einmal begegnet zu sein oder gar in Zusammenhang mit Irmi diesen Namen gehört zu haben. Aber das musste nichts heißen, Irmi hatte viele Leute gekannt.

»Du meinst, Irmi hatte Kontakt zu ihm?«, fragte Juliane nach.

»Sogar einen recht guten, glaube ich. Jedenfalls war das mein Eindruck, als ich ihr vor ein paar Wochen mal gegen Abend Unterlagen vorbeibrachte, weil sie nicht zum Treffen in die Laube kommen konnte.« Jochen schwieg.

Juliane holte Luft, um nachzuhaken, ließ es dann aber. Jochen tat ihr leid. Er war ein feiner Kerl, hatte sich um Irmis kleinen Garten gekümmert, seit sie das nicht mehr selbst hatte tun können. Er hatte für sie eingekauft, hin und wieder Dinge repariert. Und ihrer beider Engagement für die Tibetsache hatte sie zusätzlich verbunden. Juliane hatte sich nie richtig erklären können, warum Irmi ihm immerzu die kalte Schulter gezeigt hatte. Anfangs hatte sie Irmi etwas damit aufgezogen und in die Richtung gestichelt, doch Irmi hatte den Ball nicht aufgenommen und Juliane spüren lassen, dass da etwas war, das man besser nicht tangierte. Aber sie hatte nie gewagt, ihre Freundin explizit danach zu fragen. Sie wusste nur, dass die beiden sich von früher kannten. Es schien, als ob es da eine Mauer gab, als ob das Thema »Jochen« mit irgendeinem Tabu behaftet war.

»Komm, es wird kalt, und dunkel wird es auch bald«, sagte Jochen nach einer Weile und ging in die Hocke, um aufzustehen, »komm, lass uns gehen!«

9

»Habt ihr den Sohn inzwischen ausfindig machen können?« Mit diesen Worten betrat Linde das geräumige Büro des K1 im obersten Stockwerk der Schwabacher Polizeiinspektion.

»Fehlanzeige!« Jo Bergmans saß konzentriert vor seinem Bildschirm, der in dem schon fast dunklen Raum die einzige Lichtquelle darstellte. Im Vorübergehen knipste Linde die Schreibtischlampe auf Jos Platz an und blickte dabei auf ein halbes Dutzend Becher mit eingetrockneten Kaffeeresten. Seit Jo Bergmans vor wenigen Wochen zum ersten Mal Vater geworden war, und dann gleich von Zwillingen, hielt er sich tagsüber mit schwarzem Kaffee wach. Linde hatte versucht, Jo zu einer längeren Elternzeit zu bewegen, war aber an dessen Ehrgeiz und Zielstrebigkeit gescheitert. Er hoffte für den jungen Kollegen, dass dieser die Entscheidung nicht irgendwann bedauern würde.

»Du machst bitte heute nicht zu spät Feierabend!«, sagte er bestimmt.

»Er hat sich zuletzt in Leipzig aufgehalten«, fuhr Jo unbeeindruckt fort, »und hat dort mit ein paar Kumpels eine Galerie eröffnet, die aber kurze Zeit später aufgelöst wurde, weil die Miete nicht bezahlt werden konnte. Die Leipziger Kollegen sind dran.«

»Danke!« Bergmans arbeitete schnell, zielorientiert, und er versäumte nichts. Linde verkniff sich eine weitere Bemerkung, nahm sich aber vor, in den nächsten Tagen mit ihm zu sprechen. Sie hatten einen neuen Fall, keine Routinearbeit, und da brauchte er einen ausgeschlafenen Kollegen.

»Ist Paula schon gegangen?«, fragte Linde nun mit Blick auf den zweiten Arbeitsplatz, der verwaist schien.

»Sie ist unten und besorgt uns eine Kleinigkeit zu essen.«

»Gut, dann lass uns beim Essen darüber reden, was wir schon haben.« Linde ging rasch zu seinem Schreibtisch, der durch eine Glastür von den anderen räumlich getrennt war, um mit einem Knopfdruck den Computer hochzufahren. Er hielt einen Moment inne und sah aus dem Fenster auf die bedrohlich wirkende dunkle Wolkenwand, die sich tief über die Silhouette Schwabachs schob. Die goldene Turmspitze der Stadtkirche leuchtete in den letzten Strahlen der untergehenden Sonne. Aprilwetter, wie es im Buche steht. Vielleicht war es sogar besser, dass die Bergtour ins Wasser fiel, dachte Richard Linde bei sich, das Wetter war unbeständig und konnte auch in den Bergen schnell umschlagen.

Dann kehrte er zurück, trat zu dem überdimensionierten Besprechungstisch in der Mitte des Raums und sah in Bergmans' erwartungsvolle Augen.

»Ist Bauernfeind unser Mann?«

»Vermutlich nicht«, gab Linde zurück. »Wenn sich der Tatzeitpunkt von nach Mitternacht bestätigt, hat er ein Alibi.«

»Die Obduktion kann frühestens morgen Vormittag stattfinden«, informierte Bergmans seinen Chef und erhob sich, um ein Whiteboard in Position zu bringen, das er schon vorbereitet hatte.

»Hat man sie nach Erlangen gebracht?«

Bergmans nickte.

»Die KTU ist noch dran, Hennig hat aber zugesagt, Ergebnisse vorab per Mail zu schicken, falls sich etwas Wichtiges ergeben sollte.«

»Hallo, Richard!« Mit einer großen Papiertüte vor ihrem Oberkörper betrat Paula Kálmán das Büro. Während sie an einem Ende des Tisches allerlei Gemüsetaschen und Bratlinge aus dem nahegelegenen Biomarkt auspackte, informierte sie Linde kurz darüber, dass sie den Dienststellenleiter bereits in Kenntnis gesetzt hatte.

Paula war ein Urgestein bei der Schwabacher Polizei und mit allen Interna und verwaltungstechnischen Finessen bestens vertraut. Linde war dankbar gewesen, dass man ihm diese versierte Polizistin an die Seite gestellt hatte. Paula, die inzwischen kurz vor der Rente stand, war gründlich und lebensklug – und bildete in angenehmer Weise einen Gegenpart zu dem noch jungen Jo Bergmans, dem es mangels Lebenserfahrung oft an Takt und Feingefühl fehlte. Und außerdem – Paula dachte an die praktischen Dinge und sorgte auf nahezu mütterliche Weise für das Team. Linde, der den ganzen Tag über sein Hungergefühl ignoriert hatte, griff dankbar nach einer Serviette und nahm sich einen runden Puffer unklarer Konsistenz.

»Gut, was haben wir ...«, eröffnete Linde die Besprechung, nachdem er seinen ersten Hunger gestillt hatte und auch Jo und Paula bereit waren. »Jo, würdest du bitte beginnen?«, wandte er sich an den jungen Kollegen.

»Unser Opfer ist mutmaßlich nach Mitternacht in der Wohnung zu Tode gekommen«, referierte Bergmans. »Die Todesursache ist noch unklar, vermutlich war es ein gewaltsam herbeigeführter Sturz, vielleicht auch ein Schlag mit einem stumpfen Gegenstand. Die Hämatome an den Unterarmen deuten darauf hin, dass es zu Handgreiflichkeiten gekommen ist. An den Türen und Fenstern der Wohnung gibt es keine erkennbaren Einbruchspuren, was nicht unbedingt heißen muss, dass keine Einbrecher am Werk waren, die sich unter einem Vorwand Zutritt verschafft haben. Augenscheinlich wurde aber nicht nach Wertgegenständen gesucht.«

»Danke dir, Jo«, sagte Linde und fuhr weiter fort.

»Christian Bauernfeind war mutmaßlich der letzte Kontakt, den unser Opfer hatte. Das bestätigt auch die Freundin, Juliane Winterstein, mit der Alessandrini am späten Nachmittag gegen siebzehn Uhr telefoniert hat. Zu diesem Zeitpunkt befand sich Bauernfeind bereits in der Wohnung, insoweit stimmen seine Angaben. Gegen achtzehn Uhr will er sich verabschiedet haben; sein Vater bestätigt, dass er gegen neunzehn Uhr zu Hause eingetroffen ist.«

»Ich habe dazu etwas Interessantes«, sagte Paula. »Gegen Bauernfeind liegt eine Anzeige vor, die Ende letzter Woche erstattet wurde. Eine ältere Dame im Musikerviertel behauptet, dass nach einem Besuch Bauernfeinds Geld fehlte!«

»Also *das* hatte er gemeint ...«, fiel Linde ihr ins Wort. »Er hat nämlich selbst angesprochen, dass ihn eine Klientin bezichtigt hat, zu Unrecht, wie er sagte. Er wollte den Verdacht wohl auch aus der Welt schaffen und hat mit der Frau am frühen Nachmittag gesprochen.«

»Kann es sein, dass er später zurückgekehrt ist, weil er auch bei Alessandrini Geld vermutete?«, warf Jo ein. »Wer bei ihr ein- und ausging, wusste, dass sie immer einige Hundert Euro in dem Küchenkrug verwahrte. Das hat die Haushaltshilfe bestätigt, sie selbst nahm sich auch ihren Lohn aus dieser Art Kasse ...«

»Mmh, dass Bauernfeind zurückgekehrt ist, um sie zu bestehlen, halte ich für eher unwahrscheinlich, wo er doch schon von der alten Dame des Diebstahls bezichtigt worden war – und er hat ja auch ein Alibi.«

»Was bezahlt man denn für eine solche energetische Reinigung?«, zeigte sich Paula interessiert.

»Etwa hundertdreißig bis zweihundert Euro, je nach Schwierigkeitsgrad, sagt Bauernfeind«, meinte Linde.

»Scheint ja ein einträgliches Geschäft zu sein!«, warf Jo mit süffisantem Ton dazwischen.

»Ich denke, er verdient nicht schlecht damit«, überlegte Linde. »Er war sehr in Sorge, dass ihm die Anschuldigung das ganze Geschäft kaputt machen könnte.«

»Er würde also kaum das Risiko eingehen, sich noch einmal einem solchen Verdacht auszusetzen«, ergänzte Paula.

»Das denke ich auch. Diese Dienstleistung steht und fällt mit seinem einwandfreien Leumund.«

»Vielleicht sollte ich ihn mir auch einmal ins Haus bestellen«, überlegte Paula laut, »aber bei einem Kind, das mit über Mitte Zwanzig wieder ins Elternhaus schlüpft, sind wohl schwerere Geschütze vonnöten!« Bei der Vorstellung musste sie selbst schmunzeln.

»Glaubt Bauernfeind denn selber an den Hokuspokus?«, fragte Jo belustigt und schenkte sich eine weitere Tasse Kaffee aus der Thermoskanne ein.

Paula warf Jo einen missbilligenden Blick zu.

»Schwer zu sagen.« Knapp gab Linde den Kollegen seinen Eindruck von Bauernfeind und dessen Umfeld wieder. »Auf den ersten Blick scheint das nicht zusammenzupassen, aber das muss nichts heißen.«

»Paula ist ja auch recht bodenständig und scheint der Dienstleistung nicht abgeneigt«, frotzelte Jo.

»Warte ab, bis ich hier mein Räucherwerk anstecke …!«

Linde vermied es, in das Geplänkel zwischen Jo und Paula einzustimmen. Zum einen, weil es nicht seine Art war. Und zum anderen, weil er selbst vor gut acht Jahren weiß Gott was getan hätte für einen Funken Hoffnung.

»Ich glaube nicht, dass er unser Mann ist«, überlegte Linde, »sein Alibi ist zweifach bestätigt, wenn auch nur vom Vater und von der Lebensgefährtin.«

Linde dachte einen Moment darüber nach. Bauernfeind schien ihm tatsächlich unverdächtig. Aber weniger aufgrund seines Alibis als aus Ermangelung eines Motivs. Sein spezielles Geschäftsmodell mochte halbseiden sein, aber warum sollte er eine Klientin, von der er profitierte, töten?

Und selbst wenn es Streit über die Bezahlung gegeben haben sollte, die Frau war weit nach Mitternacht gestorben. Es passte nicht zusammen.

»Ich habe ihn für morgen Vormittag einbestellt, zur erkennungsdienstlichen Behandlung«, meinte Linde nun.

»Hennig hat sich zwischendurch gemeldet«, informierte Paula, »sie haben eine Menge Spuren abzuarbeiten, sind aber noch dran. Er gibt Bescheid, sobald etwas interessant für uns sein könnte.«

»Die Befragung der Nachbarn hat bislang nicht viel ergeben«, setzte Jo fort, »außer dass Frau Alessandrini wohl eine recht streitbare Person war. Bei manchen hielt sich die Betroffenheit über ihr Ableben denn auch in Grenzen. Allerdings hab ich bislang wenige der direkten Nachbarn angetroffen, ich fahr gleich noch mal hin.«

»Ich komme mit!« Linde hätte Bergmans das Klinkenputzen gern erspart, aber zu zweit würden sie es schnell erledigt haben. Die ersten vierundzwanzig Stunden waren für die Ermittlung essenziell; einen Tag danach würde die Erinnerung der Zeugen nicht mehr ganz so frisch sein.

»Ist nicht nötig«, schaltete sich jetzt Paula ein, »Kollege Albrecht und eine junge Schutzpolizistin werden ebenfalls vor Ort sein.« Paula wusste, dass Linde genug mit dem Bericht zu tun haben würde, und hatte dies schon organisiert.

»Danke dir!« Linde blickte Paula an. »Und wie sieht es im persönlichen Umfeld der Toten aus? Sind die nächsten Angehörigen informiert?«

Paula nickte. »Die Schwester wurde inzwischen von den Regensburger Kollegen verständigt.«

Nach einem kurzen Klopfen wurde die Tür geöffnet. Willi Albrecht blickte herein, hinter ihm eine blutjunge, hübsche Polizeianwärterin.

»Wir wären so weit.«

»Alles klar!« Jo Bergmans griff nach seiner Jacke, die über der Stuhllehne hing. »Ich komme gleich mit!« Er verabschiedete sich rasch von Linde und Paula und folgte den beiden.

»Ich habe die Schwester später noch telefonisch erreicht«, fuhr Paula fort, »aber das Gespräch war irgendwie seltsam. Sehr reserviert, die Frau – es schien mir, als hätten die Schwestern keinen guten Draht zueinander gehabt, jedenfalls scheinen sie sich schon länger nicht mehr gehört oder gesehen zu haben. Die Frau konnte sich nicht einmal mehr erinnern, wann dies zuletzt der Fall gewesen ist.«

Linde fiel das Kindheitsfoto ein, das er in der Wohnung gesehen hatte.

»Dann gibt es noch den getrennt lebenden Ehemann, Antonio Alessandrini«, beeilte sich Paula zu sagen, »die Eheleute sind nicht geschieden.«

Linde stutzte einen Moment. »Getrennt leben sie aber schon seit Längerem«, stellte er fest. »Das hatten sowohl Frau Perkovic als auch die Freundin bestätigt.«

Paula nickte. »Ich hab mir die Vermögensverhältnisse schon mal angesehen: Alessandrini hat seiner Gattin und dem Sohn das gemeinsame Haus in Wendelstein nach der Trennung zur Nutzung überlassen, theoretisch könnte hier also ein Motiv vorliegen. Bei den aktuellen Immobilienpreisen ist das Reihenhaus ein kleines Vermögen wert.«

»Und wovon lebte sie?«

»Wegen ihrer Krankheit war sie Frührentnerin, aber sie übernahm wohl sporadisch noch Übersetzungsaufträge, sie war Fremdsprachenkorrespondentin.«

»Wir werden mit Alessandrini sprechen müssen«, sagte Linde und rieb sich das Gesicht. Paula sah ihn direkt an.

»Dich treibt doch etwas um, Richard, von dem Fall jetzt mal abgesehen.«

»Ich musste Nicolas absagen, wir hatten zum Wochenende eine Bergtour geplant, Samstag ist sein Geburtstag ...«

»Verstehe.« Paula verzog ihre Mundwinkel.

Linde sah sie einen Moment lang an und überlegte.

»Bin gleich wieder da«, murmelte er und stand auf. Den ganzen Tag über hatte ihn das Thema beschäftigt. Vielleicht war es tatsächlich das Beste, auf Nick zuzugehen und sich nicht wegzuducken.

Diesmal nahm sein Sohn gleich ab. »Hi, Papa«, sagte er betont freudlos, dann war Stille in der Leitung.

»Hör zu, es tut mir leid ...«

»Spar dir das, warum sollte es auch mal anders laufen?« Nick klang bitter. »Hatte schon drauf gewartet, dass du absagst«, setzte er nach.

Die letzte Bemerkung traf Linde ins Mark. Er wollte schon etwas darauf erwidern, atmete dann aber nur tief durch. Es hatte keinen Sinn, sich jetzt auf eine Diskussion einzulassen.

»Wie wäre es, wenn du Freitag zu mir nach Schwabach kommst?«, fragte er stattdessen und wartete ab, wie Nick darauf reagieren würde.

»Du kennst die Wohnung noch nicht – und ehrlich gesagt könnte ich auch etwas Hilfe brauchen.« Linde sagte das bewusst, um ihn zum Kommen zu bewegen.

»Ich weiß nicht ...«

»Überleg's dir!«

»Ich muss jetzt auch ...« Nick klang ungeduldig. Er hatte offenbar keine Lust mehr zu telefonieren.

10

Ein kurzer Blick durch die Auslage in den wolkenverhangenen Himmel verriet Birgitta Baierle, dass es höchste Zeit war, Kartenständer und Buchwagen von draußen hereinzuholen. Ihr kleiner Buchladen befand sich in einer engen Gasse in Schwabachs Innenstadt. Vor knapp zehn Jahren hatte sie die langgestreckten Räume eines ehemaligen Pferdestalls angemietet. Das Kreuzgewölbe mit den verzierten Säulen war einfach ideal, um endlich ihren Traum vom eigenen Laden zu verwirklichen. An unzähligen Wochenenden hatte sie mit einem befreundeten Tischler die Umbauten vorangetrieben und war am Ende mit dem Ergebnis mehr als zufrieden.

Der kleine Ausschnitt des Himmels über der Gasse verdunkelte sich zusehends. Obwohl ihre linke Hüfte heute stark schmerzte, setzte sie ihren fülligen Körper sofort in Bewegung, doch der Platzregen setzte schneller als erwartet ein. Sie konnte gerade noch die Bücher ins Trockene retten; der Drehständer mit den Glückwunschkarten und die Sitzkissen hingegen bekamen die ersten Tropfen ab. Als sie Richard Linde am Ende der Gasse mit großen Schritten um die Ecke biegen sah, rief sie ihm daher erleichtert ein »Sie schickt der Himmel!« entgegen. Auch er war offenbar vom Regen überrascht worden und beschleunigte nun seinen Schritt, um der Buchhändlerin zur Hand zu gehen.

»Grüße Sie!«, rief Linde laut gegen den Regen, der nun in großen Tropfen auf das Kopfsteinpflaster klatschte und in kürzester Zeit die einfach kopierten Speisekarten auf den wenigen Tischchen des Buchladen-Cafés so durchnässt hatte, dass sie sich hässlich wellten. Ohne Umschweife packte er mit an, sammelte mit wenigen Handgriffen die Speisekarten von den Tischen und bugsierte den schweren Kartenständer über die Türschwelle. Die melodische Türglocke ertönte, als sich die Ladentür hinter ihnen schloss.

Birgitta Baierle war vollkommen durchnässt und atmete schwer, ließ es sich aber nicht nehmen, gleich hinter ihre Ladentheke zu laufen, wo sie Lindes Buchbestellung bereitgelegt hatte.

»Ist alles da.« Sie reichte ihm die bestellten Bücher und tippte mit dem Finger auf den schweren Bildband. »Neues Hobby?«, erkundigte sie sich augenzwinkernd, was sie sich gegenüber anderen Kunden nicht erlaubt hätte.

»Mein Sohn hat Ende der Woche Geburtstag«, erklärte Linde und wischte sich mit einem Stofftaschentuch das Gesicht trocken. »Ich will ihm einen Kurs schenken, er träumt schon lange vom Fliegenfischen.«

Birgitta Baierle lächelte ihm bestätigend zu, während sie seine EC-Karte entgegennahm. »Und danke nochmals für die Rettungsaktion.«

»Gerne, da nich für«, versicherte Linde und klemmte sich die Bücher unter den Arm. »Einen schönen Feierabend Ihnen!«

»Ihnen ebenso! Gute Wahl übrigens ...«, sagte sie noch mit Blick auf den Stapel. »Im Mai erscheint der neue Rothmann, bestelle ich Ihnen gerne schon mal vor.«

»Mal sehen«, lachte Linde, »fürs Erste bin ich eingedeckt.«

Damit verließ er den Laden und tat nur wenige Schritte, um den zweiten Eingang zu nehmen, der zu seiner Wohnung im ersten Stock des Hauses führte.

Die Buchhändlerin blickte ihm einen Moment lang hinterher. Was für ein angenehmer Mensch er doch war, dachte sie bei sich. Aber es war weniger sein Aussehen. Sicher war er durchaus attraktiv, ein stattlicher Mann und immer – oder zumindest meistens – gut angezogen. Linde mochte einige Jahre jünger sein als sie selbst, obwohl seine dunklen, leicht welligen Haare an den Schläfen erste graue Stellen zeigten. Mit seiner physischen Präsenz ging eine feine Zurückhaltung einher, eine stille, unaufgeregte Art. Sie fragte sich, ob er schon immer so gewesen war oder ob diese auch daher rührte, was er erlebt hatte. Früher hatte der Kommissar ihren Laden nur selten besucht. Meist war seine Frau gekommen, eine Französin mit lebhaftem Blick, die unheimlich belesen war und wichtige Neuerscheinungen in ihrer Muttersprache geordert hatte.

Aber auch Richard Linde las viel und gerne. Das war auch etwas, das sie sehr für ihn einnahm, als Mensch und nicht als Kunde. Ihr Arthur hatte, wenn überhaupt, nur gelegentlich ein Fachbuch in die Hand genommen. Im Nachhinein hatte sie sich oft die Frage gestellt, wie sie so viele Jahre mit einem Mann hatte verbringen können, der ihre Passion so wenig, ja so gut wie gar nicht geteilt hatte! Wenn sie abends ihren Laden abschloss, wandte sie sich im Weggehen jetzt oft noch einmal um, blickte nach oben zu der Fensterreihe und stellte sich vor, wie Richard Linde dort saß und in einem Buch las.

Er und sie hatten aber noch etwas anderes gemein – wovon er allerdings nichts wusste. Sie beide hatten einen Neuanfang zu bewältigen und waren spät im Leben noch einmal vor eine vollkommen neue Situation gestellt worden. Es gab ihr ein gutes Gefühl, dass Richard Linde nun über ihrem Laden wohnte.

11

»He du, wach auf, Endstation!«

Nur allmählich dringt die energische Stimme in ihr Bewusstsein.

»Aufwachen!«

Jetzt schlägt sie die Augen auf und kommt zu sich, aber nur langsam. Es dauert einen Augenblick, bis sie ihre Glieder wieder spürt und sie sich bewegen kann. Ihr rechter Ellbogen schmerzt und sie bemerkt, dass sie vollkommen zusammengesunken auf der Sitzbank gekauert hatte. Mit einiger Mühe zieht sie sich an der Armlehne in die Höhe und blickt in ein Paar dunkelbraune, freundliche Augen. »Komm schon, wir müssen raus!« Es ist das Mädchen vom Bahnsteig.

Es drängt und hält ihr die Strickjacke entgegen, die zu Boden gefallen sein muss. »Ich helf dir mit dem Koffer!«, sagt das Mädchen und packt zu. Sie, unfähig zu antworten, lässt die Hilfe dankbar mit sich geschehen. Noch ganz benommen wankt sie ein wenig bei den ersten Schritten und steigt vorsichtig die steilen Metallstufen hinunter. Kühl schlägt ihr die Abendluft entgegen – und erst jetzt nimmt sie wahr, dass es schon fast vollkommen dunkel geworden ist. Das gelbliche Licht der Beleuchtung am Bahnsteig hatte eine Abenddämmerung suggeriert.

»Grüß Gott, Schwester Hedwig!«, hört sie das Mädchen rufen. Sie merkt auf, denn so heißt auch die Person, die sie abholen soll. Am Bahnsteig steht eine stämmige Frau in grauer Schwesterntracht. Zögerlich streckt sie ihr die Hand entgegen und stellt sich vor. Doch die Schwester hält sich nicht lange mit Freundlichkeiten auf und nickt ihr nur knapp zu. Während sie nach ihrem Gepäck greift,

registriert sie, dass das braunhaarige Mädchen sie nun eindringlicher mustert.

Wortlos geht das Grüppchen durch das Bahnhofsgebäude, das um diese Uhrzeit weitgehend verwaist ist, nur einige wenige Heimkehrer eilen mit ihnen hinaus. Sie hat Mühe, den schnellen Schritten von Schwester Hedwig zu folgen, aber mit jedem ihrer Schritte fällt die dumpfe Müdigkeit mehr von ihr ab. Das Mädchen aus dem Zug läuft schräg vor ihr und mahnt sie mit einer Kopfbewegung zur Eile.

In Sichtweite des Bahnhofs ist ein hellgrauer VW-Käfer geparkt, den sie gemeinsam ansteuern. Schwester Hedwig öffnet den Kofferraum vorn am Wagen, doch das Gepäck lässt sich dort nicht ganz verstauen. Also muss der Koffer mit auf die Rückbank, sie nimmt daneben Platz, das Mädchen auf dem Beifahrersitz. Als die Fahrt losgeht, wirft ihr die Schwester im Rückspiegel einen Blick zu, der sie verunsichert. Darum blickt sie lieber vor sich in den Fußraum oder nach draußen. Später, auf der Landstraße, dreht sich das Mädchen zu ihr um. »Ich bin die Conny«, sagt sie nur und schaut wieder nach vorne.

Mittwoch
12

Noch im Halbschlaf versuchte er das unablässige Vibrieren seines Handys zu ignorieren, doch nach ein, zwei Minuten hob es erneut an und wollte einfach nicht aufhören. »So penetrant kann nur einer sein ... warum lässt mich mein Alter nicht einfach in Ruhe?«, dachte er ärgerlich und fingerte schlaftrunken nach seinen Jeans. Er bekam sie an einem Bein zu fassen, zog sie auf dem staubigen Fußboden zu sich auf die Matratze und fischte das Smartphone heraus. Als er die Nummer auf dem Display erkannte, stieß er einen entnervten Seufzer aus, drückte den Anruf weg und schaltete das Gerät aus.

Erst jetzt fiel ihm wieder ein, wo er war ... das war nicht das Zimmer in Ollis WG, in dem er seit einigen Wochen hauste, sie waren gestern ja wieder mal in der Galerie versackt .... Er blinzelte und versuchte, sich in dem halbdunklen Raum zu orientieren.

Langsam drehte er sich wieder zurück auf den Rücken, streckte sich auf der provisorischen Bettstatt aus und erschrak leicht, als er unter der Decke mit seinem Fuß gegen ein nacktes Bein stieß. Vorsichtig hob er den Kopf und blickte zur Seite, um zu sehen, mit wem er das Bett teilte. Jetzt fiel ihm alles wieder ein: Die Aufbauarbeiten an ihrem neuen Projekt, Olli und seine Clique, die was zu essen vorbeibrachten ... bis in die Puppen hatten sie schließlich gefeiert, sodass keiner in der Lage gewesen war, zurück in die WG zu fahren ... und schließlich waren sie irgendwann im Morgengrauen wieder hier an ihrer alten Wirkungsstätte gestrandet.

Und da war noch diese attraktive Studentin, wie war noch gleich ihr Name gewesen ... Elio kramte in seinem benebelten Gedächtnis fieberhaft nach ihrem Namen. Sie lag auf der Seite, den Kopf in eine Hand gestützt und blickte ihn unverwandt aus rehbraunen Augen an.

»War vielleicht wichtig?«, sagte sie jetzt freundlich-bestimmt, und der kehlige Ton ihrer Stimme brachte die Erinnerung an den gestrigen Abend weiter zurück. Sie hatten geknutscht und ein bisschen herumgefummelt, aber danach ...? Elio war sich nicht sicher, er hatte keine Erinnerung mehr, ob sich danach noch mehr abgespielt hatte.

»Mmh ... Familie ...«, knurrte Elio, ohne sie anzusehen, und stierte peinlich berührt an die Decke. Sein Kopf schmerzte und er wollte eigentlich nur eins, weiterschlafen, und zwar alleine.

»Verstehe«, gab sie zur Antwort, während er ihr erneut den Rücken zukehrte.

»Schlafmütze ...«, änderte sie nun die Tonlage, tippte ihn an die Schulter und schob, als er nicht reagierte, ihr Gesicht an seinen Hals, in die Kuhle, und schmiegte sich mit ihrem Körper an ihn.

Miriam. Jetzt fiel es ihm wieder ein. Miriam war ihr Name, und sie studierte Kunst. Eigentlich war sie ja ganz nett, diese Miriam. Sie gestaltete großformatige düstere Bilder, in die sie Unrat von der Straße einarbeitete. Ein interessanter Ansatz, aber vielleicht etwas zu viel des Guten. Während Elio noch dumpf überlegte, ob er ihren Avancen nachgeben sollte, war im anderen Raum, der nur durch ein Laken abgetrennt war, plötzlich ein Rumpeln, das laute Schlagen eines Fensters und dann ein lauter Knall und ein Aufschrei zu hören. Fast zeitgleich hörte man auf der Straße mehrere Wagen in hoher Geschwindigkeit heranfahren.

»Scheiße! Cops! Ey, macht nen Abgang, Leute!«, rief jemand aus dem anderen Raum, und Elio sprang wie von der Tarantel gestochen auf und hangelte nach seiner Jeans und den paar Habseligkeiten, die er bei sich hatte.

13

Jo Bergmans beugte sich nah an die Scheibe und schirmte seine Augen mit beiden Händen ab, doch er konnte nicht erkennen, was sich drinnen im Lokal abspielte.

»Komm, wir versuchen es an der Seite! Dort scheint es noch einen Eingang zu geben.« Richard Linde war sich nicht sicher, ob man sie wirklich nicht bemerkt hatte oder ob man auf ihr Klopfen nicht reagieren wollte.

Der Noch-Ehemann von Irmgard Alessandrini betrieb in Schwabach ein italienisches Edelrestaurant. Linde kannte das *Il Tulipano* vom Vorbeifahren. »Treffen wir uns dort gleich morgen früh«, hatte Linde seinem Kollegen vorgeschlagen. Jetzt standen die beiden Ermittler vor dem gepflegt wirkenden Haus in der Innenstadt und warteten auf Einlass. Bergmans drückte auf die Klingel. Das Klingelschild verriet, dass Antonio Alessandrini in einer Wohnung direkt über seinem Lokal wohnte. Endlich waren Schritte zu vernehmen, und eine junge, ernst wirkende Frau öffnete die Tür. Ihr italienischer Akzent war unverkennbar, als sie die beiden Ermittler begrüßte und ohne Umschweife hereinbat, noch bevor sich Linde und Bergmans vorstellen konnten – offenbar war längst bemerkt worden, dass die Polizei vor der Tür stand.

Sie traten ein und folgten der Frau durch den dunklen Hausflur, an dessen Ende sich augenscheinlich die Küche des Restaurants befand; dort wurde mit Töpfen und Pfannen hantiert, lautes Zurufen war zu vernehmen und Wasser lief in ein Spülbecken. Bergmans meinte sich vage zu erinnern, die dunkelhaarige Schönheit schon als Servicekraft im Biergarten gesehen zu haben.

»Bitte sehr!« Sie öffnete die Tür und bedeutete den beiden mit einer knappen Geste, dass sie eintreten konnten.

»Zio Tonio!«, rief sie, aber sie bekam keine Antwort. Sie schloss die Tür von außen, ohne eine Reaktion abzuwarten. Der martialisch aussehende Mann, der an einer großen Arbeitsfläche Knoblauchzehen und Peperoncini schnitt, sandte ihr einen bedeutungsvollen Blick nach und deutete den Ermittlern mit dem Kinn eine Richtung an.

Die Küche war sehr verwinkelt und darum viel größer, als es auf den ersten Blick den Anschein hatte. Trotz der frühen Stunde herrschte reges Treiben. Zwei junge Männer waren damit beschäftigt, Gemüse zu putzen und Zwiebeln zu schneiden. Auf der großen Kochstelle simmerte in einem offenen Topf ein Sugo duftend vor sich hin und verbreitete ein fruchtiges, scharfes Aroma, das Linde Tränen in die Augen trieb.

Er tat einen Schritt in die angedeutete Richtung. Hinter einem mannshohen Regal mit Töpfen, Pfannen und anderem Küchengerät saß Antonio Alessandrini, hemdsärmelig und in einem weißen gerippten Unterhemd, vornüber gesunken, beide Ellbogen auf die Knie gestützt und den Kopf tief in den Handflächen vergraben. Sein graues pomadiges Haar hing ihm strähnig ins Gesicht.

Linde trat näher an ihn heran. »Antonio Alessandrini?«

Als der so Angesprochene langsam den Kopf hob, sah Linde in das tränenverschmierte Gesicht eines etwa sechzig Jahre alten Mannes. Er stellte sich und seinen Kollegen vor.

»Können wir uns vielleicht irgendwo ungestört unterhalten?«, fuhr er mit Seitenblick auf die Angestellten fort.

Alessandrini nickte und erhob sich, doch mitten in der Bewegung sackte sein massiger Körper plötzlich auf den Stuhl zurück und der Mann begann hemmungslos zu schluchzen.

»Dai, Antonio ...!« Der ungeschlacht wirkende Bärtige legte das Arbeitsmesser ab und kam mit schnellen Schritten hinter dem Küchenblock hervor. Linde und Bergmans wichen betreten zur Seite, während sich der Mann neben Alessandrini kauerte und den Arm auf seine Schulter legte. Während er ihm leise auf Italienisch zusprach, schien das Beben in Antonios Körper nachzulassen. Der Bärtige ließ von ihm ab und nickte den Ermittlern zu. Alessandrini schien seine Fassung wiedergefunden zu haben.

Unvermittelt stand eine kräftige, maskulin wirkende Frau im Raum. Sie trug eine grüne Schürze in der Art einer Marktfrau und hielt eine Klappkiste mit Salat vor ihrem Körper. Ihr dunkles Haar trug sie straff am Hinterkopf zusammengesteckt, was ihre herbe Ausstrahlung noch betonte.

»Was ist hier los?«, fuhr sie den Bärtigen an und blickte sich suchend im Raum um. »Wo ist Antonio?«

Ihr Gegenüber hob beschwichtigend die Hände und erklärte ihr die Situation. Die Frau schien darüber aufgebracht, dass Alessandrini sich dermaßen gehen ließ. Als sie ihn sah, schüttelte sie abschätzig den Kopf. Der Bärtige wollte offenbar vermeiden, dass es vor den Polizisten zu einer Szene kam. Während Alessandrini mit den beiden in das angrenzende Büro ging, erhob sich in der Küche ein lautstarker Streit. Die beiden sprachen Italienisch, aber Linde konnte mehrmals die Worte *la tedesca* vernehmen.

Offenbar war die Frau nicht gut auf das Opfer, Irmgard Alessandrini, zu sprechen gewesen.

»Bitte entschuldigen Sie«, begann Alessandrini und rieb sich mit einem Geschirrtuch über das Gesicht. »Meine Lebensgefährtin war immer eifersüchtig auf Irmi, die beiden haben sich nicht besonders verstanden.«

Linde antwortete mit einem kurzen Nicken.

»Was ist mit Irmi passiert?« Ohne die Antwort abzuwarten, stieß er hervor: »Wie soll ich das nur Elio sagen? Ich kann ihn nicht einmal erreichen ...!«

Linde betrachtete den Mann und empfand Mitgefühl. Er konnte sich gut in seine Lage versetzen – und war sich nicht sicher, worüber Alessandrini mehr erschüttert war: über den Verlust seiner früheren Partnerin oder darüber, dass sein Sohn seine Mutter verloren hatte.

»Wann haben Sie Ihre Ex-Frau zuletzt gesehen?«

»Irmi und ich waren nicht geschieden!« Alessandrini blickte Linde verständnislos an. »Eine Scheidung hätte ich mir gar nicht leisten können. Wir hatten ein Arrangement«, fuhr er fort, »daran hat sich meine neue Lebensgefährtin immer gestört.« Er sprach ein charmantes Deutsch mit nur minimalem Akzent. Wie viele deutschsprechende Italiener imitierte er das kehlige, am Gaumen gesprochene »R« und verband die Silben stärker.

»Hatten Sie guten Kontakt?«, schaltete sich Bergmans ein.

»Wir haben uns immer gut verstanden, auch jetzt noch ... manchmal gab es allerdings Streit wegen Elio und seiner Ausbildung ... letzte Woche haben wir zuletzt miteinander telefoniert. Dass ich Irmi gesehen habe, das ist bestimmt drei Wochen her, ja ...«

»Und gestern Abend, da waren Sie nicht in Wendelstein?«, hakte Linde nach.

»Nein, wieso fragen Sie?« Alessandrini schien irritiert.

»Da war ich hier, im *Tulipano,* das kann Cinzia bezeugen, und Sie können jeden hier fragen!«

»Montag hatten Sie doch Ruhetag?«

»Wir haben hier tagsüber das Essen für ein Catering vorbereitet, ich habe mit ausgeliefert, und später haben wir ›klar Schiff‹ gemacht, und ein bisschen Buchhaltung war auch noch zu tun ...«

»Also, Sie waren nach Mitternacht nur noch mit Cinzia hier? Und wann haben die anderen Mitarbeiter das Restaurant verlassen?«

»Da fragen Sie am besten Gaetano.« Er rief laut den Namen, und der Grobschlächtige erschien so schnell, dass man vermuten musste, er habe hinter der Tür gelauscht. Alessandrini sprach seinen Verwandten auf Italienisch an, dieser gab in gebrochenem Deutsch Antwort.

»Wir sind gegen zehn Uhr gegangen, also ich, Rosaria und Albrim ...«

»Danke Ihnen.«

Der Bärtige schloss die Tür von außen, und Linde setzte die Befragung Alessandrinis fort.

»Mit wem aus Ihrer Familie oder von Ihren Mitarbeitern unterhielt Irmgard regelmäßigen Kontakt?«

»Mit niemandem hier, außer ... ab und zu hat sie Rosaria Unterricht gegeben oder ihr geholfen, wenn es etwas auf einer Behörde zu erledigen gab. Sie können sie gleich selbst fragen.«

»Das werden wir tun, danke, fürs Erste reicht uns das. Dann würde ich gern noch kurz mit Ihrer Lebensgefährtin sprechen ... und wir benötigen eine Liste Ihrer Mitarbeiter.«

Cinzia Vezzosi, die Lebensgefährtin Alessandrinis und zudem eine Cousine dritten Grades, wie sich herausstellte, bestätigte die Angaben ihres Lebenspartners. Dabei machte sie keinen Hehl daraus, dass es ihr ein Dorn im Auge gewesen war, dass Alessandrini sich nicht scheiden lassen wollte. Linde vermutete, dass es noch einen weiteren Grund für die aufgeschobene Scheidung gab. Allem Anschein nach hing Antonio Alessandrini an der Frau, mit der er viele Jahre zusammengelebt hatte und mit der ihn ein gemeinsames Kind verband.

»Wir müssen klären, ob es ein Testament gibt«, sagte Linde zu Jo, als die beiden kurze Zeit später im Wagen saßen, »und wer möglicherweise von ihrem Tod profitiert.«

Bergmans' Handy klingelte, und da Paula am Apparat war, stellte er auf laut, damit sein Chef mithörte.

»Könnt ihr gleich nach Erlangen fahren? Professor Schiffmann hat angerufen, er hat etwas, das ihr euch ansehen solltet.«

»In Ordnung. Ich übernehme das«, meinte Linde mit Seitenblick auf Bergmans, der sofort protestierte. Er riss sich auch nicht darum, der Obduktion beizuwohnen, aber er hielt es für besser, wenn er Bergmans dies für den Moment ersparte.

»Paula, lass doch bitte mal deine Kontakte spielen«, fuhr er unbeirrt fort, »vielleicht haben die im K4 in Nürnberg was über Alessandrini und das Restaurant. Danke dir.«

Als Linde das Gespräch beendet hatte, versuchte Bergmans erneut zu protestieren. Beinahe schien es Linde, als ob der junge Familienvater zu gern dem häuslichen Chaos mit den Zwillingen entfliehen wollte.

»Du überprüfst bitte mit Paula sämtliche Angestellten im *Tulipano*«, sagte er bestimmt. Dann schwiegen beide, bis Linde Bergmans vor dem Polizeigebäude absetzte.

14

Der Wind rüttelte an dem halb heruntergelassenen Rollladen und riss Juliane aus dem Schlaf. Sie schreckte hoch. Wie spät mochte es sein? Während ihr Blick zum Fenster ging, wo heftige Böen an den Zweigen der Birke zerrten und die Mittagssonne in Kaskaden in das abgedunkelte Zimmer blitzte, kehrte die Erinnerung an den gestrigen Tag zurück. Matt ließ sie sich wieder in die Kissen fallen, zog das Laken bis zum Kinn und starrte minutenlang an die Zimmerdecke.

Jochen und sie hatten in seinem Schuppen zwei Flaschen Rotwein und im Anschluss daran diverse Obstbrände geleert. Jochens »eiserne Reserve« war für den Anlass, auf Irmi zu trinken, nur angemessen gewesen, wie er unter Tränen und in weinseliger Stimmung verkündete. Es tat gut, einfach nur den Alkohol in sich hineinzugießen ... Irgendwann war die Stimmung gekippt, und beide hatten sich in Rage geredet, waren wütend geworden, auf das Leben, auf die Ungerechtigkeit, dass jemand wie Irmi gehen musste, dann auch auf Irmi, die sich so einfach aus dem Staub gemacht hatte. Es war alles wirr und unlogisch und schrecklich.

Als der Morgen graute, hatte Jochen mit dem Kopf auf Julianes Schoß gelegen und sich wie ein Kleinkind in den Schlaf gewimmert. Schließlich war es Juliane zu viel geworden. Sie hatte sich aufgerafft, ihm sanft übers Haar gestrichen und seinen Kopf auf ein Kissen gebettet. Angetrunken und übernächtigt, in Jochens Strickjacke, war sie von Raubersried, dem kleinen Ortsteil im Süden Wendelsteins, nach Hause gestolpert. Kurz vor der Haustür war sie ihrer Nachbarin in die Arme gelaufen, die auf dem Weg zum Bäcker war. Juliane mochte Frau Brandt gerne, und unter normalen

Umständen hätte sie bereitwillig ein paar Worte mit ihr gewechselt, doch in Anbetracht ihres Zustands wollte sie einfach nur schnell nach Hause und schon gar nicht über das Geschehene sprechen. Doch sie kam nicht umhin – wie ein Lauffeuer hatte sich herumgesprochen, dass die Kriminaltechniker Irmis Wohnung auf den Kopf gestellt und schließlich die Tür versiegelt hatten. Irmgard Alessandrini sei wohl keines natürlichen Todes gestorben, berichtete die Nachbarin und vergaß wohl einen Moment die Tatsache, dass Juliane eng mit Irmi befreundet gewesen war.

Und obwohl sie vollkommen erschöpft war von der durchzechten Nacht, aber auch von den Geschehnissen, hatte sie keinen rechten Schlaf gefunden und war immer wieder aus wirren Träumen hochgeschreckt. Die Gedanken quälten sie auch jetzt ... wenn es stimmte, wer konnte Irmi das angetan haben? Und warum hatte sie nicht kurz bei ihr nach dem Rechten gesehen? Das Telefonat mit ihr war seltsam genug gewesen. Ihr fiel das befremdliche Brummen wieder ein. Normal hatte das nicht geklungen. Und was hatte es mit Irmis Heimlichtuerei auf sich? Hatte sie ihre gute Laune nur vorgetäuscht? War dieser Esoteriktyp tätlich geworden? Eine alleinstehende Frau wie sie, noch dazu mit Handicap, war ja ein leichtes Opfer, dachte Juliane. Vielleicht war sie auch von Einbrechern überrascht worden?

Ihr fielen die Andeutungen ein. Was hatte Irmi mit ihr bereden wollen? Sie hatte nicht weiter darüber nachgedacht, sondern war davon ausgegangen, dass es um Elio ginge, wie so oft. Aber wenn es sich nun um etwas ganz anderes gehandelt hatte? Sie versuchte, sich an das Gespräch zu erinnern, und grübelte nach einer Andeutung, einem Fingerzeig, einer Silbe, die vielleicht verriet, was Irmi auf dem Herzen gehabt hatte.

Sie setzte sich auf, und es fiel ihr ein, dass Irmi nach Kallmünz wollte. Das musste einen Grund gehabt haben. Sie hatte Irmi, die am Steuer zunehmend unsicher wurde und nicht mehr so gut sah, des Öfteren gefahren. Einmal hatten sie schon zusammen einen Ausflug dorthin gemacht, in einem Lokal Irmis Geburtstag gefeiert, aber das war lange her. Wenn es jetzt um einen bloßen gemeinsamen Ausflug gegangen wäre, hätte Irmi das bestimmt gesagt. Juliane machte sich Vorwürfe, dass sie Irmi mit der Fahrt nach Kallmünz so lang vertröstet hatte.

Dem ersten Impuls nach trottete sie nun in Richtung Küche, um sich einen Kaffee aufzusetzen, machte dann aber kehrt. Sie vermochte nicht, auf Irmis Wohnung hinunterzublicken. Wieder lief sie in die Küche, vermied es aber, durch das Fenster zu sehen. Rasch goss sie sich ein Glas Wasser aus der Leitung ein. Als sie ihre Handtasche nach Tabletten durchforstete, fiel ihr die Visitenkarte des Ermittlers in die Hände. Sie überlegte einen Moment, entschied sich dann aber gegen einen Anruf – ihre Gedanken schienen ihr noch zu wenig konkret, als dass die Polizei etwas damit hätte anfangen können.

Vielleicht wusste Elio etwas darüber, was seine Mutter umgetrieben hatte? Der Gedanke an den Jungen versetzte ihr einen Stich. Wie mochte es ihm gehen? Bestimmt hatte er die Nachricht inzwischen erhalten. Sie mochte Elio und hatte manches Mal vermittelt, wenn die Wogen im Haus Alessandrini hochgeschlagen waren. Sie leerte das Wasserglas und verzog das Gesicht wegen des schalen Geschmacks in ihrem Mund. Vielleicht sollte sie Elio anbieten, ein paar Tage bei ihr zu wohnen? Es wäre nicht das erste Mal, dass der Junge bei ihr übernachtete. Sie setzte sich an den winzigen Küchentisch und begann eine Textnachricht zu formulieren. Es fiel ihr nicht leicht, aber irgendwann fand sie die Worte und schickte sie ab. Umso überraschter war sie, als fast umgehend eine Antwort aufblinkte.

15

Mit einem flauen Gefühl fuhr Richard Linde den Wagen vor das schmucklose Gebäude der Erlanger Rechtsmedizin nahe dem Schlosspark. Wie oft hatte er sich schon bei Rainer und Sabine melden wollen, es aber nicht getan. Daran gedacht und es wieder aufgeschoben. Die beiden Paare waren gut miteinander bekannt gewesen, und man hatte hin und wieder etwas zusammen unternommen, sogar gemeinsame Urlaubspläne geschmiedet.

Was war eigentlich der Grund für die Funkstille? Weil Schiffmanns ihn an diese andere Zeit erinnerten? Oder weil er nicht das dritte Rad am Wagen sein wollte und sich ohnehin zeitweise komplett zurückgezogen hatte? Linde wusste keine Antwort darauf, vermutlich war es eine Mischung aus alldem.

»Lange nicht gesehen, Richard! Wie geht's dir?«, begrüßte Rainer Schiffmann ihn nachdrücklich und sah ihn an. Mit seinem schütteren Haar und dem Schnauzbart wirkte er noch wie damals bei ihrem letzten Grillabend.

Linde fühlte sich ein wenig unbehaglich, so, als ob ihm Rainer die Funkstille vorwerfen würde, aber Schiffmann ließ sich nichts anmerken und fuhr in professionellem Ton fort.

»Ich wollte, dass du dir das hier ansiehst«, begann er und nickte seiner Assistentin Laila zu, die das blaue Tuch über Alessandrinis Körper zurückschlug.

Linde brauchte wie immer einen Moment, um sich an den Anblick zu gewöhnen. Als er Irmgard Alessandrini in ihrer Wohnung gesehen hatte, hatte sie wie ein schlafender Mensch ausgesehen. Nun, einen Tag später, waren die Zeichen des Todes deutlich ausgeprägt: Die Haut gelblich-wächsern, zwischen den eingefallenen Wangen ragte die Nase spitz und schmal hervor. Der Körper wirkte sehr mager und in seiner durch die Obduktionsnarbe versehrten Nacktheit noch fragiler. Doch was Linde sofort ins Auge fiel, war eine dunkelrot-schuppig verfärbte Hautstelle an einem der Unterarme. Schiffmann, der Lindes Blick bemerkt hatte, nickte, trat näher zum Sektionstisch und drehte den anderen Unterarm von Irmgard Alessandrini, sodass eine zweite ähnliche Stelle zum Vorschein kam.

»Das sind beginnende Nekrosen, hier hat das Gewebe begonnen abzusterben, siehst du?« Er bedeutete Linde, näher zu treten.

»Woher kommt so etwas?«

»Das kann auftreten, wenn ein Patient beim Injizieren ungeübt ist, aber in der Form ist mir das noch nicht untergekommen.«

Linde blickte Schiffmann fragend an.

»Die Frau hatte eine SPMS, eine sekundär progrediente Multiple Sklerose«, erklärte er jetzt. »Während sich bei jüngeren Patienten die Krankheit meist schubweise manifestiert, die Symptome sich also weitgehend wieder zurückbilden, treten bei dieser Form, die viele später entwickeln, kaum noch Schübe auf, die Symptome dagegen verschlimmern sich zusehends, die Behinderung schreitet voran. In der Regel werden diese Patienten mit Beta-Interferonen therapiert, es gibt inzwischen aber auch eine Reihe von neuen Präparaten auf dem Markt und in klinischen Versuchen.«

»Und diese Interferone injiziert sich der Patient selbst?«, vergewisserte sich Linde.

»In vielen Fällen, ja, meist mithilfe von fertigen Pins oder Spritzen, aber natürlich nur nach eingehender Schulung oder unter Anleitung des behandelnden Arztes. Wird die Injektion unfachmännisch ausgeführt, kann es einmal zu solchen Erscheinungen kommen. Aber hier ist das Gewebe außergewöhnlich stark betroffen, etwas Vergleichbares ist mir noch nicht begegnet.«

Linde stutzte.

»Ich kenne die Kollegin, die in diesem Fall die behandelnde Neurologin ist«, fuhr Schiffmann fort. »Ella Koch ist eine Koryphäe auf ihrem Gebiet. Ich kann mir beim besten Willen nicht vorstellen, dass sie für diese dilettantischen Injektionen verantwortlich ist. Am besten, du unterhältst dich direkt mit ihr, möglicherweise gibt es noch eine andere Erklärung.«

»Natürlich.«

»Aber warten wir die serologische Untersuchung ab, das wird allerdings ein paar Tage dauern, Richard.«

»Klar. Kannst du den Todeszeitpunkt bereits eingrenzen?«

»Ja, hier lagen die Kollegen in ihrer ersten Einschätzung schon relativ genau, etwa zwischen ein und ein Uhr dreißig in der Nacht. Kurz vor ihrem Ableben muss eine Rangelei stattgefunden haben, das ist dir vermutlich schon bekannt, die Hämatome an den Handgelenken waren sehr frisch.«

»Und die Todesursache?«

Schiffmann nickte und schritt an das obere Ende des Sektionstisches. »Bruch der Schädelbasis mit massiven Einblutungen«, jetzt deutete er mit beiden Händen ein größeres Areal am Kopf an, »verursacht durch eine stumpfe, indirekte Gewalteinwirkung gegen den Hinterkopf, etwa in dieser Höhe.« Er sah Linde an. »Ich vermute, dass sie gestoßen wurde und mit dem Hinterkopf heftig gegen eine Wand geprallt ist.«

»War sie sofort tot?«

Schiffmann schüttelte den Kopf. »Zumindest ging es sehr schnell. Sie hat nicht gelitten, falls du das meinst. Sie dürfte unmittelbar bewusstlos geworden sein.«

»Ist es möglich, dass es ein Unfall war?«

»Das ist eure Aufgabe, das herauszufinden. Aber davon ist eher nicht auszugehen. Ich halte es für möglich, dass der Täter oder die Täterin ihren Tod nicht beabsichtigt hatte, aber die Frau muss mit einiger Wucht gestoßen worden sein.«

»Kann es auch eine Frau gewesen sein – ich meine, brauchte der Täter dazu große physische Kraft?«

»Durchaus, ich denke, dass es auch eine Frau gewesen sein kann! Die Frau war aufgrund ihrer Vorerkrankung in einem körperlich fragilen Zustand – es sollte nicht viel Kraft gekostet haben, sie zu überwältigen oder zu stoßen.«

»Ich verstehe ...«, gab Linde zurück.

»Möglich, dass der Täter unterschätzt hat, wie fragil die Frau war. Es gibt aber noch etwas, das du wissen solltest, Richard. Die Leber der Frau war ziemlich geschädigt, fortgeschrittene Schrumpfleber. Mit Sicherheit hätte sie bald Probleme bekommen.«

»Kann sie davon gewusst haben? Ich meine, hatte sie schon Beschwerden?«

»Eher nicht, eine Leberzirrhose kann sich lange unbemerkt entwickeln und verursacht nur unspezifische Symptome, wenn überhaupt.«

»Kann das auf Alkohol oder einen Medikamentenmissbrauch hindeuten?«

»Das ist wahrscheinlich. Aber wie gesagt, Genaueres, wenn die Serologie vorliegt.«

Er nickte seiner Assistentin zu, die den Körper wieder abdeckte. Dann fischte er zwei Bögen von einer Ablage und reichte sie seiner Assistentin. »Laila, kopierst du bitte den vorläufigen Bericht?« Offenbar wollte er einen Moment mit Linde allein sein. Als sie den Raum verlassen hatte, sah Schiffmann ihn an und fragte: »Wie geht's dir, Richard?«

Linde spürte das Wohlwollen in Schiffmanns Blick und entspannte sich.

»Es tut mir leid, Rainer, dass ich mich gar nicht mehr gemeldet hab ... ich ...«

Schiffmann unterbrach ihn. »Hör auf. Du musst mir nichts erklären. Du weißt, dass wir für dich da sind und du dich jederzeit melden kannst.«

Linde nickte.

»Mir geht es gut, besser. Ich bin vor einem halben Jahr nach Schwabach umgezogen. Hab dort eine hübsche Altbauwohnung in der Innenstadt gefunden.«

»Gute Entscheidung«, stimmte Schiffmann zu, schien aber über die Tatsache etwas überrascht.

»Nick kam anfangs nicht gut zurecht damit«, fuhr Linde fort, »aber er studiert schon länger in Freising und ist auch nicht jedes Wochenende da. Ich musste einfach etwas verändern ...«

»Er wird das verstehen. Auch wenn er vielleicht ein bisschen Zeit braucht. Das Wichtigste für ihn ist, dass du wieder am Leben teilhast.«

»Kommst du mal auf ein Glas nach Schwabach? Ich würde mich freuen.« Linde war über sich selbst ein wenig überrascht, diese Einladung ausgesprochen zu haben, und Schiffmann freute sich sichtlich.

»Sehr gern, Richard. Das mach ich.«

Inzwischen war die Assistentin wieder in den Raum zurückgekehrt und hielt Linde die Unterlagen hin. Die beiden Männer gaben einander die Hand und verabschiedeten sich herzlich. Linde hatte der kurze Austausch mit dem alten Freund gutgetan.

Aufgeräumt stieg er in seinen Wagen und kramte sich durch einige CDs im Handschuhfach. Endlich hatte er entdeckt, wonach er suchte und schob Van Morrisons *Down the Road* in den CD-Player. Beschwingt stimmte er seinen Lieblingssong mit an, um dann festzustellen, dass er nicht mehr ganz so textsicher war. Egal, hörte ja keiner. Kurz vor Schwabach blinkte sein Handy auf, und aus den Augenwinkeln sah Linde, dass es eine Textnachricht von Nick war. Kaum dass er an der nächsten Ampel zum Stehen gekommen war, öffnete er sie und freute sich: Nick hatte zugesagt, er würde nach Schwabach kommen! »Man has to struggle ...«, sang er lauthals weiter mit, »... all the live long day ... «

16

»Wo kommst jetzt her?« Die Stimme des alten Bauern klang schroff. »Wir wollten doch den Zaun fertig machen, und die Kathi hat auch schon nach dir gefragt – redet ihr nicht mehr miteinander? Sie hat keine Ahnung, wo du steckst! Die Tiere müssen auf die Weide, sonst kannst euer Biosiegel vergessen, gleich in der Pfeife rauchen zusammen mit deinen Kräutern ...!«

»Der Zaun!« Christian Bauernfeind fasste sich an die

Stirn und blieb wie angewurzelt mitten auf dem Hof stehen. »Den hab ich vollkommen vergessen!«

»Die Arbeit hier macht sich nicht von allein«, sagte der Altbauer und warf einen argwöhnischen Blick auf die gute Kleidung seines Sohnes, »da kannst noch so viele Kräuter verbrennen und Sprüchlein aufsagen, davon passiert nix!«

Christian überhörte die letzte Bemerkung seines Vaters und erkundigte sich stattdessen, wo Kathi war. Der Bauer zuckte mit den Schultern.

»Ich sehe kurz nach ihr, und dann komm ich gleich«, gab Christian verhalten zurück. Ihm war überhaupt nicht nach einer Konfrontation zumute.

»Wo warst denn, dass d' alles vergessen hast?«, insistierte der Alte und blickte zu ihm auf, sein Sohn überragte ihn um gut zwei Köpfe.

»Hatte einen Termin ...«, sagte Christian über ihn hinweg und wandte sich zum Gehen.

»Hör zu, bis jetzt hab ich dich immer machen lassen, hab nichts zu deiner Nebenbeschäftigung gesagt ...«, er lief einige Schritte hinter ihm her, »aber dass du dafür den Hof vernachlässigst, das können wir uns nicht leisten.«

Christian hielt inne und wurde heftig. »Wir können aber auch nicht auf das Geld verzichten, das durch meine sogenannte Nebenbeschäftigung ins Haus kommt!«, ärgerte er sich. »Oder wie sonst, meinst du, sollten wir die Hypothek stemmen? Und wenn du's genau wissen willst: Ich war in Schwabach bei der Polizei.«

Die letzte Bemerkung war ihm herausgerutscht, und er bereute sie sofort; es war ihm klar, dass er damit seinen Vater nur beunruhigen würde. Dieser schaute ihn entgeistert an und musste sich einen Moment fassen. »Gestern hast mir doch versichert, dass da nichts ist, dass du ein Zeuge bist – hast dir doch was zuschulden kommen lassen?« Die Stimme des alten Herrn überschlug sich fast.

Christian blickte voll Verzweiflung vor sich hin, es wurde ihm alles zu viel, die Sorge um Kathi, sein eigener Kummer ... jetzt auch noch Vorhaltungen von dieser Seite.

»Also, hör zu, ich musste meine Aussage bestätigen und wurde ›erkennungsdienstlich behandelt‹. So nennen sie das dort«, sagte er in ruhigem Ton, der mehr seiner Erschöpfung geschuldet war. Er konnte nicht mehr.

»Ja, reicht es denn nicht, dass die Polizei hier vorfährt und sich alle Nachbarn das Maul drüber zerreißen?« Der alte Herr war jetzt richtig in Fahrt. Das Gefühl absoluter Hilflosigkeit erregte den Altbauern genauso, wie die sinnlose Auseinandersetzung den Sohn bedrückte.

Christian ließ ihn jetzt einfach stehen und ging auf das Haus zu, er wusste, dass es keinen Sinn hatte, weiter darüber zu reden, das Gespräch konnte nur noch schlimmer werden.

»Jedenfalls, als ich vom Stammtisch nach Hause gekommen bin, da stand der Landrover nicht auf dem Hof ...«, rief der alte Herr ihm jetzt noch hinterher.

Christian hatte die Bemerkung gehört und hielt kurz inne, aber er erwiderte nichts. Dann drückte er die Klinke hinunter und ging ins Haus. Innen blieb er einen Moment im dunklen Flur stehen und lauschte. Aus der Küche war nichts zu hören. Er tat ein paar Schritte und blickte in die Stube, an die sich die offene Küche anschloss. Ein Duft nach Brühe und Gebratenem schlug ihm entgegen, auf dem Herd köchelte etwas offen vor sich hin und auf dem Schneidbrett lag ein Häufchen frisch gehackter Kräuter, das Messer daneben. Aber hier war sie nicht, also machte er kehrt.

»Kathi?«, rief er vorsichtig nach oben, doch er erhielt keine Antwort.

Er ging die enge hölzerne Stiege hinauf. Die Tür zum Schlafzimmer war nur angelehnt, aber er sah gleich, dass das Zimmer abgedunkelt war. Sachte schob er die Tür eine Handbreit auf, damit etwas Licht hineinfiel. Kathi lag gekrümmt auf dem Bett, die Beine ganz an ihren Körper gezogen, die Unterarme über ihrem Gesicht, als müsse sie sich schützen. Christian schlüpfte aus den Schuhen und trat ins Zimmer. Als er sich über sie beugte, sah er sofort, dass sie nicht schlief. Aber er sagte nichts, sondern nahm die gehäkelte bunte Decke, die am Fußende lag, zog sie behutsam über ihren Körper und machte sie an den Seiten fest. Dann strich er mit der Hand über ihr Haar und über ihre Stirn. Ihre Haut fühlte sich kalt, aber schwitzig an. »Ich bring dir nachher einen Teller«, sagte er leise und ging dann aus dem Zimmer.

17

»Jetzt hast du Christian Bauernfeind um ein paar Minuten verpasst …«, sagte Paula zu Linde, als dieser in das Kommissariat zurückkehrte und die beiden Kollegen in die Arbeit vertieft an ihren Schreibtischen vorfand.

»Paula hätte ihn um ein Haar um einen Termin gebeten, ich konnt' es gerade noch verhindern …«, frotzelte Jo Bergmans mit einem breiten Grinsen im Gesicht.

»Ein angenehmer Mensch, das muss ich wirklich sagen«, schwärmte Paula, »und er war in jeder Hinsicht kooperativ.«

»Vielleicht sollten wir uns auch die Lebensgefährtin genauer ansehen, diese Frau Vezzosi? Auf mich hat die wie eine Furie gewirkt, die war ja sofort auf hundertachtzig! Und profitieren wird sie in jedem Fall ja auch. Der kann es doch nur recht sein, wenn ihre Vorgängerin aus dem Weg geräumt ist.«

»Möglich ... gibt es schon was von der KTU?«, versuchte Linde die Mutmaßungen abzukürzen.

»Frühestens morgen«, warf Paula ein, »die waren heute noch mal in der Wohnung und haben noch nicht alles abgearbeitet. Ein Fingerabdruck an einer geöffneten Schublade ist wohl fragmentarisch, der ging heute an die Spezialisten in Nürnberg, vielleicht können die was daraus rekonstruieren.«

»Gut, vielleicht geht das auch etwas schneller, wir brauchen unbedingt die Ergebnisse. Jo, frag doch gleich noch mal nach, ob sie außerhalb des Arzneischranks im Bad weitere Medikamente oder auch leere Behälter, Ampullen oder Injektionsutensilien sichergestellt haben.«

Linde überlegte einen Moment lang weiter.

»Woran denkst du?«, fragte Paula nach.

»Diese Injektionsspuren, die ich eben erwähnte ... irgendetwas stimmt da nicht. Bei den Medikamenten war nichts dergleichen zu finden, aber vielleicht ist es auch ein bloßes Missverständnis.«

»Die Ärztin von Frau Alessandrini, diese Dr. Koch habe ich noch nicht sprechen können«, nahm Paula den Faden auf.

»Sie ist momentan auf einem Kongress in Québec und nicht erreichbar, wegen der Zeitverschiebung, denke ich. Und ihre Assistentin rückt ohne Rücksprache mit der Chefin nichts heraus. Aber ich bleibe dran.«

»Gut, dann haben wir hier hoffentlich bald etwas Klarheit!«, sagte Linde und stand auf. Er hatte seit dem Frühstück nichts mehr gegessen und hoffte, unten in der Kantine noch einen letzten Teller zu erwischen.

18

Der Regen trommelte unablässig auf das Dach ihres betagten Peugeot 307 und lief in breiten Schlieren über die Windschutzscheibe. Juliane hatte Mühe, überhaupt etwas zu erkennen, während sie im Schritttempo nach einer Parklücke suchte. Die auf Hochtouren laufenden Scheibenwischer konnten dem anhaltenden Platzregen nichts entgegensetzen. Sie seufzte und kurbelte die Scheibe auf der Beifahrerseite herunter, um sich Orientierung zu verschaffen, und der Geruch nassen Asphalts erfüllte das Wageninnere. Schon mehrere Male war sie in Leipzig gewesen, zur Messe im Frühjahr und zu diversen Lesungen, und jedes Mal hatte sie die Stadt bei Regen oder grauem Wetter erlebt.

Als Irmis Mann Antonio ihr knapp geantwortet hatte, dass er Elio nicht erreichen könne, hatte sie kurzerhand ein paar Klamotten in die Tasche gepackt, eine Thermoskanne mit Milchkaffee befüllt und sich auf den Weg gemacht. Die knapp dreistündige Fahrt auf der A9 war in ihrem übernächtigten Zustand anstrengend gewesen, doch sie war froh, überhaupt etwas tun zu können. Ihr Blick fiel auf den rot-schwarzen Flyer, den Elio ihr stolz zur Eröffnung geschickt hatte. Juliane hatte damals ihre alten Kontakte spielen lassen und dafür gesorgt, dass Inge, eine Freundin von der Journalistenschule, in der LVZ über das »Kunstkombinat« in Plagwitz berichtet hatte. Das war vor gut einem dreiviertel Jahr gewesen, und nun gab es das ambitionierte Galerieprojekt schon wieder nicht mehr. Juliane bedauerte das sehr, denn es war für Elio eine Herzensangelegenheit gewesen. Aber so hatte sie zumindest einen Anhaltspunkt. In den Szenekneipen und Lädchen konnte sie sich durchfragen; vielleicht würde sie jemanden treffen, der etwas wusste.

Zum dritten Mal schon fuhr Juliane die Straße entlang, in der sich im Haus Nummer 16 die Galerie befunden hatte, und wurde endlich auf der anderen Straßenseite fündig. Sie manövrierte den Wagen in die Lücke, schlüpfte in ihre Jacke und griff nach ihrer Tasche vom Beifahrersitz. Sie musste einige Fahrzeuge abwarten, um die Fahrbahn zu überqueren, und zog sich rasch die Kapuze über den Kopf, denn der Regen hatte kaum nachgelassen. Die ehemalige Galerie im Erdgeschoss eines Gründerzeithauses stellte sich als deutlich kleiner heraus, als es im Flyer den Anschein hatte. Das gesamte Gebäude wirkte heruntergekommen, die bereits eingerüstete Fassade war schmutziggrau und im unteren Bereich mit Graffiti verziert. Über der fast blinden Scheibe des Schaufensters war noch der rotweiße Schriftzug »Kunstkombinat« angebracht, während innen alles komplett leer geräumt schien. Auf der kleinen Treppe vor der Eingangstür stapelten sich einige Kartons, die im Regen zusehends aufweichten und von einem weißen Hündchen interessiert beschnuppert wurden, bis es energisch fortgezogen wurde. Juliane trat näher und blickte auf das Werbeschild des zuständigen Maklers, lange würde die Immobilie vermutlich nicht leer stehen. Wenn das Gebäude erst grundsaniert war, konnten die Eigentümer horrende

Mieten verlangen, Plagwitz boomte. Sie ärgerte sich, dass Elios ambitioniertes Projekt offenbar an irgendwelchen profitgierigen Investoren gescheitert war.

Linker Hand befand sich eine Hofeinfahrt, in die Juliane nun eintrat. Sie stieß auf eine Art Hintereingang und ein schmales Fenster, das zu dem der Galerie nachgelagerten Raum gehören musste. Sie trat näher und versuchte durch die vor Schmutz und Staub fast blinde Scheibe etwas auszumachen. Ihr schien, als ob der hintere Raum nicht ganz ausgeräumt war, und als sie sich auf die Zehenspitzen stellte, sah sie, dass in einer Ecke ein primitives Schlaflager hergerichtet war.

»Suchen Sie wen? Da ist schon lange niemand mehr!«, war eine krächzende Stimme zu vernehmen.

Juliane trat einen Schritt zurück und drehte sich um.

»Irgendwann kriegen die uns alle hier raus, da kannste nix machen!« Aus einem der Fenster des rückwärtigen Gebäudes stützte sich ein älterer Mann, der sie wohl schon länger beobachtet hatte.

Juliane nickte ihm zu. »Mmh ... wissen Sie vielleicht, wo ich die jungen Leute finden kann?«

»Pfff ... alle ausgeflogen!«, sagte er mit einer entsprechenden Geste. »Hat ooch nich jedem gefallen, wiss'n Se«, schob er nach und beugte sich neugierig zu Juliane hinunter. Sie vermutete, dass er damit auch sich selbst meinte, doch er wirkte nicht unsympathisch.

»Waren aber nette Kerle, durch die Bank!«

»Danke.« Juliane lächelte zu ihm hoch und wandte sich zum Gehen um. Als sie schon ein paar Schritte entfernt war, rief er ihr noch einmal hinterher.

»Brennt manchmal nachts noch Licht!« Er schien sich einen Moment lang besonnen zu haben, ob er dieser ihm unbekannten Frau die Information mitgeben wollte, aber dann hatte er sich doch dazu entschieden. Gewiss bekam er alles mit, was in dem Gebäude vor sich ging.

»Danke schön!«, rief sie und winkte ihm im Weggehen kurz zu. Sie hatte festgestellt, dass das Fenster nicht richtig schloss, und daher schon vermutet, dass die Jungs das Rückgebäude noch als Übernachtungsgelegenheit nutzten. Es war zwar recht schmal, aber ein schlanker Zwanzigjähriger konnte sich da allemal hindurchzwängen.

Juliane trat auf die Straße hinaus und überlegte einen Moment. Der Regen hatte gerade etwas nachgelassen, aber allmählich wurde es dunkel. In Laufweite lag das *Büro*, sie hatte die Szenekneipe schon beim Vorbeifahren gesehen. Jetzt stand dort dichtgedrängt unter der regennassen Markise eine Handvoll schicker Menschen, die nach der Arbeit Bier aus der Flasche tranken und ihre Zigaretten rauchten. Sie nahmen keine Notiz von ihr, als sie an ihnen vorbeischlüpfte.

Juliane steuerte auf die Theke zu und bestellte bei der Frau dahinter einen doppelten Espresso, in der Hoffnung, dass der sie etwas aufmöbeln würde. Die Müdigkeit saß ihr in den Knochen, und zum ersten Mal kam ihr der Gedanke, wo sie überhaupt die Nacht verbringen sollte. Erneut stieg Traurigkeit in ihr auf.

Während sie auf einem der Hocker vor der Theke Platz nahm, kramte sie in ihrer Tasche nach dem Handy. Mit wenigen Handgriffen hatte sie das Bild auf dem Display.

»Können Sie mir vielleicht weiterhelfen?«, sprach sie die Bedienung an, während diese ihr den Espresso hinschob.

»Mal sehen, worum geht's?«, reagierte das Mädchen nicht übermäßig freundlich, aber vermutlich gehörte das zur Attitüde.

»Haben Sie ihn vielleicht schon mal gesehen? Verkehrt er hier?«, fragte Juliane und hielt ihr das Handy mit dem Bild von Elio hin.

»Bist du die Mutter?«, duzte sie Juliane wie selbstverständlich, während sie demonstrativ geschäftig die Theke wischte.

»Nein, eine Freundin.«

»Hübscher Junge.« Sie schien zu überlegen.

Juliane wartete.

»Er war schon mal hier«, sagte sie endlich mit erneutem Blick auf das Bild, »mit den Jungs von der Galerie da vorn.« Sie nickte in Richtung der beiden Frauen an einem Tisch, die außer ihr die einzigen Gäste im Innenraum schienen. »Frauke da drüben, die mit den Dreadlocks, frag die mal, die ist öfter mit denen abgehangen.«

Juliane bedankte sich und nahm ihre Tasche. Auch Frauke war nicht gerade ein Ausbund an Freundlichkeit, als Juliane sich als Freundin vorstellte und direkt nach Elio fragte.

»Wusste gar nicht, dass der auf ältere Semester steht ...«, bemerkte sie in Richtung ihrer offenbar intimen Freundin und blickte Juliane spöttisch an.

»Hör zu, mir ist nicht nach Scherzen zumute – ich bin eine Freundin der Familie und muss Elio finden, es ist wirklich ernst.« Julianes Ton war ungehaltener, als sie dies beabsichtigt hatte, aber er zeigte Wirkung.

»Ich kann ihm Bescheid geben, dass Sie hier sind«, sagte Frauke, die begriffen hatte, dass etwas passiert sein musste, und begann eine Nachricht in ihr Smartphone zu tippen.

»In Ordnung«, gab Juliane zurück und entfernte sich vom Tisch, um sich in die andere Ecke zu setzen. Sie dachte an Elio, an das gescheiterte Kunstkombinat und konnte verstehen, dass der Junge etwas Eigenes auf die Beine hatte stellen wollen. Weit weg vom Dunstkreis des Vaters und vor allem der übermächtigen *famiglia*. Es war schwierig für ihn gewesen, sich abzunabeln. Er wollte sich abgrenzen, zugleich sehnte er sich nach der Anerkennung des Vaters. Und instinktiv hatte der Junge gespürt, wie die süditalienischen Familienbande funktionierten.

Eine knappe Dreiviertelstunde später erschien Elio im *Büro*.

19

Linde betrat seine Wohnung, legte Akten und Schlüssel auf der Kommode im Flur ab und schlüpfte aus den Schuhen. Er mochte es, wenn die warmen Holzdielen unter seinen Füßen bei jedem Schritt knarrten. Ein wenig erinnerte ihn das an das Haus seines Großvaters in der Rhön. Wenn er neuerdings von der Arbeit nach Hause zurückkehrte, spürte er, dass er sich hier wohlzufühlen begann, dass er anfing, es als sein Zuhause zu begreifen, mehr, als er es zuletzt in Wendelstein getan hatte. Die drei Zimmer waren noch immer recht spärlich eingerichtet. Nur wenige Einzelstücke, die ihn schon ein Leben lang begleiteten, hatte er aus dem Haus mitgenommen und ein paar notwendige Dinge wie einen kleinen Esstisch neu erstanden. Dennoch wirkten die lichten Räume mit den vielen Fenstern und dem hellen Dielenboden schon fast gemütlich.

Im Wohnzimmer drehte er erst einmal die Heizung auf, da es abends noch immer empfindlich kalt war, und sah für einen Moment dem jetzt nachlassenden Regenschauer auf der Gasse zu. Unten schloss Birgitta Baierle gerade geräuschvoll ihren Laden ab und wankte ein paar Augenblicke später unter einem überdimensionalen Regencape, das einem Zelt glich, in Richtung Marktplatz. Kurz bevor sie aus seinem Blickfeld verschwand, drehte sie sich noch einmal um und blickte hoch zu der Fensterfront. Linde hob die Hand zum Gruß, aber sie schien ihn nicht zu sehen. Sie war eine alteingesessene Schwabacherin – und ihm fiel ein, dass er sie nach Alessandrini hätte fragen können, obwohl er es in der Regel vermied, private Kontakte für diese Art Ermittlungen auszunutzen. Einen Moment lang blieb er noch am Fenster stehen und sah ihr nach. Er schätzte Frau Baierle für ihre unglaubliche Belesenheit und ihr unbestechliches Urteil. Wenn sie anderer Meinung war, konnte sie eine bejubelte Neuerscheinung in mitunter derben Worten in Grund und Boden reden. »Man muss nicht alles lesen«, sagte sie dann und schob einen anderen Titel über die Theke. Erst jüngst hatte sie ihm einen Wissenschaftsthriller empfohlen – das Spannendste, das er seit Langem gelesen hatte.

In dem angeschlossenen Café bot Frau Baierle selbst gemachten Kuchen an, und samstags erhielt man dort ein einfaches Frühstück. Linde mochte es, was viel zu selten vorkam, dort in Ruhe den Tag zu beginnen, abseits vom Marktplatz und der belebteren Königstraße.

In Frau Baierles Laden hatte er letztendlich auch die neue Wohnung gefunden. Der Hauseigentümer hatte sie gebeten, einen Aushang machen zu dürfen, und Linde hatte es mitbekommen, als er gerade zufällig im Laden war.

Damals war es ihm wie ein Wink des Schicksals erschienen. Lange hatte er mit sich gehadert, das Reihenhaus in Wendelstein aufzugeben, schließlich war es auch Nicolas' Zuhause gewesen. Aber über die Monate hatte er feststellen müssen, dass es ihm nicht guttat, im Haus zu bleiben, nicht nur wegen der Erinnerungen an die Zeit, in der sie noch eine Familie gewesen waren, nicht allein wegen all der Möbel, Gegenstände und Dinge, die mit oft schmerzvollen Erinnerungen verknüpft waren. Das war es nicht allein. Er hatte sich mit einem Mal seltsam fremd in den eigenen Räumen gefühlt, wie ein Eindringling – weil er sicher war, dass er es hätte kommen sehen, etwas hätte bemerken müssen. Und für ihn war dieses unsichtbare Etwas, das ihn nicht zur Ruhe kommen ließ, noch immer da. Nachdem Nicolas ganz ausgezogen war, hatte er angefangen, dagegen und gegen seine vermeintliche Schuld anzutrinken. Einige Wochen ging das so. Und es wären vermutlich Monate daraus geworden, hätte ihn nicht sein alter Freund Ulrich wachgerüttelt. Etwa zur gleichen Zeit war ihm diese Wohnung vor die Füße gefallen, und nicht nur Ulrich hatte ihm zugeredet, dass es an der Zeit sei, etwas in seinem Leben zu verändern.

Nachdem er sich in der Küche rasch eine einfache Brotzeit hergerichtet hatte, nahm er auf dem alten sandfarbenen Dreisitzersofa Platz und blickte erschöpft vor sich hin. Die letzten beiden Tage steckten ihm in den Knochen. Auch er als erfahrener Ermittler konnte ein Tötungsdelikt nicht so ohne Weiteres verkraften. Und ausgerechnet Wendelstein! Es kam ihm vor, als wolle das Schicksal oder der Ort oder was auch immer sagen, du kannst weglaufen, mein Freund, aber fertig sind wir darum noch lange nicht miteinander!

Eine seltsame Gemengelage war das in diesem Fall. Sie würden sich die Familie noch einmal genauer ansehen müssen. Instinktiv vermutete er hier einen Ansatz, denn die meisten Tötungsdelikte fanden innerhalb des familiären Umfeldes statt. Ja, der Ehemann und dessen Lebensgefährtin hätten ein zumindest denkbares Motiv und waren zugleich auch das Alibi des jeweils anderen. Vielleicht sollten sie noch einmal getrennt und ganz offiziell befragt werden. Die Schwester hatte wohl keinen Kontakt mehr zu Irmgard Alessandrini gehabt, aber vielleicht konnte er sich noch einmal mit Juliane Winterstein unterhalten. Sie schien die Familie gut zu kennen.

Während er sich am Herd ein zweites Spiegelei briet, gab das Diensthandy in seiner Jackentasche einen kurzen Ton von sich. Er schob die Pfanne von der Platte und zog es heraus. Es war eine knappe Textnachricht von Juliane Winterstein, die ihn informierte, dass sie Elio gefunden hatte und nach Hause brachte. Er bedankte sich für die Nachricht und bat um ein Telefonat am nächsten Tag. Der Sohn würde auf dem Kommissariat erscheinen müssen.

20

Der Morgen graute allmählich, und am Himmel waren vereinzelt noch Sterne zu sehen. Juliane lenkte ihren Wagen mit gleichbleibender Geschwindigkeit auf der rechten Autobahnspur gen Süden. Sie blickte zu Elio, der blass und mitgenommen neben ihr auf dem Beifahrersitz saß.

Sie fragte sich, ob es vernünftig gewesen war, noch in derselben Nacht die Heimreise anzutreten. In ihrem Zustand war es wohl eher fahrlässig, stellte sie fest, aber sie hatte Elio die Bitte nicht abschlagen können. Dicht an die Tür gekauert saß er nun da und hielt den Kopf mit den wuscheligen dunklen Haaren gesenkt. Aber er schlief nicht, hielt die Augen nur die meiste Zeit über geschlossen und signalisierte ihr damit, dass er nicht reden wollte. Sie würde abwarten, bis er das Gespräch suchte, Fragen stellte und vielleicht auch von sich erzählte.

Gegen zwei Uhr waren sie aufgebrochen, und als die Sonne allmählich zu erahnen war und Juliane eine kurze Pause einlegen musste, war Elio an der Raststätte weinend zusammengebrochen. Es war, als hätte er in diesem Moment erst begriffen. Sie hatte sich vor ihm auf den blanken Asphalt gekniet und ihn wortlos in die Arme genommen, bis er sich etwas beruhigt hatte und sie weiterfahren konnten.

Jetzt wurde ihm die Position wohl zu unbequem, und er mühte sich, seine langen Beine im Fußraum zu entwirren.

»Magst du was trinken?« Juliane sah kurz zu ihm. »Im Handschuhfach ist noch eine Flasche Wasser.«

Elio antwortete nicht, zog dann aber nach ein paar Minuten die Flasche hervor. Nachdem er ein paar Schlucke getrunken hatte, bot er sie auch Juliane an. Sie schüttelte nur kurz den Kopf.

»Danke, Elio, ich mag jetzt nichts.«

»Hast du sie gesehen?«, begann er und räusperte sich.

Juliane holte tief Luft. »Nein ...«

»Ich meine, hast du sie in den letzten Tagen gesehen?«

»Wir haben telefoniert, vorgestern. Nein, ich hatte sie schon eine ganze Weile nicht gesehen.«

»Ich glaub das alles nicht.«

»Mir geht es genauso, Elio.«

Juliane spürte, wie die Trauer erneut in ihr aufstieg, aber sie ließ sie nicht zu.

»Es gibt doch niemanden, der Mama etwas antun könnte!«

»Du musst nicht so weit denken, es kann alles ein tragisches Unglück sein.«

Elio schüttelte den Kopf vor Ungläubigkeit.

»Hör zu, Elio, dein Vater wird dich sehen wollen ... ich schlag vor, dass du dich bei mir ausschläfst, und dann bring ich dich zu ihm.«

Elio antwortete nicht darauf und gab nur einen unbestimmten Laut von sich.

»Du kannst so lange bei mir bleiben, wie du magst.«

»Danke«, sagte er nur knapp und schien über etwas nachzudenken.

»Elio, weißt du, warum Irmi nach Kallmünz wollte? Hast du eine Ahnung, was sie dort wollte?«

Er dachte einen Moment lang nach. Dann wirkte er zerknirscht. »Sie hat mich gefragt, ob ich sie mal fahren könnte, aber das ist schon eine Weile her.« Elio verstummte.

Juliane ahnte, was in ihm vorging. »Musst dich nicht grämen, weißt doch, wie sie war. Sie hätte ohnehin nicht gewollt, dass du jedes Wochenende da bist.«

»Meinst du, dass es wichtig war? Dass sie in Kallmünz etwas Wichtiges zu erledigen hatte?«

Juliane war sich tatsächlich nicht sicher.

»Ich weiß es nicht, Elio, sie hatte mich ebenfalls zwei Mal gebeten, sie dorthin zu fahren, aber es muss keine besondere Bedeutung haben.«

Juliane entschied sich dafür, das Thema nicht zu vertiefen.

»Weißt du von einer Studie, an der sie teilnahm, es ging da um ein neues MS-Medikament.« Elio schien entschlossen, in alle Richtungen zu denken.

»Nein, davon weiß ich überhaupt nichts!«

»Komisch, dass sie das nicht erzählt hat ... als ich das letzte Mal zu Hause war, hab ich es auch nur zufällig entdeckt, im Bad lag so eine Schachtel herum ...«

»Weißt du noch etwas darüber?« Juliane erinnerte sich an die Andeutung, die Jochen bei ihrem Zusammentreffen am See zu Irmis Medikamenten gemacht hatte.

»Jedenfalls musst du das der Polizei mitteilen, Elio«, sagte sie.

21

Sie schreckt auf, da ist es noch stockdunkel. Für den Bruchteil einer Sekunde wähnt sie sich in ihrer Kammer, doch der fremde Geruch des gestärkten Lakens holt sie in eine Realität zurück, die viele Hundert Kilometer von ihrem Elternhaus entfernt ist. Ihr ist, als ob ein langgezogener, schmerzerfüllter Schrei sie aus dem Schlaf gerissen hat, aber sie schreibt es ihren Träumen zu.

Verschwommen kehrt die Erinnerung an den vergangenen Tag zurück, Bilder der Fahrt, der Ankunft in der fremden Stadt, und Bilder des Hauses ... ein schönes Haus ist das, groß und herrschaftlich! So viel hatte sie in der Dunkelheit erkennen können. Zu ihrer Überraschung hat sie oben in der Mansarde ein eigenes Zimmer bekommen. Nicht groß, aber hübsch eingerichtet ist es und hat sogar eine einfache Sitzecke. Mehr hat sie nicht gesehen, dann konnte sie sich vor Erschöpfung kaum noch auf den Beinen halten ... jetzt kehren auch unschöne Bilder zurück. »Sie muss fort«, hatte sie den Vater sagen hören. Er war außer sich gewesen und hatte so getobt, dass sie sich im Stall verkrochen hatte. »Sie muss fort!« Der Nachhall dieses Satzes liegt über der Dunkelheit und der Stille. Beim Gedanken daran krümmt sich ihr Körper zusammen, und das steife Laken liegt schwer wie eine Last auf ihr. Mutterseelenallein fühlt sie sich jetzt. Sie weiß, in der Dunkelheit, in der Nacht sind die Gedanken düsterer, die Sorgen wiegen schwerer – besonders wenn man aus dem Schlaf gerissen wird. Wenn erst der Tag anbricht, wird es besser. Sie streicht mit der Hand über das Laken, ihren Körper entlang, riecht daran und streicht wieder darüber, damit es geschmeidiger wird. Und schließlich formt sich eine Kuhle, in die sie sich schmiegt, während der Schlaf sie wieder übermannt.

Donnerstag

22

»Manche Dinge, mein Mädchen, die lösen sich ganz von allein, man muss nur ein wenig Geduld aufbringen.« Warum ihr ausgerechnet jetzt diese Bemerkung ihrer Mutter, die schon lange nicht mehr lebte, in den Sinn kam? Rita Michaelis stand in dem kleinen Verkaufsraum des Hofladens von Raubersried und hörte das Gespräch zweier Kundinnen mit an. Zwar drangen nur einzelne Worte an ihr Ohr, da die Frauen angesichts des Themas ihre Stimmen dämpften. Doch da Rita genau wusste, worum es ging, konnte sie der Unterhaltung gut folgen.

Sollte die alte Dame letzten Endes doch recht behalten haben? Sie hatte quasi nach diesem Motto gelebt und viele Dinge ausgesessen, was nicht zu ihrem Besten gewesen war und schließlich großes Unglück über die Familie gebracht hatte. Doch sollte sich die von der Mutter vielbeschworene Weisheit nun für sie bewahrheiten?

Während Ritas Blick scheinbar interessiert zur offenen Backstube ging, wo auf einfachen fahrbaren Metallregalen große Laibe auf ihre Abnehmer warteten, konzentrierte sie sich darauf, das Gespräch der beiden Frauen zu belauschen.

Anfangs hatte sie gar nicht verstanden, worum es ging, dann aber hatte sie einen Namen aufgeschnappt und war hellhörig geworden. Und sie konnte kaum glauben, was sie da hörte! Während sie sich bemühte, äußerlich gleichmütig zu wirken, denn man kannte sie ja im Ort, überschlugen sich in ihrem Innern Gedanken und Gefühle wie selten zuvor.

Aufgeregt sog sie die mehlgeschwängerte, warme Luft ein, ihr Herz begann zu pochen.

Ihre anfängliche Überraschung wich einem Gefühl klammheimlicher Freude. Auch wenn sich alsbald die Scham meldete, denn immerhin, ein Mensch war gestorben.

Jetzt warf eine der Frauen einen kurzen Blick über die Schulter, als wolle sie sich vergewissern, dass die Umstehenden auch nichts mitbekämen. Rita erwiderte ihren Blick. Wenn diese dumme Gans wüsste, was ich weiß, was ich gesehen habe, dachte sie bei sich und verzog ihre Mundwinkel zu einem Lächeln. Ihr Wissen gab ihr ein Gefühl der Überlegenheit – und zur Abwechslung war es einmal ganz schön, die Überlegene zu sein.

Das würde ihre Chance sein, ihr Moment! Lange, viel zu lange hatte sie darauf gewartet, und jetzt war es so weit.

Sicher, sie würde noch ein wenig zuwarten. Warten, das konnte sie. Und es war auch vernünftiger, ihm erst einmal Zeit zu lassen – und dann, er würde schon sehen, dass alles zu seinem Besten war.

Und falls nicht, dann hatte sie immer noch den einen Trumpf in der Hand. Sie musste ihr Wissen ja nicht unbedingt ausspielen, das war vielleicht auch gar nicht nötig. Und mit der Tür so ins Haus zu fallen, würde ihn vermutlich auch erschrecken. Aber wenn er erst erfuhr, was sie gesehen hatte, ja, dann konnte er sie nicht mehr wie Luft behandeln. Manche Menschen musste man zu ihrem Glück zwingen ...

»Rita, was soll's sein?« Die Stimme des Bauern riss sie aus ihren Gedanken. »Wie läuft's drüben im Pfarrhaus?« Fahrig antwortete sie ihm, vergaß die Hälfte von dem, was sie hatte besorgen wollen, und verließ eilig den kleinen Hofladen. Der Pfarrer würde schon nicht verhungern, ganz im

Gegenteil, dachte sie abschätzig, ihrem Chef würde es ohnehin ganz guttun, wenn er nicht immer ohne Sinn und Verstand die noch ofenwarmen Scheiben in sich hineinstopfte. Bald würde sie ohnehin nicht mehr für ihn arbeiten müssen, kam ihr in den Sinn, während sie auf den Radweg in Richtung Altort einbog. Sie trat in die Pedale.

Von Osten her schob sich eine grau-schwarze Wolkenwand in ihre Richtung, doch auch als die ersten dicken Tropfen ihr Gesicht trafen, hatte sie nur Augen für die Schönheit der Apfelbäume, die den schmalen Weg in voller Blüte säumten. Zum ersten Mal seit langer Zeit keimte zaghaft eine Empfindung in ihr auf, die sie schon lange nicht mehr gespürt und fast vergessen hatte ... und während die Tropfen ihre Haare und ihr Gesicht benetzten, empfand sie so etwas wie Zuversicht.

23

Als Elio im Badezimmer verschwunden war und Juliane hörte, dass die Dusche lief, ging sie zum Schreibtisch und griff zum Telefon. Daneben lag ihre Reportage über die Vernissage an der Simon-Ohm-Hochschule, die sie gestern schon hätte fertigstellen sollen. Sie griff sich an die Stirn, das hatte sie komplett vergessen! Das würde heute wieder eine lange Nacht werden ...

Nach der Telefonnummer musste sie nicht lange suchen, denn sie stand noch ganz oben auf der Anrufliste. Während das Freizeichen ertönte und sie nach draußen blickte, sah ihr in der Fensterscheibe ein fahles Gesicht mit dunklen Ringen unter den Augen entgegen. Wie mitgenommen sie aussah, sie brauchte dringend mehr Schlaf. Dann meldete sich mit »Ja?« eine männliche Stimme.

»Guten Tag, Winterstein mein Name, spreche ich mit Richard Linde?«

»Danke, dass Sie sich melden«, entgegnete der Kommissar. »Wie geht es dem Jungen?«

Juliane hielt einen Moment inne. »Nicht so gut. Er spricht nicht, jedenfalls hat er heute noch nicht viel gesagt.«

»Verstehe. Wir müssen uns dennoch mit ihm unterhalten.«

»Ja, natürlich.« Juliane machte eine kleine Pause. »Hat das etwas Zeit? Sein Vater will ihn sehen und wird nachher vorbeikommen.«

»In Ordnung. Es sollte allerdings noch heute sein. Also sagen wir gegen 16 Uhr 30 hier in der Inspektion?«

»Sie verdächtigen den Jungen doch nicht etwa?« Juliane ärgerte sich gleich über ihre Bemerkung. Natürlich musste ihn die Polizei verdächtigen – er war nicht erreichbar gewesen, hatte sein Handy ausgeschaltet gehabt, war quasi tagelang »untergetaucht«. In der ganzen Zeit konnte er sonst wo gewesen sein, auch in Wendelstein.

»Wir versuchen, uns ein Bild des Umfelds zu machen, insbesondere natürlich auch der Familie«, erklärte Linde.

Die Stimme des Ermittlers klang ernst, war aber nicht ohne Freundlichkeit. Juliane nahm an, dass dieser Satz zu den Standardphrasen gehörte. Sie bemerkte einige dicke Tropfen, die bereits hie und da vom Himmel fielen. Gleich würde es wieder richtig anfangen zu regnen. Einen Moment lang war Stille in der Leitung.

»Und natürlich interessiert uns, wo Elio die letzten Tage verbracht hat«, hörte sie Linde sagen. Sie mochte diese Stimme, tief, klangvoll, mit einer besonderen Präsenz. Weniger gefiel ihr allerdings, was der letzte Satz zwar nicht nahelegte, aber doch als Möglichkeit miteinschloss.

»Das kann Elio Ihnen sicher erklären«, entgegnete sie daher bestimmt und wollte das Gespräch beenden, als Linde noch einmal einhakte.

»Eine Bitte hätte ich noch. Wir benötigen die Namen sämtlicher Freunde, Bekannten, die regelmäßig Kontakt zu Frau Alessandrini hatten. Nach Möglichkeit auch mit den zugehörigen Telefonnummern. Wäre es möglich, dass Sie uns da weiterhelfen können?«

»Natürlich, ich gebe Elio eine Liste mit, er selbst wird Ihnen sicher auch einige Personen nennen können, Irmgards Bekanntenkreis war groß«, schloss Juliane und legte auf.

24

»Warst du bei ihr, Antonio, warst du wieder bei ihr? Sag mir die Wahrheit!«

»*Stai zitta, Cinzia!*«, ging Gaetano dazwischen.

»*Non sono affari tuoi*, das geht dich nichts an!«, herrschte Cinzia Vezzosi ihn an, während sie einen Bogen um ihn machte und ihm dabei einen verächtlichen Blick zuwarf.

»Im Wagen sind noch Kisten, und der Wein muss in den Keller!«, forderte sie ihn unmissverständlich auf, die Küche des *Tulipano* zu verlassen.

Gaetano blickte kurz zu seinem Onkel, legte das Messer ab und knallte das Geschirrtuch, das er auf der Schulter getragen hatte, mit einem peitschenden Geräusch auf den Küchenblock. Dann ging er demonstrativ langsam aus der Küche und gab ein Zischen in Richtung Cinzia von sich.

Als die beiden alleine waren, baute sich Cinzia vor Antonio auf. Der aber reagierte nicht, sondern saß weiterhin hemdsärmelig auf seinem Stuhl und starrte matt vor sich hin. Es schien, als wäre alle Lebensenergie aus ihm gewichen. Ein Umstand, der Cinzia noch mehr aufstachelte.

»Warst du bei ihr?«, fragte sie noch einmal leise, aber mit neuer Schärfe, indem sie jedes Wort einzeln betonte. Als keine Antwort kam, trat sie voller Unmut einen Schritt zurück und stützte sich rücklings mit beiden Ellbogen auf dem Küchenschrank auf. Für einen Moment betrachtete sie ihren Lebensgefährten mit einer Mischung aus Verachtung und Mitleid. Plötzlich änderte sich ihr Ton, wurde weicher, versöhnlicher.

»Ich will uns doch nur schützen, Tonio! Wenn du bei ihr warst, muss ich das wissen ... diese Polizisten werden wiederkommen!«

Antonio Alessandrini hob seinen Kopf nun langsam und blickte zu ihr hinüber. »Du mit deiner ewigen Eifersucht! Darum geht es dir! Einzig und allein darum ...«

»*Gelosa io ... pah*!«, platzte sie heraus und sah zur Decke. »Du hast überhaupt nicht gemerkt, wie dich diese deutsche Schlampe um den Finger gewickelt hat!«

»*Chiudi il becco*!«, erhob er sich jetzt und ging einen Schritt auf sie zu. »So redest du nicht von der Mutter meines Sohnes! Du nicht«, sagte er mit erhobenem Zeigefinger.

Aber er erntete dafür nur ein abschätziges Lachen von Cinzia und verstand, dass er in ihren Augen endgültig zur Witzfigur geworden war. Resigniert drehte er sich um und schüttelte den Kopf. »Man konnte ja noch nicht mal ihren Namen aussprechen in deiner Gegenwart«, sagte er mehr zu sich selbst.

Cinzia reagierte nicht.

»Du bist es, die einen Keil zwischen mich und Elio getrieben hat, allein du!«, klagte er sie jetzt in einem letzten Versuch, die Oberhand zu gewinnen, an.

»Was geht es mich an«, erboste sie sich jetzt, »wenn du die *famiglia* nicht zusammenhalten kannst? Und willst du wissen«, trat sie jetzt nach, »was in Cagliari die Spatzen schon von den Dächern pfeifen, eh?, dass du als Vater ein totaler Versager bist ... oh, wär ich nur da unten geblieben!«

Jetzt reichte es Antonio endgültig. Er hatte noch einen Trumpf im Ärmel, den er zuvor nicht auszuspielen gewagt hatte. Nun aber platzte ihm der Kragen. Er schlug mit der bloßen Faust so heftig auf die Arbeitsfläche vor ihm, dass ein Stapel Teller, der dort abgestellt worden war, sich laut scheppernd ein paar Zentimeter bewegte und mit lautem Klirren zu Boden ging.

Antonio drehte sich um, rauschte auf Cinzia zu und packte sie bei den Haaren. »Wer sagt mir, dass *du* nicht bei ihr warst in jener Nacht?«, raunte er ihr ins Ohr und ließ dann wieder von ihr ab. Sie gab keine Antwort.

25

Linde hatte gerade den Hörer aufgelegt, als sich Jo Bergmans vor seinem Schreibtisch aufbaute.

»Wir haben einen Treffer!« Jo wedelte mit dem vorläufigen Bericht der Kriminaltechnik. »Erinnerst du dich an das Fingerabdruck-Fragment, das an die Spezialisten ging? Deren Mühe hat sich gelohnt: Ausgerechnet dieser Abdruck ist im AFIS registriert! Gehört einem gewissen Jochen Wessel. Neunundfünfzig Jahre alt, gelernter Tischler. Saß wegen mehrerer kleiner Ladendiebstähle und Cannabisbesitzes. Und ist in Wendelstein gemeldet«, triumphierte er.

Linde war erfahren genug, um zu wissen, dass der Treffer in der Datenbank überhaupt nichts heißen musste. Ihm war wichtig, niemanden zu Unrecht zu bezichtigen oder auch nur in die Nähe eines Verdachts zu rücken, wenn er nicht begründet schien.

»Wie ist die Spurenlage insgesamt?«, fragte er daher gleichmütig und betrachtete interessiert die eingetrockneten Flecken auf dem Ärmel von Bergmans Holzfällerhemd. Hier war das Spurenbild eindeutig und einem oder mutmaßlich zwei Tätern zuzuordnen, Wiederholungstätern ohne jeglichen Skrupel, dachte er belustigt.

»Laut Dr. Hennig gibt es jede Menge Spuren, vor allem im Wohnzimmer. Und mögliche DNA-Anhaftungen sind in der Rechtsmedizin. Er kommt später vorbei, will sich aber erst mal eine Runde aufs Ohr legen, hat quasi die Nacht durchgearbeitet, sagt er.«

»Wie lange liegen die Delikte zurück, ich meine von diesem Wessel?«, wollte Linde wissen.

»Ist etwa zwölf Jahre her. Er saß für mehrere Monate ein. Heute ist ein kleines Unternehmen auf ihn angemeldet, Gartenarbeiten und Hausmeisterdienste.«

Linde überlegte einen Moment. »In Ordnung«, sagte er jetzt, »es schadet nicht, wenn wir mit ihm sprechen. Ich wollte ohnehin noch einmal in die Wohnung von Alessandrini, dann sind wir gleich vor Ort.«

Auf Paulas noch verwaistem Schreibtisch läutete das Telefon. Kurz bevor Linde den Anruf zu sich umstellen konnte, betrat sie das Büro und nahm noch im Stehen ab.

»Es ist die Ärztin«, flüsterte sie Linde zu, während sie sich aus ihrer Regenjacke schälte und Platz nahm.

»In Ordnung, ich übernehme das.«

»Einen Moment bitte, ich stelle Sie zu Richard Linde durch, der die Ermittlungen leitet.«

»Vielen Dank für Ihren Rückruf, Frau Doktor Koch«, begrüßte Linde die Neurologin und klärte sie kurz über die Sachlage auf. Er berichtete von den Hautveränderungen und Professor Schiffmanns Mutmaßungen. Einen Moment lang herrschte komplette Stille in der Leitung, ein paarmal knackte es.

»Frau Koch, sind Sie noch dran?«

»Ja, entschuldigen Sie, ich war nur gerade etwas irritiert«, erklärte sie jetzt. »Frau Alessandrini hat ihr Medikament immer oral eingenommen. Sie hatte Probleme mit dem Injizieren, und wir haben schon vor einiger Zeit umgestellt, als es eine neue Darreichungsform gab. Die Hersteller sind in den vergangenen Jahren ohnehin zu oralen Darreichungsformen übergegangen. Dass Frau Alessandrini Injektionsspuren haben soll, verwundert mich jetzt doch.«

Die Verbindung war nicht ganz stabil, und Linde musste sich sehr konzentrieren, um der leicht verzerrten Stimme der Ärztin zu folgen.

»Ist es möglich, dass sie einen Kollegen konsultiert hat?«, fragte er jetzt.

»Natürlich, das wäre eine Erklärung – aber so richtig erschließt sich mir das nicht. Sicher, es gibt viele kompetente Neurologen auf dem Gebiet, aber sie war meines Erachtens gut eingestellt. Natürlich, in dem Stadium der Krankheit, und das war bei ihr recht fortgeschritten, kann man nur so einigermaßen mit den schweren Symptomen umgehen. Ich kann mich mit dem Kollegen Schiffmann nach meiner Rückkehr in Verbindung setzen, das wird allerdings noch zwei Tage dauern. Inzwischen lasse ich aber in der Praxis heraussuchen, wann Frau Alessandrini das letzte Mal bei mir in der Sprechstunde war oder sich ein Rezept hat ausstellen lassen. Meine Mitarbeiterin kann die entsprechenden Unterlagen ans Institut in Erlangen weiterleiten.«

»Das hilft uns fürs Erste sehr weiter, vielen Dank. Möglich, dass wir uns dann noch mal bei Ihnen melden.« Linde verabschiedete sich und legte auf.

Paula und Jo blickten ihn fragend an.

»Das Medikament, das unser Opfer zur Behandlung ihrer Multiplen Sklerose eingenommen hatte, nahm sie, und jetzt kommt's, ausschließlich oral ein – laut ihrer Ärztin hat sie nie selbst injiziert, sie konnte das gar nicht!«

»Vielleicht ist sie einem Wunderheiler aufgesessen?«, überlegte Paula.

»Eher unwahrscheinlich«, entgegnete Linde, »es handelt sich hier ja um hochwirksame Medikamente mit gravierenden Nebenwirkungen, das kann ich mir nicht vorstellen.«

»Kann es sein, dass ihr etwas gegen ihren Willen injiziert wurde?«, mutmaßte Jo. Paula lachte. »Wir sind hier in Schwabach, nicht bei den Mafiosi in Little Italy ...«

»Wer sollte so etwas tun?«, sagte Linde ernsthaft. »Wir müssen die Laboruntersuchungen abwarten. Momentan ist das alles Spekulation. Und: Die Todesursache war rein mechanisch. Aber natürlich kann es sein, dass die Injektionen dennoch mit ihrem Tod zusammenhängen. – Paula, kannst du bitte recherchieren, welche Unternehmen hier in der Gegend zu MS forschen? Kann nicht schaden, das einmal abzuklopfen. Und wir fahren raus nach Wendelstein, kommst du, Jo?«

26

Er hatte versucht, den Toaster wieder in Gang zu bringen, und dazu das alte Teil vor sich auf dem Tisch fast komplett in seine Einzelteile zerlegt. Kein Gedanke mehr an ein Frühstück, obwohl sich sein Magen regte. Die letzte Scheibe Brot hatte das Ding halb verkohlt und zusammen mit schwarzen Klümpchen ausgespuckt. Die Heizdrähte und das ganze Innenleben waren schwarz verkrustet und stanken nach Ruß.

Jochen hatte die Holzlaube vor einigen Jahren mit allem Krempel von ihrem Vorbesitzer übernommen. Das ganze Grundstück war vermüllt gewesen, und er hatte eine Menge Arbeit reingesteckt, das meiste Gerümpel war nicht mehr brauchbar gewesen und musste entsorgt werden. Doch was noch halbwegs in Ordnung war, hatte er repariert, aufgearbeitet, sauber gemacht, hergerichtet. Aber er hatte auch einige Schätze entdeckt, wie das alte Moped mitsamt Beiwagen oder den Handrasenmäher.

Die Laube bestand aus nur einem Raum mit einer angebauten winzigen Nasszelle, die nur von außen zugänglich war, aber sie war sein Zuhause, mit allem, was in ihr steckte. Er hatte sich Mühe gegeben und mit viel Herzblut renoviert. Hatte die Wasserleitung erneuert, einen Aufbau gemauert, auf dem er sich eine Küchenzeile eingerichtet hatte. Die Couch hatte schon bessere Zeiten gesehen, aber tagsüber warf er eine Decke darüber, und am Abend war sie mit wenigen Handgriffen in eine Schlafstätte verwandelt.

Andere mochten die Nase rümpfen über eine solche Herberge, aber er scherte sich nicht darum, sie war sein Eigentum, und was wichtiger war, sein eigenes Fleckchen Erde.

Er hatte damit begonnen, die Wiese umzugraben und sie in fruchtbaren Ackerboden zu verwandeln. Bald, so hoffte er, würde er hier sein eigenes Gemüse anbauen und noch unabhängiger werden. Und bisher hatten ihn die Behörden in Ruhe gelassen, obwohl er hier halb illegal hauste.

Er fragte sich, ob Irmgard das alles abgestoßen hatte. Sie war zwar unkonventionell gewesen, aber kultiviert und auf mehr Komfort bedacht. Was hätte aus ihnen werden können, wenn er damals, als sie beide jung gewesen waren, nicht abgehauen wäre?

Irmi. Er versuchte den Gedanken an sie wegzuschieben, aber ihr Lachen und ihr Blick kehrten immer wieder vor sein inneres Auge zurück. Wie jung sie damals gewesen waren!

»Verdammt!« Der Hebel klemmte und brach schließlich ab, er würde einen neuen besorgen müssen. Jochen nahm einen Schluck von seinem schwarzen Kaffee, der inzwischen eher eine lauwarme Plörre war, und blickte nach draußen, wo sich schon wieder dunkle Wolken vor die Sonne schoben. Bald würde es regnen, aber das tat der Erde gut. Er hatte sich Saatkartoffeln besorgt und sogar einen kleinen Blühstreifen angelegt.

Als er sich wieder den Einzelteilen zuwandte, hörte er einen Wagen, der im Heranfahren die Geschwindigkeit drosselte und dann schließlich ganz zum Stehen kam. Da waren sie also. Er hatte nicht so schnell mit ihnen gerechnet, aber es war ihm klar gewesen, dass sie irgendwann kommen würden. Da war es wieder, das drückende Gefühl, wenn seine Vergangenheit nach ihm griff ... Er warf den rußbeschmierten Lappen von sich und ging zur Tür.

Zwei Männer kamen ihm entgegen, ein älterer mit grauen Schläfen und ein jung-dynamischer Typ, der ihm sofort unsympathisch war.

»Jochen Wessel?«, richtete der Jüngere in nassforschem Ton das Wort an ihn.

»Ihr Ton gefällt mir nicht«, ging er gleich auf Konfrontation. Er wusste, dass er dem jungen Mann unrecht tat, aber dies war seine Art, mit seinen eigenen Dämonen umzugehen.

»Jo Bergmans, Kripo Schwabach. Ganz ruhig, wir haben nur ein paar Fragen an Sie.«

Der ältere Mann, der sich als Richard Linde vorstellte, war Jochen nicht unsympathisch, und er meinte sogar, ihn von irgendwoher zu kennen.

»Wir untersuchen den Tod von Irmgard Alessandrini. Waren Sie mit ihr bekannt?«, ergriff Linde das Wort. Er wollte schnell zur Sache kommen und ärgerte sich ein wenig über Bergmans, der sich unnötig aufplusterte.

»Ja«, gab Jochen Wessel knapp zur Antwort und blickte zur Seite.

»Können Sie das ein wenig präziser beschreiben?« Jo Bergmans Stimme klang ungeduldig und angriffslustig.

»Irmgard und ich kennen uns schon sehr lange. Sie war eine Freundin.«

»Wie oft haben Sie beide sich gesehen?«, wollte Linde wissen und sah sich auf dem Grundstück um.

»War ganz verschieden ... in letzter Zeit nicht mehr so oft. Wir haben uns eigentlich nur noch gesehen, wenn es um die Sache ging.« Linde meinte ein Bedauern in seinen Worten zu hören.

»Was meinen Sie damit? Was für eine Sache?«, der Kommissar schien interessiert.

»Tibet. Wir sind ein Förderverein«, dabei machte er eine Handbewegung in Richtung der Laube, an der ein »Free Tibet«-Plakat und eine Girlande mit Gebetsfahnen hingen, »und unterstützen vor Ort eine Schule.« Er hatte keine Lust, mehr preiszugeben, schon gar nicht gegenüber diesen beiden Gestalten von der Polizei.

»Wissen Sie, wann Sie das letzte Mal in ihrer Wohnung waren – oder sie gesehen haben?«

»Vorletzte Woche ...? Ich war aber nur kurz da, um ihr ein paar Flyer vorbeizubringen.«

Richard Linde nickte. Er erinnerte sich, die kopierten Blätter in der Wohnung gesehen zu haben.

»Noch etwas, wo waren Sie in der Nacht von Montag auf Dienstag, zwischen Mitternacht und halb zwei Uhr?«, fragte der Jüngere jetzt und zückte ein Notizbuch.

Jochen zögerte einen Moment. Er hatte keine Lust, darauf zu antworten, wusste aber, dass er nicht darum herumkommen würde.

»Ich war abends bei einem Kumpel drüben in Neuses, hab mir Werkzeug ausgeliehen«, sagte er mit einer Kopfbewegung in Richtung des Campingtischs.

»Geht es noch etwas präziser? Von wann bis wann waren Sie dort?«

»... wird schon etwa halb zwei gewesen sein, als ich zurückgefahren bin. Vielleicht war's auch schon etwas später. Wir haben gequatscht und darüber die Zeit vergessen. Außerdem hat es so gestürmt, da hab ich abgewartet, ich war mit dem Moped dort.«

»Kann ich bitte Namen und Anschrift des Freundes haben?«, fragte Bergmans mit gezücktem Stift.

Jochen steckte sich eine Zigarette an und diktierte ihm Martins Namen und Adresse; Martin war sein ältester Kumpel und hatte ihn noch nie hängen lassen. Er hatte keine Ahnung mehr, wann er von dort losgefahren war, aber es war richtig spät gewesen.

»In Ordnung. Das war's fürs Erste. Danke Ihnen und schönen Tag noch!«, schloss der Kommissar.

Die beiden Polizisten kehrten zu ihrem Wagen zurück.

Jochen blieb für einen Moment in seinem kleinen Garten stehen und sah ihnen nach. Martin würde ihnen bestätigen, was sie hören wollten, aber er war sich sicher, sie würden wiederkommen.

27

»Ich nehme immer noch eine negative Energie im Raum wahr ...«

»Was?«, Birgitta Baierle blinzelte irritiert unter schweren Lidern hervor, um sich in ihrem Wohnzimmer umzusehen. »Wo denn?«

»Manche Menschen hinterlassen uns Energiefelder, die sich hartnäckig halten«, erhielt sie zur Antwort.

»Bestimmt in dem Eck dort drüben? Hab ich recht? Da stand der Lehnsessel seiner Mutter«, entrüstete sie sich, »das alte Ding wollte er partout mitnehmen, als wir ihre Wohnung auflösten!«

»Mmh ... langsam, ruhig, ich kann das Feld noch nicht genau lokalisieren, ich spüre einmal dorthin ...«

Jetzt öffnete auch Christian Bauernfeind seine Augen einen winzigen Spalt und sah vor sich die Füße und einen bunten Stoffzipfel vom Rock seiner füllligen Klientin. Sie hatte in einigem Abstand zu ihm auf einem Stuhl Platz genommen, und er konnte sehen, wie sich ihr Körper deutlich anspannte. Er selbst saß im Schneidersitz auf der mitgebrachten Yogamatte, während das Tongefäß vor ihm weitere Schwaden weißen Rauchs in den Raum entließ.

Er atmete tief durch und stimmte das sonore Brummen an, das die meisten seiner Klienten tief beeindruckte. Auch diesmal tat es zuverlässig seine Wirkung. Allmählich kehrte wieder Ruhe ein, sein Gegenüber schien sich zu beruhigen. Auch wenn für das eigentliche Clearing dieses Brimborium nicht notwendig war, setzte er es doch gern ein, da es den Menschen etwas Konkretes vermittelte. Sie hatten dann das Gefühl, dass etwas passierte.

Die Sitzung heute brachte ihn an seine Grenzen. Nicht weil die Räumlichkeiten zu anspruchsvoll gewesen wären. Die vergangenen Tage hatten ihn mitgenommen, er war verzweifelt und am Ende seiner Kräfte. Und er hatte Angst. Er war sich sicher, dass er in den Augen der Polizei verdächtig war.

Er hätte den Termin absagen können, es aber nicht gewagt. In zwei Monaten war die Hypothek fällig, sie brauchten jetzt jeden Cent. Und die Buchhändlerin war eine wichtige Kundin – wenn seine Flyer erst in ihrem Laden auslagen, hoffte er auch in Schwabach seinen Kundenstamm zu erweitern. Im Speckgürtel um Nürnberg gab es aufgeschlossene und vor allem zahlungskräftige Kundschaft.

Das war nicht der einzige Grund, warum er dorthin auswich und im eigenen Landkreis seine Dienstleistung nicht anbot. Er wusste, dass sich sein Vater seinetwegen schämte, auch wenn er dies nicht offen aussprach. Aber die Tatsache, dass sein alter Herr kein Wort darüber verlor, genügte. Die Vorstellung, sein Vater könnte am Stammtisch darauf angesprochen werden, tat ihm weh.

Er dachte an Kathi. Auch ihretwegen musste er jetzt durchhalten. Vor allem ihretwegen. Auch wenn die Verzweiflung und Angst sich wie eine metallene Hand um seine Eingeweide legte.

Während er weiter vor sich hinbrummte, überlegte er, was sie jetzt wohl machte – und eine Welle voller Zärtlichkeit und Fürsorge durchströmte ihn. Mit Kathi war es das erste Mal gewesen, dass er so für jemanden empfand. Vor ihr hatte er viele Freundinnen gehabt, und er hatte sich auch nie groß bemühen müssen ... und meist hatte es ihn nicht allzu sehr geschmerzt, wenn eine Beziehung in die Brüche gegangen war. Doch mit Kathi war das anders. Die Vorstellung, nicht mehr für sie da sein zu können, sie zu verlieren – wenn sie ihn nicht mehr wollte oder an die Krankheit –, das durfte nicht sein. Er würde alles für sie tun. Solange er das konnte.

»Haben Sie es? Das Feld ... hab ich recht, dort in der Ecke ...?« Die Stimme der Buchhändlerin riss ihn aus den Gedanken, holte ihn ins Hier und Jetzt zurück.

»Möglich«, antwortete er knapp und nahm eine andere Position ein. Seine Beine schmerzten – und der weiße Salbei verursachte ihm heute eine leichte Übelkeit. Er hielt einen Moment inne und sah sich in dem Zimmer um, das pragmatisch, aber gemütlich mit viel Holz und klaren Farben eingerichtet war. Birgitta Baierle wurde zusehends ungeduldig, sie schien sich der Aura ihres geschiedenen Mannes und ihrer Schwiegermutter, die sie nun ebenfalls in ihren vier Wänden wähnte, nicht schnell genug entledigen zu können.

»Ich bin mir nicht ganz sicher«, sagte er matt. »Wir versuchen einmal Folgendes: Sie besorgen eine größere Menge Salz, am besten tibetisches Steinsalz aus dem Himalaya, etwa zwei Pfund, das Sie dort«, damit zeigte er in die suspekte Ecke, in der mittlerweile ein aufgearbeitetes antiquarisches Schreibpult stand, »auf dem Boden ausbringen.«

Birgitta Baierles Augen weiteten sich. Sie war allem Esoterischen bestimmt aufgeschlossener als der Großteil der Gesellschaft, aber das Befremden über den Vorschlag war ihr am Gesicht abzulesen.

Bauernfeind nahm ihre Skepsis wahr, fuhr aber unbeirrt fort. »Sie lassen das zwei Tage und Nächte so, dann kehren Sie es auf und entsorgen es!«

»Okay.« Birgitta verzog ihr Gesicht zu einer seltsamen Grimasse. Innerlich amüsierte sie sich bereits bei der Vorstellung, demnächst ihre Schwiegermutter aufzukehren.

»Ich komme nächste Woche wieder, dann sehen wir, ob noch Weiteres nötig ist. Wir können auch die Engel anrufen, aber das ist dann vielleicht gar nicht mehr notwendig.«

Frau Baierle sah etwas bedröppelt vor sich hin und blickte sich dann wieder im Zimmer um. »Jetzt verursacht mir die alte Dame auch noch Kosten, Gott hab sie selig ...«

Bauernfeind schüttelte den Kopf und erhob sich langsam. »Ich berechne das nicht eigens – das ist in der Summe, die wir vereinbart hatten, inbegriffen. Und ...«, er machte eine kleine Pause und sah sie direkt an, »das Elemental muss nicht von Ihrer Schwiegermutter stammen ... dies ist ein altes Haus, das schon einige Bewohner hatte ... solche Felder rühren manchmal aus alter Zeit, möglicherweise hat sich hier vor zweihundert oder mehr Jahren etwas zugetragen, das noch heute die Energien im Haus niederdrückt.«

Birgitta Baierle erschauderte. Sie wollte nur eins: sich in ihren eigenen vier Wänden wieder wohlfühlen. Seit Arthur ausgezogen war, verlief ihr Leben zwar in ruhigeren Bahnen, doch sie hatte den Eindruck, dass die letzte erbärmliche Phase ihrer Beziehung noch in der Wohnung haftete, dass sie das nicht einfach abschütteln konnte, die Streitereien, das Gebrüll, die Scham vor den Nachbarn ...

»Wir bekommen das hin!«, sprach Christian Bauernfeind nun mit so viel Zuversicht in der Stimme, wie ihm gerade noch möglich war, während er seine Utensilien zusammenpackte.

28

Mit dem Hausschlüssel durchtrennte Richard Linde das Polizeisiegel und schloss die Wohnung auf. Im dunklen Flur blieb er einen Moment lang stehen, ohne das Licht anzumachen. Er wusste nicht genau, was er hier zu finden glaubte, aber er wollte die Räumlichkeiten noch einmal allein auf sich wirken lassen, ganz ohne die geschäftige Betriebsamkeit der Kollegen, ihr Stimmengewirr und das Geraschel ihrer Schutzanzüge.

Er dachte daran, was Christian Bauernfeind ihm über seine Tätigkeit gesagt hatte. Vielleicht hatte sogar das dazu beigetragen, dass er sich hier noch einmal in Ruhe umsehen wollte. Linde war durchweg Pragmatiker, besonders was den Beruf anging. Bei Ermittlungen zählten die klaren Fakten, die Daten, die Untersuchungsergebnisse ... alles andere war das, was der zuständige Staatsanwalt vom Tisch fegte. Aber er war feinfühlig genug, um zu wissen, dass das eben nicht alles war.

An der Eingangstür klapperte es. Dahinter schien jemand zu sein. Bergmans konnte es noch nicht wieder sein, er war unterwegs nach Neuses, um Jochen Wessels Alibi zu überprüfen. Linde drehte sich um und beugte sich vor, um durch den Türspion zu sehen, aber da war nur ein junger Mann, der Werbeblättchen in den schmalen Briefkastenspalt stopfte.

Linde ging ein paar Schritte in Richtung Küche. Das Gespräch mit Bauernfeind hatte ihn tatsächlich zum Nachdenken gebracht. Und was die Leben der Bewohner mit Räumen machten – wie sie ihnen ihren eigenen Stempel aufdrückten, eine Aura schufen, oder wie auch immer man das nennen mochte. Auch an das Haus in Wendelstein dachte er jetzt. Dass er zu lange dort geblieben war. Dass er nichts verändert hatte, sondern im Alten verhaftet geblieben war. Aber es war eben nicht so einfach gewesen. Besonders nicht für Nicolas. Linde spürte, wie sein Sohn es ihm noch immer übel nahm, »ihr« Zuhause verlassen zu haben und in Schwabach den Neuanfang zu wagen. Natürlich konnte er Nicolas verstehen, aber als Vater schmerzte es ihn trotzdem.

Er sah sich in der kleinen Küche um. Eines der beiden Fenster wies zur Eingangsseite, das andere zur Straße. Der Raum war licht und aufgeräumt. Irmgard Alessandrini hatte sich gut selbst versorgen können, auch wenn sie durch das Fortschreiten der Krankheit bestimmt stärker beeinträchtigt war, als das in ihren jüngeren Jahren der Fall gewesen sein dürfte. Laut Aussage der Ärztin hatte sich die Krankheit nach der Geburt des Kindes manifestiert.

Auch dieser Raum atmete die Atmosphäre, die Linde schon im Wohnzimmer wahrgenommen hatte. Eine belesene Frau, die zahlreiche Interessen hatte und wohl auch politisch engagiert war. Er sah einen kleinen Stapel von Prospekten und Zeitschriften durch, der auf dem kleinen Esstisch lag. Heraus ragte eine noch nicht unterzeichnete Unterschriftenliste des Vereins Tibethilfe.

Linde blickte aus einem der Fenster. Das Haus lag relativ nah an Straße und Bürgersteig; der Garten, der es umgab, verdiente eher die Bezeichnung »Grünstreifen«. Ein Umstand, der in seinen Augen das Tatmotiv Einbruch zumindest infrage stellte. Sicher, als alleinstehende Frau, noch dazu mit körperlichem Handicap, war Alessandrini bestimmt ein Opfer, das nicht allzu großen Widerstand leistete, doch die Wohnung lag so nah an der Straße, dass ein Überfall mit einiger Wahrscheinlichkeit nicht unbemerkt geblieben wäre. Was aber, wenn ein potenzieller

Einbrecher sie oben im Haus im Schlafzimmer vermutete und sie dann hier unten angetroffen hatte? Laut ihrer Haushaltshilfe schlief sie oft auch im Erdgeschoss, auf einer einfachen Pritsche im Gästezimmer, wenn ihr der Weg in das Obergeschoss zu mühevoll war. Aber Linde glaubte nicht recht an die Theorie vom unbekannten Einbrecher.

Er betrat das Wohnzimmer. Er wusste nicht genau, wonach er suchte, aber er hoffte auf einen Hinweis, einen Fingerzeig.

Draußen unterhielten sich ein paar Passanten im Vorübergehen. Linde war überrascht, wie gut man die Worte verstehen konnte. Vor dem Fenster streckte ein Kirschbaum seine Äste in den Himmel. Dieser hatte einen Großteil seiner Blüten schon geöffnet und ließ an den Blattknospen das erste helle Grün erkennen.

Ein älterer Mann schlenderte langsam vorüber, hielt inne und drehte sich dann in Richtung des Hauses. Er ging ein bisschen vornübergebeugt, und Linde war sich nicht sicher, ob der Mann nur Probleme beim Gehen hatte oder auch ein wenig verwirrt war. Dann schien er durch etwas abgelenkt, und Linde nahm erst jetzt den kleinen Mischlingshund wahr, den der Mann an der Leine führte. Wieder blickte der Fremde zum Fenster und duckte sich nun sogar ein wenig, um durch die Scheibe etwas erkennen zu können, wie es schien.

Linde war klar, dass die Nachricht von dem ungeklärten Todesfall in einem Ort wie Wendelstein große Wellen geschlagen haben musste und dass die Leute neugierig waren, etwas darüber zu erfahren. Nur hier schien irgendetwas anders zu sein, der ältere Herr war ganz offensichtlich besorgt, ob im Haus jemand zugange war. Er musste gesehen haben, dass sich in der Wohnung jemand befand. Linde sah sich bemüßigt, seine Anwesenheit zu erklären, und öffnete eines der Fenster. Als der Mann sah, dass er bemerkt worden war, schickte er sich an, weiterzugehen, doch Linde richtete das Wort an ihn.

»Kann ich Ihnen helfen? Richard Linde, Kripo Schwabach«, stellte er sich knapp vor und nahm wahr, dass der Mann zauderte, als hielte er mit etwas hinter dem Berg.

»Kann ich Sie kurz sprechen?«, gab sich dieser schließlich einen Ruck.

»Natürlich. Kommen Sie vor die Haustür?« Linde deutete mit der Hand die Richtung an.

Vor dem Hauseingang schien sich der Mann noch unwohler zu fühlen, er druckste herum und warf Linde, der ihn um einen Kopf überragte, einen unsicheren Blick zu. Linde schätzte ihn auf Mitte sechzig oder etwas älter. Sein Gegenüber war leicht untersetzt und hatte ein freundliches, fülliges Gesicht unter der Schiebermütze. Linde fiel die maskenhafte Mimik auf.

»Sind Sie ein Nachbar?«, begann er und spürte, dass der Mann zögerte und man ihn aus der Reserve locken musste.

»Nicht direkt, ich wohne da vorne, sind ein paar Hundert Meter von hier.«

»Möchten Sie mir etwas mitteilen?«, formulierte Linde vorsichtig. Sein Gegenüber nickte und stellte sich als Gerhard Aumüller vor.

»Ich möchte niemanden anschwärzen, verstehen Sie?«

Linde nickte. »Natürlich. Wenn Sie allerdings etwas beobachtet oder gehört haben, das uns bei den Ermittlungen weiterhilft, dann bitte ich Sie darum, sich zu äußern.«

»Es tut mir leid, dass ich erst jetzt damit komme«, begann Aumüller entschuldigend, »aber ich habe das alles nicht gleich mitbekommen und hatte die letzten Tage auch ein paar persönliche Sorgen.«

Linde war der alte Herr sympathisch, er wirkte bescheiden und aufrichtig – kein Großsprecher oder jemand, der sich wichtigtun wollte.

»Dann erzählen Sie mal«, forderte er ihn behutsam auf.

29

Der winzige Holztisch mit den ungleichen Beinen, der etwas abseits stand, wo er mittags dem Personal als Esstisch diente, war sorgfältig gedeckt: rot-weiß kariertes Tischtuch, große Pastateller, die aneinanderstießen, weiße Stoffservietten und schlichte Gläser für Rotwein und Wasser.

Juliane hatte bereits Platz genommen und fragte sich, ob Elio um die Bedeutung des wackeligen Tischchens wusste. Irmi und Antonio hatten es bei einem Trödler in Mailand erstanden, und es war das Schmuckstück ihrer ersten gemeinsamen Wohnung gewesen. Gekippelt hatte es schon immer, und obgleich Antonio anfangs versichert hatte, die ungleichen Beine zu justieren – getan hatte er es nie, und schließlich wollten sie es beide nicht mehr, aus dem Aberglauben heraus, dass ihre Beziehung einen Knacks bekommen oder sie sonst ein Unglück heimsuchen könnte, wenn der Tisch erst gerichtet wäre.

Antonio Alessandrini rückte die Teller zurecht, um ein großes Stück Parmesan nebst Hobel dazwischen zu platzieren. Juliane bemerkte, dass er leicht zitterte. Er schien aufgeregt und froh, mit der Zubereitung des Essens beschäftigt zu sein. Hemdsärmelig wie meist stand er am Küchenblock und fütterte die Nudelmaschine mit einem großen Stück Teig, das diese in einen hauchdünnen Streifen verwandelte. Damit bedeckte er die Reihen von Pasta, die schon vorbereitet auf der bemehlten Fläche lagen, um die einzelnen Ravioli schnell und geschickt voneinander zu trennen. In der Küche des *Tulipano* wurde an verschiedenen Kochstellen gearbeitet, die *sugi* für den Restaurantbetrieb am Abend wurden vorbereitet, das Gemüse geputzt, Kräuter kleingehackt. Die Füllung aus Wildschwein, Kalbsschulter und verschiedenen Gemüsesorten war ein altes Familienrezept und galt als Festessen im Hause Alessandrini.

Juliane zog ihre Strickjacke aus, die Bluse darunter begann unangenehm an ihrer Haut zu kleben. Sie nippte kurz am Wein, der vorzüglich war, und genoss die Betriebsamkeit, das gedämpfte Klappern des Geschirrs, die Gerüche. Sie fühlte sich müde, und der warme Küchendunst lullte sie zusätzlich ein. Sie sah zu Elio hinüber, der sich am anderen Ende des Raums leise mit Rosaria unterhielt; sie war gerade dabei, eine Suppe oder ein anderes *primo piatto* abzuschmecken. Er plusterte sich etwas auf, erzählte ihr vermutlich von seinen Plänen.

Juliane beneidete ihn um seinen jugendlichen Enthusiasmus. Er würde seinen Weg machen, dachte sie, auch wenn er nicht so geradlinig verlief wie bei anderen. Aber war das überhaupt erstrebenswert? Diese geraden, makellosen Lebensläufe waren ihr ohnehin suspekt. Ihnen fehlte das Leben, das Ausprobieren und Irren, die Umwege und Sackgassen, das, was einfach dazugehörte. Sie nippte erneut am Wein und legte ihre Wange in die Handfläche.

Vielleicht konnte Antonio ihm diesmal eine bessere Stütze sein, jetzt, da sie beide allein waren. Die Voraussetzungen dafür waren gut. Denn auch Antonio hoffte auf einen Neuanfang mit seinem Sohn.

»*Grazie mille, Giulia*«, sagte er mit einem Nicken in Richtung Elio, als er sich für einen Moment an den Tisch setzte. Voll Dankbarkeit sah er Juliane an.

»Ist doch selbstverständlich«, antwortete Juliane auf Italienisch, »ich bin froh, dass er da ist.«

»Nein, das ist nicht selbstverständlich! Du bist eine Freundin. Siehst müde aus ... das Essen wird dir guttun.«

»Ja, die letzten Tage hab ich wenig geschlafen.«

»Giulia, ich verstehe es nicht, es geht nicht in meinen Kopf. Was ist nur geschehen? Ich kann es noch immer nicht fassen!« Antonio war konsterniert, und Tränen traten ihm in die Augen.

»Mir geht es doch genauso, Antonio.« Auch sie war den Tränen nahe.

»Hast du etwas gehört? Und was wollte die Polizei von Elio?« Antonio schien beunruhigt bei dem Gedanken, dass die Ermittler mit Elio gesprochen hatten.

»Ich habe ihn noch nicht danach gefragt«, erklärte Juliane, »ich denke, das alles ist schwer genug für ihn.« Sie hobelte sich ein Stück Parmesan ab und ließ es auf der Zunge zergehen, langsam regte sich der Hunger in ihr.

»Ja, sicher«, Antonio schien es keine Ruhe zu lassen, »aber haben sie einen Verdacht gegen ihn?«

»Das bestimmt nicht, aber er war eben einige Zeit nicht zu erreichen – und das allein wirft Fragen auf. Die Polizei muss dem nachgehen und das Umfeld befragen, das ist die normale Routine, denke ich.«

Juliane hätte selber gern gewusst, was der Kommissar von Elio hatte wissen wollen, aber sie hatte sich nicht getraut zu fragen.

»Hör zu, Antonio, lassen wir doch das Thema heute Abend außen vor!«, bat Juliane ihn eindringlich, »er wird es dir irgendwann erzählen. Lass du ihn kommen, gib ihm Zeit.«

»Ja, du hast recht!« Antonio nickte. »Ich wollte, dass wir gut zusammen essen – Irmi hätte es so gewollt.«

»Das hätte ihr gefallen, Tonio«, sagte Juliane in fast schon weinseliger Stimmung.

»Gleich können wir essen.« Antonio machte eine einladende Geste und winkte seinen Sohn herbei. Während er mit einer Kelle die Teigtaschen aus dem siedenden Wasser fischte, schwenkte er mit der anderen Hand eine kleine kupferne Stielkasserolle mit Salbeibutter.

Plötzlich flog die Tür zum Restaurant auf und Cinzia rauschte herein, schon für die Arbeit zurechtgemacht in einem schlichten schwarzen Hosenanzug und mit dezentem Make-up. Sie nickte Juliane nur kurz mit der Andeutung eines Lächelns zu und schob sich dicht an Antonio, um ihm etwas ins Ohr zu raunen. In der Hand hielt sie einen geöffneten Umschlag, den sie bedeutungsschwanger vor ihm auf die Arbeitsfläche schob.

Was für eine schöne, stolze Frau Cinzia doch war, dachte Juliane und fühlte sich unwillkürlich an die Heldinnen aus den neorealistischen Filmen erinnert, die Irmi so geliebt hatte, Anna Magnani, Lianella Carell und wie sie alle hießen. Irmi hatte Roberto Rossellini verehrt – und Antonio mit seinem hohen Haaransatz, den pomadigen, nach hinten gekämmten schwarzen Haaren und den dunklen Augen erinnerte sogar ein bisschen an den großen Regisseur. Sie waren ein schönes Paar, Antonio und diese Cinzia.

Juliane bemerkte, dass Antonio seinen Sohn musterte, noch während Cinzia mit ihm sprach, und dabei eine Veränderung in seinem Gesicht vorging. Seine Miene wurde ernst, als er wiederum Cinzia etwas zuflüsterte. Sie verließ die Küche wieder, nicht ohne Gaetano und Rosaria weitere Bestellungen zuzurufen.

»*Siamo quasi pronti, eh ...!*«, rief Antonio in Elios Richtung, ohne ihn aus den Augen zu lassen. Elio schlenderte betont lässig in Richtung Herd, um von seinem Vater das Brotmesser entgegenzunehmen. Antonio verfolgte jede Handbewegung seines Sohnes, und Juliane spürte deutlich die Veränderung, die in Antonio vorgegangen war. Die versöhnliche Stimmung, die eben noch geherrscht hatte, war einer Anspannung gewichen, die sie nicht einordnen konnte. Antonio schien nachzudenken, während er das Essen servierte und die Pastateller mit den dampfenden Teigtaschen füllte.

»Greif zu, Giulietta, lass es dir schmecken!«

Antonio war ein begnadeter Koch, und Juliane genoss das Zusammensein mit Elio und ihm. Ein wenig schien es ihr, als ob Irmi dadurch wieder anwesend wäre.

»Wie lange ist Rosaria noch hier?«, erkundigte sich Juliane in Richtung Elio.

»Zwei Wochen, dann ist sie erst mal wieder unten, ihrer Mutter geht es nicht so gut.«

»Verstehe.« Juliane stellte es sich schwierig für die junge Frau vor, zwischen beiden Welten hin- und herzupendeln.

»Hab ihr von meinen Plänen erzählt, sie findet das gut ...«, sagte Elio zu Juliane, aber es war klar, dass er die Bemerkung eher für seinen Vater gemacht hatte, zu dem er nun unsicher blickte.

»Was sind das für Pläne? Wird dein alter Vater da auch eingeweiht?«, fragte dieser ausdruckslos, ohne Elio auch nur einmal anzusehen.

»*Certo*«, sagte Elio, »Juliane habe ich davon schon erzählt. Ich werde in Leipzig ein Architekturstudium beginnen.«

»*Accidenti!* Tatsächlich«, entfuhr es Antonio, »und wer wird das bezahlen?«

»Ich habe da schon eine Idee ...«, sagte Elio, schien darauf aber nicht näher eingehen zu wollen.

»Wenn dein Vater bald im Gefängnis sitzt, kannst du das Studium vergessen ...!«

Juliane sah auf und blickte Antonio irritiert an. »*Dai, Antonio*«, versuchte sie zu vermitteln.

»*Ma che dici*? Was soll das, Papa?« Elios Ton wurde angriffslustig.

»Was hast du diesem *commissario* erzählt? Von meinen Geldsorgen ... oder was?«

Elio schien irritiert und nahm einen Schluck Wein. »Dann spuck doch mal aus, was ich ihm hätte erzählen sollen?«, gab er patzig zurück. »Hast du wohl ein schlechtes Gewissen?«

»Ist doch kein Zufall, oder? Kaum bist du wieder da und sprichst mit diesem *commissario*, da werde ich von der Polizei vorgeladen.« Antonio hatte die letzten Worte betont leise ausgesprochen, aber die Angestellten wurden nun aufmerksam und blickten zum Tisch.

Erneut bemühte sich Juliane, zwischen den beiden zu vermitteln. »Antonio, das hat doch mit Elio nichts zu tun, wenn dich die Polizei sprechen will, alle wurden wir befragt ...«

»Giulia, der *commissario* war schon gestern hier, und wir *haben* gesprochen.« Antonio knallte den Brief auf den Tisch.

30

Es war spät geworden in den Büros des K1. Linde stand am offenen Fenster, um frische Luft zu schnappen, und ließ den Blick für einen Moment über die Dächer Schwabachs schweifen. Die kühle Luft tat ihm gut und weckte seine Lebensgeister. Er war müde, hatte sich aber vorgenommen, noch mindestens eine Stunde weiterzuarbeiten. Der Tag hatte einige neue Ergebnisse gebracht oder vielmehr Fragen aufgeworfen, die sie zügig weiterverfolgen sollten.

Paula Kálmán hatte zwar protestiert, als er sie bereits vor einer dreiviertel Stunde in den Feierabend geschickt hatte, aber Jo hatte sich bereit erklärt, Linde zu unterstützen.

»Und du hältst diesen neuen Zeugen für glaubwürdig?«, wollte er jetzt von seinem Chef wissen. »War es nicht ein bisschen spät, um mit dem Hund Gassi zu gehen?«

»Er machte auf mich einen zuverlässigen, korrekten Eindruck.« Linde überlegte einen Moment und dachte an die seltsamen, tremorartigen Bewegungen, an die offenkundige Gebrechlichkeit des älteren Herrn.

Dessen Beobachtung hatte mit einem Schlag die italienische Verwandtschaft des Opfers stärker in den Fokus gerückt. Der Nachbar hatte angegeben, einen Streit aus der Wohnung von Irmgard Alessandrini gehört zu haben, als er in der Nacht auf Dienstag noch mit seinem Hund im Viertel unterwegs gewesen war. Interessant dabei war jedoch weniger das Wortgefecht an sich als vielmehr die Tatsache, dass es in italienischer Sprache stattgefunden hatte.

»Konnte der Zeuge sagen, ob es sich um einen Mann und eine Frau oder aber zwei Frauen gehandelt hatte?«, hakte Jo jetzt nach.

»Gute Überlegung«, nickte Linde, »aber der alte Herr konnte oder wollte es nicht präzisieren. Dazu war er zu weit weg, und es war auch relativ windig gewesen, wie er sagte.«

»Dann werden wir Alessandrini und seine Lebensgefährtin getrennt voneinander befragen?«, wollte Jo wissen.

»Ja, ich denke, das ist der beste Weg.«

Die Vorladungen waren noch am Abend zugestellt worden. Morgen würden sie sehen, was die beiden Vernehmungen zu Tage förderten.

Linde sah amüsiert zu Jo Bergmans hinüber. Es war offensichtlich, dass der junge Kollege die Überstunden nur allzu bereitwillig übernahm – und er konnte sich lebhaft vorstellen, warum. Auf der Dienststelle hatte der frischgebackene Zwillingspapa zumindest einen Augenblick seine Ruhe und musste sich »nur« auf seine Arbeit konzentrieren. Wie jetzt, als er den Verbindungsnachweis von Irmgard Alessandrinis Telefonanbieter durchforstete, indem er die Liste mit Adressen und Nummern abglich, die sie von Frau Winterstein und dem Sohn erhalten hatten – und ganz bei sich war.

Linde musste an Nicolas denken, der vier Jahre jünger als Jo war. Vielleicht blieb ihnen am Wochenende ja sogar noch Zeit für einen kleinen Ausflug. Es sah aus, als ob das Wetter besser werden würde. Er sog noch einen Moment die Luft ein, die nach Frühling roch und ihm fast lau erschien, und schloss dann das Fenster.

»Kommst du damit voran?«, fragte er Jo, als er an Paulas Schreibtisch zurückkehrte, da er keine Lust gehabt hatte, allein in seinem halb abgetrennten Büro zu sitzen.

»Yep! Bislang nichts Ungewöhnliches ... Familie, Freunde, Nachbarn ...«, Jo sah über den Bildschirm hinweg zu Linde hinüber, »Jochen Wessel taucht hier einige Male auf, auch diese Frau Winterstein in regelmäßigen Abständen.«

Linde nickte. Vermutlich brachte sie das nicht sehr weiter, aber die Auflistung musste dennoch abgearbeitet werden. Erwartungsgemäß hatte der Kumpel in Neuses die Aussage Wessels bestätigt, obwohl er sich nicht auf eine exakte Uhrzeit festlegen wollte. »Bis weit nach Mitternacht hätten sie getagt«, war seine vage Zeitangabe gewesen. Damit war Wessel in Lindes Augen nicht völlig entlastet.

»Bei der Entfernung hätte Wessel durchaus auf dem Heimweg halt bei Irmgard Alessandrini machen können«, nahm Jo den Gedanken jetzt wieder auf.

»Ja, aber welches Motiv sollte er gehabt haben?«, entgegnete Linde. Sowohl Juliane Winterstein als auch Elio Alessandrini hatten die langjährige Freundschaft zwischen Irmgard und Jochen bestätigt.

Linde dachte an das Gespräch mit Elio Alessandrini zurück, das sie am frühen Abend geführt hatten. Es war ihm schwergefallen, den richtigen Ton zu treffen. Und er war dankbar gewesen, Paula mit dabeizuhaben. Zu ihrer aller Überraschung hatte Elio Alessandrini den Ermittlern bestätigt, dass seine Mutter ein neues Medikament ausprobiert hatte. Leider hatte der junge Mann nichts Näheres darüber gewusst, sodass sie damit am Anfang standen. Aber zumindest war aus der bloßen Mutmaßung vom Morgen ein konkreter Ansatz geworden, den sie nun weiterverfolgen konnten.

»Ich denke, dass der Ansatz mit dem Medikament vielversprechender ist«, sagte Linde darum jetzt.

»Ja, seltsam das Ganze«, überlegte Jo laut und verschränkte die Arme hinter seinem Kopf.

Wenn Irmgard Alessandrini einen neuen Wirkstoff getestet hatte, warum war die behandelnde Ärztin allem Anschein nach nicht darüber informiert gewesen? Und wie konnte es sein, dass die Injektionen derart unfachmännisch ausgeführt worden waren? Linde hatte dafür keine Erklärung.

»Vielleicht hat sie sich das Mittel nicht nur selbst gespritzt, sondern es sich auch selbst besorgt?«, spekulierte Bergmans.

Linde nickte. Heutzutage konnte man über das Internet problemlos alle möglichen Arzneien bestellen. Er hatte sich ein wenig kundig gemacht und war erstaunt gewesen, was dort alles angeboten und mit welchen Heilungsversprechen zahlungskräftige Kundschaft angelockt wurde. Ein perfides Geschäft, das aus der Verzweiflung der Kranken Gewinn schlug.

»Ich denke, wir sollten mit dem Unternehmen Kontakt aufnehmen, das Paula recherchiert hat«, sagte Linde jetzt. Er hatte sich die »Sanocur AG« mit Hauptsitz in Erlangen im Netz angesehen und verstanden, dass das Unternehmen führend in der Arzneimittelforschung zu Multipler Sklerose war. Auf der firmeneigenen Website warb der Pharmariese mit altruistischen Zielen und größtmöglicher Transparenz – vielleicht konnten sie dort zunächst mit jemandem sprechen, um mehr über das Thema an sich in Erfahrung zu bringen. Die serologischen Untersuchungen würden ohnehin noch eine Weile in Anspruch nehmen. Und ohne nähere Einzelheiten zu der Substanz, die Irmgard Alessandrini im Körper gehabt hatte, stocherten sie mehr oder weniger im Nebel herum.

»Komm, lass uns Schluss machen für heute«, sagte Linde schließlich und erhob sich, um auch Jo zum Gehen zu bewegen.

Nachdem sich dieser verabschiedet hatte, blieb Linde noch einen Moment lang allein im Schein einer einzigen

Schreibtischlampe sitzen und sah in der Dunkelheit den blinkenden Lichtern eines Flugzeugs hinterher. Das Gespräch mit Elio Alessandrini hing ihm nach, es hatte Erinnerungen geweckt, die er längst begraben geglaubt hatte. Nicolas war um einiges jünger gewesen, als er damals von den Ermittlern und in Anwesenheit einer Psychologin zu seiner Mutter befragt worden war. Aber diesen einen bestimmten Ausdruck, den er an Elio wahrgenommen hatte, den hatte damals auch sein Sohn in den Augen gehabt. Eine Mischung aus völliger Ungläubigkeit und Verlassenheit, die bei Elio nur kurz aufblitzte, die für Linde aber kaum zu ertragen gewesen war. Er atmete tief durch, um die Gedanken und die Schuldgefühle zu vertreiben. Es schien ihm, als ob dieser Fall ihn mit aller Macht wieder auf Wendelstein und sein früheres Leben dort zurückstoßen wollte.

31

Gemeinsam sind die Mädchen in aller Frühe losgezogen. Im Ort muss Conny eine Bestellung bei der Apotheke abholen und hat selbst vorgeschlagen, dass sie sie begleiten darf. »Dann kommst ein bisschen raus, das lenkt dich ab!«, sagt sie bestimmt und zieht, kaum dass das Haus außer Sichtweite ist, eine Stulle aus ihrem Stoffbeutel und streckt sie ihr hin. »Du musst mehr essen!«, sagt sie, während sie die kleine Mahlzeit teilt.

Obwohl die Sonne scheint, ist die Morgenluft bereits recht kühl, schon färben sich einzelne Blätter gelb. Nicht mehr lange, dann kommen weitere Farben hinzu. Sie ist dankbar, dass Conny sich ihrem langsameren Tempo an-

passt. Während sie eine Gasse entlanglaufen, schaut sie verstohlen auf die burschikose Conny neben sich, sie beneidet das großgewachsene Mädchen, das manchmal wie ein Junge wirkt. Conny strahlt von innen heraus, findet sie. Genauso hat sie auch selbst ausgesehen, bis vor Kurzem, denkt sie jetzt. Sie neidet der neugewonnenen Gefährtin ihr Glück nicht, sondern freut sich für sie.

Der Ort gefällt ihr. Die Häuser sind bunt getüncht, die Vorgärten und Plätze sehr gepflegt. Als sie über die steinerne Brücke in Richtung Marktplatz gehen, kommt ihnen ein junger Bursche auf einem Fahrrad entgegen und hebt seinen Hut zum Gruß. Conny grinst zurück, während sie selbst schüchtern die Augen niederschlägt und in ihrer Manteltasche den Briefumschlag mit den Fingern spürt.

»Weißt du, wo hier das Postamt ist?«, fragt sie Conny, als diese mit einem kleinen Karton aus der Apotheke tritt.

»Gleich dort drüben, komm!«, sagt Conny. »Ist der Brief für deinen Schatz?«, grinst sie mit Lausbubengesicht und deutet auf den Umschlag, den ihre Begleiterin fest an ihre Brust drückt. Diese gibt darauf keine Antwort. Conny stupft sie neckend in die Seite und macht sich einen Spaß daraus, nach dem Umschlag zu schnappen.

»Lass mal!«, sagt sie jetzt zu Conny und versucht ihr auszuweichen. Doch Conny ist angestachelt und lässt nicht von ihr ab. Einmal bekommt sie das Papier sogar für einen Moment zu fassen und wedelt mit dem Umschlag in der Luft. »Jetzt hör damit auf«, sagt sie ernst zu ihr. Nach Albernheiten ist ihr nicht zumute.

»Ich hab's gesehen«, schäkert Conny, »der Name beginnt mit einem ›J‹ ... dann heißt er vielleicht Johann, dein Schatz! Oder Jochen. Nein, ich weiß es, er heißt Jürgen?«

Sie gibt keine Antwort. Niemand soll es wissen.

Freitag

32

Punkt Viertel nach acht klopfte es energisch an die Bürotür des K1, und Cinzia Vezzosi betrat, gefolgt von ihrem Lebensgefährten Antonio Alessandrini, den sie um mindestens einen Kopf überragte, den Raum. Linde registrierte Paulas demonstrativen Blick zur Uhr, da der anberaumte Termin um acht Uhr gewesen war, aber der Auftritt machte klar, dass eine Person wie Cinzia die Gepflogenheiten der deutschen Behörden herzlich wenig kümmerte. Sie behielt denn auch ihre große Designer-Sonnenbrille weiterhin auf, während sie ihr Kinn nach oben reckte und sich in der deutschen Amtsstube umsah.

Linde suchte selbst einen Moment lang sein Erstaunen zu verbergen. Auch als er sie zum ersten Mal in der Küche des *Tulipano* gesehen hatte, in Arbeitskleidung und nicht zurechtgemacht wie jetzt, war ihm ihre stolze Haltung aufgefallen. Sie gehörte zu jenen Menschen, die sofort alle Aufmerksamkeit auf sich ziehen, sobald sie einen Raum betreten.

Linde hatte mit dem Team vorher abgesprochen, wie sie sich aufteilen würden. Er und Bergmans würden zunächst Alessandrini befragen, während Paula Frau Vezzosi mit der Aussage des Zeugen konfrontieren sollte. Je nach Ergebnis der Befragung würden sie sich abwechseln. Linde hielt es für angebrachter, wenn Paula von Frau zu Frau mit Cinzia Vezzosi sprach, da die Fragen auch Cinzias schwierige Beziehung zum Opfer tangierten.

Er begrüßte sie kurz und zog sich dann mit Jo und Alessandrini ins Besprechungszimmer nebenan zurück.

Dort kam Jo ohne Umschweife auf den Punkt. Er hoffte wohl, das Überraschungsmoment ausnutzen zu können, daher ließ Linde ihn gewähren.

»Sie hatten uns am Mittwoch angegeben, dass Sie in letzter Zeit nicht in Wendelstein waren, ist das korrekt?«

»Ja, wieso fragen Sie mich danach?« Alessandrini schien irritiert.

Bergmans ging nicht auf die Nachfrage ein. »Unterhielten Sie sich mit Ihrer Frau auf Deutsch oder Italienisch?«

»Warum wollen Sie das wissen?«, fragte Alessandrini kopfschüttelnd und blickte verständnislos zu Linde, der ihm zunickte.

»Wir sprachen meist in meiner Muttersprache, Irmi sprach fließend und sogar mit leicht toskanischem Akzent, aber, mal so, mal so, je nach Situation ...«

»Also würden Sie sagen, wenn Sie miteinander stritten, war es eher auf Italienisch?«, stellte Jo in den Raum.

»Das habe ich damit nicht gesagt ... was wollen Sie?«

»Wir haben einen Zeugen, der in der Nacht auf Dienstag einen Streit in italienischer Sprache aus der Wohnung gehört haben will«, schaltete sich jetzt Linde in die Befragung ein. »Und da wir annehmen müssen, dass Sie der Einzige sind, mit dem Frau Alessandrini sich auf Italienisch unterhalten hat, fragen wir hier noch einmal nach.«

»Nein«, erwiderte Alessandrini mit Nachdruck, »ich war nicht bei Irmi! Ich habe sie schon tagelang nicht mehr gesehen, das sagte ich doch.«

»Letztes Mal sprachen Sie von Wochen, können Sie das präzisieren?«, griff Jo ein.

»*Ma porca miseria!* Ich weiß es einfach nicht mehr genau.« Alessandrini fuhr sich ärgerlich durch die pomadigen Haare. »Und wann soll das gewesen sein, dieser Streit?«

»Zwischen Mitternacht und ein Uhr«, gab Linde zur Antwort. Der Zeuge hatte es nicht mehr präzise sagen können.

»Um diese Zeit war ich im *Tulipano*, das kann Cinzia bezeugen ... sie ging schon vor mir nach oben und ich bin nachgekommen, als ich mit der Arbeit fertig war.«

»Und es kann nicht sein, dass Sie noch einmal nach Wendelstein rausgefahren sind? Zwanzig Minuten allenfalls, mehr braucht es nicht dorthin«, provozierte Jo.

»Was hätte ich dort gewollt? Ich hatte keinen Streit mit Irmi! Gut, wir waren nicht immer derselben Meinung, besonders was Elio angeht. Aber darum suche ich sie nicht mitten in der Nacht auf, wie sollte ich das auch Cinzia erklären?«

Dieser Aspekt schien Linde allerdings einleuchtend. »Ist es möglich, dass Ihre Lebensgefährtin noch einmal die Wohnung verlassen hat?«

»Sind Sie verrückt? Nein!«, sagte Alessandrini knapp. »Sie ist nach oben und hat sich schlafen gelegt.«

Es klopfte kurz an der Tür, und Paula winkte Linde zu sich heraus. Offensichtlich hatte sie ihre Vernehmung unterbrechen müssen. Linde schlüpfte für einen Moment aus dem Raum und schloss die Tür hinter sich.

»Wie läuft es mit Frau Vezzosi?«, erkundigte er sich. »Hat sie inzwischen ihre Sonnenbrille abgelegt?«

Paula zog die Brauen hoch. »Bei ihr beiße ich auf Granit. Sie sagt, sie sei nach der Arbeit in die Wohnung gegangen und habe Tabletten genommen, um besser schlafen zu können.«

»Sie kann also nicht mit Sicherheit sagen, ob Alessandrini in dieser Nacht noch einmal das Haus verlassen hat!«, brachte es Linde auf den Punkt.

»Nein, und sie behauptet, sich mit dem Opfer ausschließlich auf Deutsch unterhalten zu haben – ihrer Aussage zufolge habe *la tedesca* kaum Italienisch gesprochen.«

»Oha«, Linde lachte kurz auf, »das kann nun nicht sein«, entgegnete er und rätselte, warum Cinzia Vezzosi mit der Erwähnung von Tabletten das Alibi ihres Lebensgefährten ins Wanken gebracht hatte.

»Richard, warum ich dich aber eigentlich sprechen wollte«, fuhr Paula fort, »Professor Schiffmann hat sich gemeldet – es gibt zwei unterschiedliche DNA-Anhaftungen am Opfer. Die erste Spur stimmt mit der Probe von Christian Bauernfeind überein. Für die zweite gibt es keine Übereinstimmung, aber sie ist ebenfalls männlich!«

»Damit scheidet Cinzia Vezzosi allem Anschein nach aus dem Kreis der Verdächtigen aus«, flüsterte Linde.

»So sieht es aus!« Paula nickte. »Ich hatte auch den Eindruck, sie wollte mit der Behauptung zu Frau Alessandrinis Italienischkenntnissen ihre Vorgängerin eher schlechtreden, als sich selbst aus der Schusslinie zu bringen.«

»Gib doch bitte in Erlangen Bescheid, dass wir vermutlich heute noch Vergleichsmaterial per Kurier schicken«, bat Linde die Kollegin und drehte sich wieder zur Tür um. Die DNA-Probe würde Gewissheit bringen. Antonio Alessandrini und seine neue Partnerin waren diejenigen, die am meisten vom Ableben Irmgard Alessandrinis profitierten.

33

»Was, um Himmels willen, hatte *das* zu bedeuten?« Dr. Heinz Delbrück legte den Hörer auf und schob den

Apparat mit Wählscheibe fahrig zur Seite. Das schnurlose kleine Modell, das das »vorsintflutliche Unikum«, wie seine Tochter immer sagte, schon längst hätte ersetzen sollen und seit Wochen unausgepackt danebenstand, ging dabei zu Boden, aber das nahm er nicht wahr. Vollkommen regungslos blieb er einen Moment lang stehen. Sein Blick fiel durch das große Panoramafenster und verlor sich irgendwo da draußen. Er sah nicht, dass die beiden jungen Baumpfleger in Gummistiefeln umherstapften, um die knorrige alte Eiche und den Walnussbaum auf Sturmschäden zu begutachten. Erst als einer der beiden, offenbar irritiert von Delbrücks Starren, in seine Richtung winkte, kam er wieder zu sich und versuchte ein Lächeln, das einer Grimasse gleichkam.

Was wollte diese Person bloß von ihm? Eine Welle des Unbehagens kroch über seinen Rücken und machte sich in seiner Magengegend breit. Der Ton war freundlich gewesen, das Angebot liebenswürdig, doch genau das hatte ihn irritiert. In den harmlosen Worten schien es eine zweite Ebene zu geben, eine andere Tonspur, die man nur wahrnahm, wenn man aufmerksam, sehr aufmerksam hinhörte.

Wusste sie etwas? Hatte sie ihn gesehen? Oder war es purer Zufall, dass Rita Michaelis sich ausgerechnet jetzt, da Irmi tot war, meldete? Er nickte den Jungs im Garten zu und folgte einem beißenden Geruch in die Küche. Rasch zog er den Topf mit den Dörrbohnen, die an der Unterseite schon ganz schwarz geworden waren, von der Platte und schaltete den Herd aus. Der Appetit war ihm gründlich vergangen. In wenigen Minuten hatte sich das dumpfe Gefühl der Angst in seinem Innern geschmeidig und fließend wie ein Krake in seiner Bauchhöhle ausgebreitet und traktierte seinen hageren Leib auf unerträgliche Weise.

Matt setzte er sich an den kleinen Küchentisch und strich sich mit der Hand die Strähnen aus der Stirn. Sein dichtes schlohweißes Haar trug er meist etwas zu lang, und es bildete einen scharfen Kontrast zu seinem markanten, von der Höhensonne gebräunten Gesicht.

Er musste jetzt Ruhe bewahren, erst einmal nachdenken und sich sortieren. Nein, das konnte nicht sein. Niemand wusste von seiner Verbindung zu Irmgard. Sie waren sehr vorsichtig gewesen. Er hatte es so gewollt, wollte nicht, dass es noch während des Trauerjahres Gerede gab, Anlass für Gerüchte. Und für sie schien das in Ordnung zu sein, er hatte sogar den Eindruck gehabt, als hätte sie besonderen Gefallen an den Heimlichkeiten gefunden. Das hatte auch gepasst zu ihrer spontanen, flirrenden Art, dachte er mit einem Anflug von Wehmut.

Was war mit diesem Althippie, der vor Kurzem bei ihr hereingeschneit war? Konnte dieser ihn gesehen haben – oder etwas von ihrem Arrangement wissen? Aber er verwarf den Gedanken gleich wieder: Irmgard hatte den Hippie, der etwas abgeben wollte, relativ schnell abgefertigt. Delbrück hatte so lange im Wintergarten gewartet.

Aber vielleicht war er im Irrtum. Hatte Irmi vielleicht doch geredet, sich nicht an ihre Übereinkunft gehalten? Dann hätte er sich sehr in ihr getäuscht ... und dann konnte es auch aus anderen Gründen eng werden für ihn. Beim Gedanken an seine Chefin Frau Dr. Bengtsson krampfte sich sein Inneres noch mehr zusammen.

Er atmete tief durch und dachte nach. Zunächst einmal, er musste weg, ein, zwei Tage Urlaub einreichen, das würde ihm die Alte schon genehmigen. In seiner Hütte bei Schleching in den Chiemgauer Alpen konnte er alles in Ruhe überdenken, damit er jetzt nur nicht voreilig einen Fehler beging.

Auch für Rita Michaelis musste er sich eine Strategie überlegen. Vielleicht konnte er, auch wenn es ihn einige Überwindung kosten mochte, zunächst zum Schein auf ihr Angebot eingehen. Sollte sie ihm doch ein wenig im Haushalt zur Hand gehen und gelegentlich eine Mahlzeit zubereiten. Als seine verstorbene Frau Annette sich noch besser gefühlt hatte, war die Michaelis schon eine Zeit lang bei ihnen ein- und ausgegangen. Bereits damals war es ihm vorgekommen, als ob nicht nur die reine Nächstenliebe, sondern auch eine gehörige Portion Eigennutz hinter den Besuchen und den Bibelstunden beider gesteckt hätte. Damals konnte er es nicht genau erfassen, es war nur eine vage Ahnung, die er auf seine Abneigung dieser Frau gegenüber geschoben hatte.

34

»Freut mich, dass das mit der Lesung dann klappt.« Die Buchhändlerin strich wie zur Bestätigung mit der Hand über ihren Terminkalender.

»Ich drücke mich ja immer gern um diese Veranstaltungen«, erwiderte Juliane und legte ihre Lesebrille zurück ins Etui, »aber es wird Zeit, dass ich wieder etwas in Übung komme.«

»Dann ist es mir umso mehr eine Ehre, einen deiner seltenen Termine zu ergattern.«

»Ich seh mich noch ein bisschen um«, sagte Juliane und trat zur Seite, da sich eine ältere Dame umständlich zum Bezahlen anschickte.

Während sie sich am Tisch mit den Neuerscheinungen umsah, ging mehrmals die Ladentür, und einige weitere

Kunden traten ein. Juliane mochte den Buchladen, der größer war und mehr bereithielt, als es auf den ersten Blick den Anschein hatte.

Während sich Frau Baierle in ein Gespräch mit der Kundin eingelassen hatte, stöberte Juliane ein wenig herum und hatte mit einem Mal das Gefühl, beobachtet zu werden. Sie hatte den Mann auf der anderen Seite des Tisches bereits wahrgenommen – als sie nun aufsah, blickte sie in zwei grüngraue Augen, die sie freundlich musterten.

»Hallo, Frau Winterstein, guten Tag!« Der Mann nickte ihr zu.

»Entschuldigen Sie«, Juliane war einen Moment lang irritiert, »helfen Sie mir auf die Sprünge?« Er kam ihr bekannt vor, sie wusste nur nicht woher.

»Richard Linde«, stellte er sich nun vor und gab ihr fest die Hand, »wir haben uns vor ein paar Tagen in Wendelstein gesehen. Und wir hatten telefoniert.«

»Ah, natürlich, verzeihen Sie, ich habe Sie nicht gleich wiedererkannt.« Sie sah den Kommissar an. Jetzt erinnerte sie sich auch, dass ihr seine Stimme am Telefon angenehm aufgefallen war.

Linde lächelte sie an, ehe seine Miene sogleich wieder ernst wurde. »Der Anlass war auch keiner, an den man sich gern erinnert.«

Juliane nickte stumm. Es entstand eine Pause.

»Wissen Sie schon … bitte verzeihen Sie.« Juliane fasste sich an die Stirn.

»Ist der Junge noch bei Ihnen?«, versuchte Linde die etwas unangenehme Situation zu retten.

»Ja, er wird eine Zeit lang bei mir wohnen, bis man wieder in das Haus kann, also, wenn er das möchte und so weit ist.«

»Gut, dass er bei Ihnen sein kann.«

»Ja, ich mag Elio. Aber momentan verbringt er auch viel Zeit mit seinem Vater.«

»Ich gebe Ihnen oder ihm Bescheid, wenn die Wohnung freigegeben ist.«

»Ja. Danke.« Juliane schluckte. Sie mochte nicht an Irmis Wohnung denken.

»Und Sie sind auf der Suche nach einem guten Buch?«, bemühte sie sich das Thema zu wechseln und ärgerte sich im selben Moment über ihre einfältige Frage. »Diese Neuerscheinung kann ich Ihnen empfehlen«, schickte sie deshalb sofort hinterher.

»Ich kaufe Bücher immer in der Hoffnung, dass ich irgendwann einmal die Zeit finde, sie zu lesen. Mich deprimiert die Vorstellung, dass mein Leben nicht für alle ausreichen wird.«

»Sie sind also ein echter Büchermensch«, stellte Juliane mit einem Schmunzeln fest. »Dann ist noch nicht alles verloren.«

»Bücher sind mir wichtig«, sagte er knapp und mit einer Ernsthaftigkeit, die Juliane aufhorchen ließ. Sie ahnte, dass hinter der Bemerkung eine andere Wahrheit steckte.

»Na so was, ihr beiden kennt euch?«, platzte Birgitta Baierle mit lauter Stimme im Vorübergehen in die Unterhaltung. Linde wusste nicht gleich zu reagieren, klärte die Buchhändlerin dann aber kurz auf. Juliane musterte ihn dabei.

Er wirkte seriös, in bestem Sinne, und strahlte trotz seiner Größe und physischen Präsenz eine feine Zurückhaltung und Ruhe aus, die sie auf Anhieb mochte.

Als eine Kundin die Aufmerksamkeit der Buchhändlerin auf sich zog, sprach sie den Kommissar erneut an.

»Ich weiß nicht, ob es von Bedeutung ist, aber Irmi, also Frau Alessandrini wollte bei unserem geplanten Treffen etwas mit mir bereden. Da wir uns regelmäßig sahen und sie dies so dezidiert ankündigte, muss es wichtig gewesen sein. Ich habe das erst im Nachhinein verstanden. Sie hatte ja öfter Sorgen wegen Elio – und ich hatte das erst darauf bezogen.«

»Und sie hat Ihnen im Telefonat nichts angedeutet?«

»Ich habe mir schon den Kopf deswegen zermartert, aber nein, ich kann mich an nichts dergleichen erinnern. Ich wünschte, es wäre anders.«

Richard Linde nickte. »Ich verstehe. Aber das muss nichts mit ihrem Tod zu tun gehabt haben – vielleicht war es ein ganz anderer Anlass, ein spontaner Einfall, ein Vorschlag für einen Ausflug. Im Nachhinein interpretiert man die Dinge oft in eine negative Richtung und sucht bei sich selbst Versäumnisse.«

»Ja. Das ist bestimmt so«, Juliane hielt einen Augenblick inne. »Aber vielleicht hatte sie tatsächlich einen Plan. Es ist nämlich so, dass sie mich mehrmals darum gebeten hatte, mit ihr nach Kallmünz zu fahren. Genauso hatte sie auch ihren Sohn schon danach gefragt.«

»Kallmünz bei Regensburg?«, hakte Linde nach.

Juliane nickte.

»Ich werde mir eine Notiz dazu machen, vielen Dank für den Hinweis.«

»Gerne«, sagte sie und schulterte ihre Tasche.

Einen Augenblick schwiegen beide, dann verabschiedete sie sich. Als sie den Buchladen verließ, winkte sie Birgitta Baierle zu, die weiter hinten beschäftigt war.

Leicht verwirrt stolperte sie mehr, denn dass sie lief, durch die Gassen in Richtung Parkplatz und dachte über die kurze Begegnung nach. Ihre Konfusion schob sie darauf, so unversehens wieder mit Irmis Tod konfrontiert worden zu sein. Verwirrenderweise kam hinzu, dass sie die Gegenwart Lindes, desjenigen Polizisten, der den Tod ihrer Freundin aufzuklären suchte, als ausgesprochen angenehm empfunden hatte. Er gab ihr das Gefühl, dass er Irmis Schicksal gerecht werden würde. Auch Irmi hätte er gefallen, kam ihr in den Sinn – doch für derartige Gedanken war nun wirklich gerade nicht der passende Moment.

35

Als Richard Linde wenig später am Abend die Wohnungstür hinter sich schloss, fiel sein Blick auf den Stapel von Büchern, der auf der Holzkommode im Flur postiert war und von Zeit zu Zeit um einen weiteren Titel wuchs. Auch heute hatte er nicht widerstehen können und jene Neuerscheinung erstanden, auf die ihn Frau Winterstein hingewiesen hatte.

Er hielt einen Moment lang inne und dachte an die Begegnung mit Juliane Winterstein zurück. Ihre Bemerkung hatte ihm gefallen, vielleicht sogar ein wenig geschmeichelt – auch wenn die Frau keine Vorstellung von dem hatte, was Bücher ihm tatsächlich bedeuteten.

Das Lesen war für ihn Zuflucht, Trost und Heimat geworden. Seine Strategie, der Depression etwas entgegenzusetzen. Von Büchern umgeben zu sein, schenkte ihm ein gutes Gefühl. Vielleicht auch, weil es ihn noch mit Cathérine verband, die eine passionierte Leserin gewesen war und ihm viele Autoren nahegebracht hatte.

In Phasen, in denen es ihm, nach außen unbemerkt, weniger gut ging, schaffte er sich mehr Bücher an. Das geschah inzwischen fast intuitiv, ohne dass er sich dessen allzu sehr bewusst war. Wenn das Grübeln und damit die Schlaflosigkeit zurückkehrten, was in zuverlässiger Regelmäßigkeit geschah, las er exzessiv und oft bis in die frühen Morgenstunden hinein. Vor Tagen erst hatte er *Das grüne Haus* von Mario Vargas Llosa verschlungen. Überhaupt hatte er in letzter Zeit die Südamerikaner für sich entdeckt.

Linde stellte die Einkäufe, die er kurz vor Ladenschluss noch besorgt hatte, in der Küche ab und räumte die frischen Sachen in den Kühlschrank. Er freute sich auf den morgigen Tag mit seinem Sohn und hatte geräucherten Lachs, frische Eier und ein Töpfchen Schnittlauch für einen ausgedehnten Geburtstagsbrunch besorgt. Vielleicht konnten sie danach noch einen schönen Ausflug machen, für das Wochenende war fast durchgängig sonniges Wetter angekündigt.

Nicolas würde erst kurz vor zweiundzwanzig Uhr mit dem Zug aus Freising eintreffen. Bis er ihn abholen musste, blieb also noch einige Zeit. Er ging zurück ins Wohnzimmer und öffnete das Fenster. Dann zog er die Kladde mit Notizen und eine Ermittlungsakte, die er aus dem Büro mitgenommen hatte, aus seiner alten Ledertasche und machte es sich auf dem Sofa bequem. Er schloss einen Moment lang die Augen. Vielleicht konnten sie die Ermittlungen schon kommende Woche abschließen, falls die zweite DNA-Spur Antonio Alessandrini zugeordnet werden konnte. Aber er glaubte nicht daran. Linde hatte schon viele Täter erlebt, Menschen, Frauen wie Männer, die im Affekt gehandelt hatten, genauso wie Menschen, die ihre Tat über lange Zeit geplant und schließlich durchgeführt hatten. Aber was auch immer jemanden dazu gebracht hatte, es zu tun, danach war für diesen Menschen nichts mehr wie vorher, ob er es nun bereute oder nicht. Und es machte etwas mit diesem Menschen. Manchmal sah man es so einem Menschen an. Alessandrini wirkte nicht wie ein Täter. Aber wie stand es mit Jochen Wessel? Linde rieb sich mit der Hand übers Gesicht und schlug die Augen wieder auf. Er hatte gleich ein ungutes Gefühl dabei gehabt, Jo allein zu Wessel rauszuschicken, und seine Befürchtung hatte sich bestätigt. »Nicht ohne richterliche Anordnung!«, hatte Jo später mit einer Mischung aus Ärger und Resignation Wessels patzige Antwort auf die Bitte um einen DNA-Abgleich wiedergegeben. Wessel hatte vermutlich gleich dichtgemacht, nahm Linde an, der bei ihrer ersten Begegnung schon registriert hatte, wie Wessel auf Jo Bergmans angesprungen war – und umgekehrt.

Für einen Moment lehnte er den Kopf nach hinten und legte die Unterlagen neben sich ab. Am sichtbaren Ausschnitt des Nachthimmels, den die enge Bebauung der Gasse zuließ, prangte recht hell ein Planet, und etwas weiter daneben ein zweiter, der weniger lichtstark war. Jupiter und der kleinere Saturn mussten das sein ... vielleicht sollte er Nicolas überraschen und das alte Teleskop aufstellen? Früher hatten sie im Sommer oft nächtelang den Sternenhimmel zusammen beobachtet.

36

»Lass uns rübergehn.« Elio machte die Bemerkung fast beiläufig. Juliane, die am Esstisch die Zeitung durchgesehen hatte, erstarrte und reagierte nicht sofort. »Bist du sicher?«, wandte sie sich wenig später zu Elio um. »Wir können auch morgen, ich wollte eigentlich gleich mit dem Abendessen beginnen.«

Elio war bereits aufgesprungen. »Kommst du?«

Juliane fühlte sich überrumpelt von Elios Vorschlag, aber ihr war klar, dass sie ihn nicht davon würde abbringen können. Und keinesfalls wollte sie den Jungen alleine in die Wohnung lassen.

»In Ordnung«, sagte sie, »einmal muss es ja sein.« Sie nahm die Lesebrille ab und schob zögerlich die Zeitung beiseite.

Während sie hinter Elio den kurzen Weg zu Irmis Wohnung ging, wurde ihr bewusst, dass sie selbst es war, die sich fürchtete, die Wohnung zu betreten. Elio indes ließ sich nichts anmerken, er lief forsch voraus.

Die Wohnung erschien Juliane wie immer, vielleicht eine Spur aufgeräumter als sonst, und es roch frisch. Sie wusste, dass Branka und ihr Mann Jure, nachdem die Wohnung freigegeben worden war, dort geputzt und gelüftet hatten. Branka hatte sich gesorgt, dass Elio mögliche Hinterlassenschaften der Polizei oder andere verstörende Dinge finden könnte. Sie hatte sich zuvor mit Juliane abgesprochen – und Jure hatte an dem Tag bei ihr den Schlüssel abgeholt, allein hätte sich Branka nicht in die Wohnung gewagt.

Elio und Juliane betraten das Wohnzimmer. Die letzten Strahlen der Abendsonne tauchten den Raum in ein warmes Licht und brachten Irmis Lieblingsfarben, die blauen Vorhänge und das satte Gelb des Sofas, zum Leuchten. Juliane ging zum Wintergarten, um dort die Tür nach draußen zu öffnen. Mit Blick auf die Pflanzen, die hier standen, griff sie nach der Gießkanne, um sie im Bad mit Wasser zu füllen. Es tat gut, etwas zu tun zu haben. So konnte Elio, der scheinbar ziellos im Wohnzimmer umherwanderte, einen Moment für sich allein sein. Und er musste ihre Tränen nicht sehen.

Elio sah mit fahrigen Gesten die auf dem großen Holztisch aufgehäuften Stapel von Zeitschriften, Prospekten, Kochrezepten, herausgerissenen Rezensionen und Buchtipps durch – alles schien in einer gewissen Ordnung abgelegt zu sein, die sich einem Außenstehenden nicht erschloss.

»Ach, ist doch alles Scheiße!«, stieß er entnervt hervor, als einer der Stapel nachgab und die Blätter in einem großen Schwung auf den Tisch und den Boden fielen.

»Das bringt doch alles nichts ...« Er ließ sich demonstrativ aufs Sofa fallen.

»Komm, lass gut sein für heute, wir kommen ein andermal wieder.« Juliane blickte besorgt zu ihm und ging dann in die Knie, um die Papiere aufzusammeln. Während sie die Blätter in der einen Hand schichtete, hangelte sie nach einem kleinen Zettel, der unter dem Tisch gelandet war. Als sie ihn zuoberst auf den Stapel klemmte, fiel ihr Blick kurz auf die krakelige Notiz, die darauf vermerkt war. Ohne dass sie die Worte bewusst las, erregte ein Begriff ihre Aufmerksamkeit: »Kallm.« stand da abgekürzt.

Damit konnte nur Kallmünz gemeint sein – der Ort, den Irmi hatte besuchen wollen. Daneben war die Schrift beinahe unleserlich, Irmi hatte große Mühe gehabt, angesichts ihrer sich stetig verschlimmernden Krankheitssymptome deutlich zu schreiben. Juliane schaute einen Moment genauer hin.

»Wunder-« ... oder »Wandergasse« konnte das wohl heißen, und »Lusenke«, »Lusecke«, vielleicht auch »Luserke«.

»Schau mal«, hielt sie die Notiz Elio hin, »hier hat Irmi sich etwas zu Kallmünz notiert.«

Elio, der die Ellbogen auf seine Oberschenkel gestützt hatte, um den Kopf mit beiden Handflächen abzuschirmen, sah nur zögerlich auf und zog die Luft hörbar durch die Nase ein. »Das kann alles Mögliche bedeuten«, reagierte er geistesabwesend.

»Komm, wir gehen rüber!« Juliane sah, dass der Junge keine Energie mehr hatte. Sie streckte ihm die Hand hin, um ihm aufzuhelfen.

Später, als Elio bereits schlief und sich die Dunkelheit über Wendelstein gesenkt hatte, setzte sie sich an ihren Schreibtisch und rief am Computer den Stadtplan von Kallmünz auf. Mit dem Zettel Irmis neben sich versuchte sie, die undeutlich notierte Straße zu identifizieren. Tatsächlich kamen zwei Straßen infrage, die sie sich vor Ort ansehen wollte. Der andere Vermerk konnte ein Name sein – also glich Juliane die möglichen Straßen und die Namen der Leute, die dort wohnten, miteinander ab, soweit dies möglich war. Doch es ergaben sich keine passenden Treffer.

37

Als sie später die Treppe zur Mansarde hochsteigt und in ihre Kammer zurückkehren will, erschrickt sie. Die Tür ist nicht verschlossen, wie sie sie zurückgelassen hat, sondern nur angelehnt. Sie tritt näher und sieht durch den schmalen Spalt, dass jemand im Raum hin- und hergeht, mehr ist nicht zu erkennen. Einen Moment lang hält sie inne und zögert. Conny ist es nicht, die ist unten noch beschäftigt. Kann es sein, dass jemand heimlich ihre Sachen durchsieht, vielleicht Schwester Hedwig?

Jetzt fasst sie sich ein Herz und öffnet die Tür. Im Bruchteil einer Sekunde begreift sie, dass das Zimmer umgeräumt wurde, um ein zweites Bett hineinzustellen. Vor diesem steht nun ein junges Mädchen, das im Begriff ist sich einen Pullover überzuziehen. Es erschrickt, als sie es anspricht, und dreht sich zu ihr um. Sein Haar ist wirr, die Wangen mit roten Flecken übersät und es blickt angstvoll wie ein Tier, das man in die Enge getrieben hat. Sie empfindet Mitleid mit der neuen Zimmergenossin.

»Ich bin Michaela«, sagt das Mädchen endlich.

Sie bietet ihr einen Tee an, da das Mädchen vor Kälte zittert. Während sie an der Anrichte mit dem Tauchsieder einen Kamillentee für sie beide zubereitet, hat sie die erste Enttäuschung, das Zimmer nun teilen zu müssen, bereits wieder vergessen. Eigentlich findet sie den Gedanken, nachts hier oben nicht mehr alleine zu sein, ganz angenehm.

Als die beiden später zusammensitzen und Zutrauen gefasst haben, erzählt Michaela. Von einem verheirateten Mann, der ihr wer weiß was versprochen hat. Und der, als es ernst wurde mit ihnen, einfach verschwunden ist. Unter Tränen erzählt sie, dass sie mit der Straßenbahn in das Viertel gefahren ist, in dem er wohnt, und bei seiner Adresse geklingelt hat. Eine Frau hat geöffnet, dahinter ist er erschienen und hat behauptet, sie überhaupt nicht zu kennen. Die Frau hat ihr eine Ohrfeige gegeben und sie zum Teufel gejagt.

Samstag

38

Sie war bestimmt schon einige Jahre nicht mehr in Kallmünz gewesen und war überrascht, welchen Reiz der Ort doch wieder auf sie ausübte. Juliane stand auf der Steinernen Brücke und blickte in Richtung des Wehrs, das die Naab kurz vor der Mündung der kleineren Vils aufstaute.

Es war noch früh am Vormittag, und das Wetter entsprach genau ihrer Vorliebe. Die Sonne schien, und ein frischer Wind trug die Wolken über den kleinen Markt mit seinen bunten Fassaden hinweg, wo sie hinter der felsigen Kuppe des Schlossbergs verschwanden. Juliane konnte dort oben schon einige Ausflügler in der Ruine ausmachen, doch unten im historischen Ortskern war es trotz des Wochenendes noch relativ ruhig. Nur eine Aquarellklasse hatte sich unweit des Wehrs niedergelassen, Hobbymaler, die wohl auf den Spuren von Münter und Kandinsky das frühe Licht suchten. Obwohl die berühmten Liebenden nur einen Sommer lang hier geweilt hatten, war durch sie der Ruf von Kallmünz als Künstlerort für alle Zeiten in der Welt, immer wieder zog es seitdem Künstler hierher. Zu Recht, wie Juliane fand – der Ort war einfach malerisch gelegen.

Juliane band sich die Haare zurück, die der Wind ihr immer wieder ins Gesicht blies, knöpfte ihre blaue Trenchjacke zu und zupfte einen Schal aus ihrer Tasche. Es war doch noch relativ frisch. Sie war zeitig aufgebrochen und hatte Elio eine Nachricht hinterlassen, in der sie etwas von Erledigungen geschrieben hatte. Sie hielt es für besser, wenn er erst einmal nicht erfuhr, dass sie Nachforschungen anstellte. Zwar schien er sich ein wenig gefasst zu haben, aber gerade darum würde es ihn vielleicht erneut aufwühlen.

Was hatte Irmi in Kallmünz gesucht? Was hatte sie dort gewollt?

»Kennst du eigentlich Kallmünz?«, hatte Irmi eines Tages wie beiläufig gefragt, als Juliane ihr ihre Lieblingspizza aus der *Cucina Italiana* vorbeibrachte.

»Ja klar, ein schöner Ort! Kennen ist übertrieben, aber während der Unizeit war ich ab und zu dort. Von Regensburg ist das ja nur ein Katzensprung und – die ideale Kulisse für romantische Picknicks«, hatte Juliane schmunzelnd hinzugefügt.

»Ist was draus geworden?«, hatte Irmi gut gelaunt nachgehakt.

»Leider nicht, er war Geographiestudent, hatte damals schon Geheimratsecken, aber ich war sehr verliebt ... vermutlich war ich ihm zu uncool.«

»Gut, dass er nicht weiß, was er da verpasst hat!«

»Na, ich weiß nicht ... sag, wie kommst du auf Kallmünz? Wir könnten da mal hinfahren, wäre ein schöner Ausflug!«

»Ja, ich muss ein paar Dinge vorab klären, dann sag ich dir Bescheid, wäre toll, wenn du mich fahren könntest!«

»Aha, du magst also gar keinen Ausflug mit mir machen, sondern hast dort etwas zu erledigen ... ein Flirt?«

»Sag ich dir dann beizeiten«, hatte Irmi die Nachfrage schnell abgetan, sich abgewandt und ihren Rollstuhl zur Anrichte bewegt, wo Teller und Servietten bereitstanden.

»Komm, lass uns essen, die Pizza wird ja schon kalt!«

Irmi hatte die unnachahmliche Gabe gehabt, Grenzen zu setzen, wenn ihr etwas zu weit ging oder sie über eine Sache nicht weiterreden wollte.

Die Hupe eines Fahrzeugs riss Juliane jäh aus ihren Gedanken. Ein riesiger dunkler SUV mit getönten Scheiben rauschte knapp an ihr vorbei und über die Brücke.

»Idiot!«, ärgerte sich Juliane, die gedankenverloren einige Schritte zurückgetreten und dadurch dem Wagen unversehens nahegekommen war. Aber dennoch, derart rücksichtslos musste er auch wieder nicht über das historische Bauwerk brettern.

Sie lief dem Wagen noch einige Schritte hinterher und bog dann zu einer Bäckerei ab. Dort würde sie sich einen Kaffee besorgen, um danach die Straßen abzugehen, die sie vorab recherchiert hatte. Vielleicht war ja eine dabei, deren Name mit Irmis Gekritzel übereinstimmte.

Während sie kurze Zeit später mit einem Pappbecher in der Hand in die Wanderergasse einbog, kam ihr in den Sinn, dass sie auch Irmis Schwester Sonja hätte fragen können, die doch ganz in der Nähe, in Regensburg lebte. Aber sie hatte einfach nicht an das Naheliegende gedacht, wohl auch, weil der Kontakt der Schwestern dürftig gewesen war in den letzten Jahren. Auch so ein Punkt, über den man mit Irmi nicht hatte reden können ...

Blau, gelb und rot getünchte Häuser reihten sich hier aneinander. Die schmale Gasse war relativ lang und mäanderte parallel zum Fluss. Die meisten Gebäude waren unmittelbar an das Kopfsteinpflaster gebaut und besaßen keine Vorgärten oder Zäune, sodass Juliane direkt an die Haustüren herantreten und einen Blick auf die Klingelschilder mit den Namen der Bewohner werfen konnte. Mehr aus einer spielerischen Laune heraus hoffte sie auf den Zufall.

Das Schaufenster einer kleinen Galerie weckte ihre Neugier, da hier nicht nur die typisch aquarellierten Kallmünz-Ansichten ausgestellt waren, sondern auch Pappmachébüsten einer Künstlerin, die sie zufällig kannte und sehr schätzte. Eines der schlichten Kunstwerke fiel ihr besonders ins Auge, es porträtierte ein junges Mädchen mit fast weißer Haut, dunklem Pagenkopf und klarem Blick. Ein wenig erinnerte es an Sophie Scholl, dachte Juliane. Vielleicht würde sie später noch einmal vorbeikommen, wenn der Laden geöffnet hatte.

Ein paar Häuser weiter kam sie an einem überschaubaren Innenhof vorbei, in dem ein nettes Biocafé untergebracht war. Eine junge Frau, die ihr freundlich zulächelte, bugsierte gerade einen großen Aufsteller zur Straße, der mit »Kuchen wie von Oma« die Kaffeegäste anlocken sollte.

Die Gasse mäanderte weiter, schien sich aber an ihrem Ende zu einem kleinen Rund zu öffnen. Juliane beschleunigte ihren Schritt und fand sich schließlich auf einem geschotterten Platz wieder, an den ein parkähnlich angelegter Garten grenzte. Jenseits davon erhob sich ein stattliches Gebäude. Die dreistöckige herrschaftliche Villa stammte vermutlich aus dem vorletzten Jahrhundert und war aufwendig und mit Sinn fürs Detail restauriert worden. Das verschachtelt wirkende Gebäude war in einem zarten Grau getüncht, während eine dunkelgraue Holzverschalung das obere Stockwerk bis unter das ausladende Satteldach verkleidete, ebenso auch den rückwärtig liegenden, offenbar modernen Anbau. Hier war die Symbiose von historischem Bau und Moderne perfekt eingelöst worden, dachte Juliane und trat interessiert näher.

»Stift Abendrot« wies ein kleines, dezent angebrachtes Schild das Gebäude als Altenheim oder Pflegeeinrichtung aus. Juliane bemerkte jetzt zwei ältere Damen, die in dem Garten auf einer Bank saßen, in Decken eingepackt, und sich unterhielten. Als sie den gepflasterten Weg betrat und auf den Eingang des Stiftes zusteuerte, verstummten sie für einen Moment, musterten sie neugierig und nickten ihr dann freundlich zu.

Die breite Eingangstür war offen, wie Juliane feststellte, als sie die Klinke herunterdrückte und in einen weitläufigen Flur mit imposantem Treppenaufgang trat. Auch hier setzte sich die geschmackvolle Symbiose aus Alt und Neu fort, der Raum wirkte licht und einladend. Gleich linker Hand im Eingangsbereich befand sich eine kleine Pforte, die jedoch verwaist schien; auf der Empfangstheke stapelten sich mehrere Pakete und Päckchen. Juliane sah sich um und griff nach einem der großformatigen Flyer, die dort auslagen. Hinter einer der Türen, die sich im Anschluss an die Pforte befanden, war die Stimme eines Mannes zu hören, offenbar führte er ein Telefonat. Draußen schäkerten und giggelten die beiden alten Damen jetzt vergnügt, während sich Sonne und Schatten ein immer schnelleres Wechselspiel lieferten.

Nicht der schlechteste Ort, um seinen Lebensabend zu verbringen, dachte Juliane, während sie den Prospekt überflog. War es das? Hatte Irmi Vorsorge für ihr Alter treffen wollen? Juliane erschien dies nicht sehr wahrscheinlich. Nicht allein wegen ihres Alters, Irmi war erst Ende fünfzig – aber der Freundin war die eigene Unabhängigkeit schon immer sehr wichtig gewesen. Die Vorstellung, dass Irmi in dieser gediegenen Seniorenresidenz leben wollte, schien ihr abwegig. Aber es bestand ja auch die Möglichkeit, dass sie hier jemanden besuchen wollte. Wenn das überhaupt ihr Ziel gewesen sein sollte ...

Das Telefonat schien beendet, und fast zeitgleich öffnete sich jetzt die Tür. Ein jung und dynamisch wirkender Mann in Jeans und weißem Hemd, wie ihn Juliane in diesem Umfeld kaum erwartet hätte, steckte seinen Kopf heraus und blickte sich suchend um.

»Guten Tag, kann ich etwas für Sie tun? Möchten Sie jemanden besuchen?«, sagte er in ihre Richtung.

»Oh, nein, ich bin eher zufällig hier gelandet«, entgegnete sie, »aber vielleicht können Sie mir trotzdem weiterhelfen?«

»Gerne! Worum geht es? Möchten Sie sich für einen Angehörigen informieren?«

»Nein, das nicht. Sagen Sie, hat Sie eine Frau Alessandrini in letzter Zeit kontaktiert oder Interesse für eine Wohnung bei Ihnen gezeigt?«

»Alessandrini …«, er überlegte einen Moment, »nein, den Namen hätte ich mir bestimmt gemerkt, aber ich kann zur Sicherheit nachsehen, ob sich meine Kollegin eine Notiz gemacht hat. Kommen Sie doch gleich mit ins Büro«, forderte er Juliane auf und ging voraus.

Auf seinem Schreibtisch herrschte ein wenig Unordnung, aber er griff zielsicher nach ein paar Listen und sah diese durch. »Tut mir leid«, er schaute zu ihr auf, »da kann ich Ihnen nicht weiterhelfen.«

Juliane sah sich bestätigt, aber dann fiel ihr der Zettel und der unleserliche Name ein … sie kramte die Notiz aus ihrer Tasche.

»Dann vielleicht damit?« Sie hielt dem Mann das Stück Papier hin. »Den Namen konnte ich nicht identifizieren, Lusecke, Lusenke … gibt es vielleicht einen Bewohner oder einen Angestellten mit einem solchen Namen?«

»Wollen Sie mir bitte verraten, um was es geht?«, sagte der Mann jetzt. Seine anfängliche Offenheit begann, in Argwohn umzuschlagen. »Sie werden verstehen, dass ich über unsere Gäste keine Auskunft geben kann.«

»Natürlich!« Juliane überlegte einen Moment, dann erklärte sie in knappen Worten, worum es ging.

»Ich verstehe, aber wie gesagt, zu den Bewohnern darf ich Ihnen keine Auskunft geben, und einen Mitarbeiter mit diesem Namen haben wir nicht!«

»Danke.« Juliane verabschiedete sich und hinterließ ihm noch ihre Telefonnummer, falls er oder die Kollegin sich doch an den Namen erinnern sollten.

Als sie wieder in den Garten trat, kam ihr ein Gedanke – und sie steuerte geradewegs auf die beiden alten Damen zu.

»Herrlicher Tag heute, nicht wahr?«, meinte eine der beiden launig und strich mit perfekt manikürten Fingernägeln über die frisch geföhnten Haare.

»Sie haben es aber auch wirklich schön hier«, sagte Juliane und sah um sich, »und es gibt wohl nicht viele Orte, die so idyllisch gelegen sind wie Kallmünz.«

»Besuchen Sie denn jemanden?«, erkundigte sich die offensichtlich Jüngere der beiden.

Juliane überlegte kurz und sagte dann kühn: »Das hatte ich vor, aber Frau Lusecke ist heute wohl unterwegs.«

»Wie sagten Sie? Also meines Wissens haben wir hier niemanden, der so heißt. Oder sagt dir der Name was, Ida?« Die andere schüttelte nur den Kopf.

»Hm, dann bin ich vielleicht in der falschen Einrichtung gelandet. Macht ja nichts, ich wünsche Ihnen noch einen schönen Tag«, sagte Juliane und ließ die beiden leicht verwundert zurück.

Während sie sich zum Gehen wandte, bemerkte sie an einem der großen Fenster den Schemen einer hochaufgeschossenen Gestalt – offenbar hatte der junge Mann mitbekommen, dass sie noch weitere Nachforschungen anzustellen versuchte.

39

»Mist!«, entfuhr es Linde. Drei Eier hatte er einwandfrei und mit Profi-Handbewegung, wie er fand, aufgeschlagen, doch beim vierten landete die zerbrochene Schale größtenteils mit in der Schüssel. Er stand an seiner Arbeitsplatte bei offenem Fenster, und während er mit spitzen Fingern versuchte, die Bruchstücke herauszufischen, hörte er, wie unten vor der Buchhandlung die Leute ihre Stühle zurechtrückten. Es war ein herrlicher Tag. Offenbar hatte Frau Baierle die Ladentür geöffnet, denn die melodische Glocke war nicht zu hören, obwohl unten einiges los sein musste. Einen Moment hielt er inne und genoss die frische, fast schon milde Luft, die von draußen hereinwehte und die gedämpften Stimmen nach oben trug. Dann wandte er sich wieder der Zubereitung des Omeletts zu und hantierte gedankenverloren mit den Gewürzen. Er war etwas nervös, weil er nicht wusste, wie Nicolas gelaunt sein würde. Ihre Begrüßung am Bahnsteig am Vorabend war nicht gerade überschwänglich gewesen. Linde hatte vorgeschlagen, noch bis Mitternacht abzuwarten, um zusammen anzustoßen, doch Nick hatte keine Lust gehabt und sich auch an der neuen Wohnung desinteressiert gezeigt. Noch vor dreiundzwanzig Uhr hatte er sich in die Gästekammer zurückgezogen und etwas von Kopfschmerzen gemurmelt. Linde hatte stark den Eindruck gehabt, dass dies nur vorgeschoben war und Nick, der sonst gern mal die Nacht zum Tag machte, ihm so seinen Unwillen über die neue Wohnung kundtat. Vielleicht war er ja aber einfach nur müde gewesen, dachte er.

Linde nahm den Räucherlachs aus dem Kühlschrank, zupfte den Fisch in grobe Stücke und hob einen Teil unter die schaumige Eimasse. Jetzt wollte er nur noch den

Schnittlauch mit der Schere in dünne Röllchen schneiden. Als er die klemmende Schublade unter dem alten Holztisch hervorzog, wo er das Utensil vermutete, gab diese ein laut quietschendes Geräusch von sich. Linde lauschte. Aus der kleinen Gästekammer war jedoch nichts zu hören, Nick schien nicht wach geworden zu sein.

Ein wenig Wehmut machte sich in ihm breit, als er den Tisch für sie beide deckte und die Geburtstagskerze vorbereitete, eine kleine Kerze in dem alten hölzernen Halter aus Nicks Kindertagen. Das war ein Ritual, das sie früher immer zu dritt geteilt hatten ...

»Morgen, Paps!« Unvermittelt schlurfte Nick barfuß und in T-Shirt und Boxershorts in die Küche. Er sah noch reichlich verschlafen aus mit seinen müden Augen und den zerzausten dunklen Haaren, die offenbar schon länger keinen Friseur mehr gesehen hatten.

»Du bist ja doch schon wach ...«, ging Linde ihm überrascht entgegen. »Alles Liebe zum Geburtstag!« Er nahm ihn in den Arm und Nick erwiderte die Geste, indem er seinem Vater ein paarmal auf den Rücken klopfte und sich dann wieder aus der Umarmung löste.

»Komm, setz dich, ich hab schon Kaffee gemacht«, überspielte Linde den kurzen Moment der Verlegenheit und ging zur Anrichte, um die Thermoskanne zu holen.

»Schau mal, dort drüben liegt eine Kleinigkeit für dich«, sagte er zu Nick, während er den Kaffee für sie beide einschenkte und dann die Kerze ansteckte.

»Frühstückshunger?«

»Immer«, grinste Nick und machte sich daran, das Geschenk auszupacken.

»Ich bin gleich so weit«, sagte Linde und ging zurück zum Herd.

»Ich glaub's nicht ... mega«, stieß Nick hervor, »ein Kurs bei Scott Stadlober!« Er freute sich sichtlich. »Fliegenfischen! Echt cool, Papa, danke! Wen hast du denn da bestochen, Scotti ist doch ständig ausgebucht?«

Linde grinste und hantierte mit dem Pfannenwender im Omelett. »Ach, war nicht so schwer ...« Tatsächlich hatte er einige seiner Kontakte spielen lassen, um an den Kurs von »Scotti«, wie er von seinen Jüngern genannt wurde, in der Fränkischen Schweiz zu kommen.

»Und das Buch ist ja klasse! Hoffentlich werd ich auch mal so gut wie Scott«, sinnierte Nick.

»Freut mich! Ist ja nicht ganz uneigennützig ... ich hoffe ja, etwas von den Lachsforellen abzubekommen, die du demnächst aus der Wiesent ziehst«, feixte Linde und testete mit dem Pfannenwender, ob sich die Eierspeise schon abzulösen begann.

Ein Handy läutete.

»Das ist bestimmt pépère.« So nannte Nick seinen Großvater noch immer.

Linde brummelte etwas vor sich hin und fluchte innerlich. Das war nicht sein Schwiegervater, der allein in Colmar lebte. Er hatte gleich gehört, dass es sein Diensthandy war und nicht Nicks Mobiltelefon. Ausgerechnet jetzt. Er ging ins Wohnzimmer und zog die Tür leicht hinter sich zu, in der Hoffnung, dass Nick nicht mitbekam, dass es sich um etwas Dienstliches handelte. Er hatte Paula gesagt, dass sie ihn jederzeit anrufen könne, aber gehofft, dass sie und Jo zumindest am Samstag allein die Stellung hielten.

»Tut mir leid, Richard«, begann Paula. »Aber Jo musste nach Hause, sich um die Kleine kümmern, ihr Bruder hatte einen Fieberschub und Marie ist nun in der Klinik mit ihm.«

»Mmh, hoffentlich nichts Größeres«, gab Linde unkonzentriert zur Antwort.

»Ich mach's kurz – die unbekannte DNA stammt nicht von Antonio Alessandrini! Damit ist er vermutlich raus ...«

»Ja, allerdings gibt es die Zeugenaussage des alten Herrn mit dem Hund.«

»Stimmt, aber fürs Erste steht der DNA-Abgleich von Jochen Wessel noch aus ... den richterlichen Beschluss haben wir, und die Vorladung zur Speichelprobe wird ihm gerade zugestellt. Wir schieben die ausnahmsweise morgen ein.«

»In Ordnung. Sonst hätte das auch Zeit bis Montag gehabt«, sagte Linde.

»Papa, was ist, kommst du ...?« Nick stieß die angelehnte Tür sachte auf und lugte ins Zimmer.

Linde drehte sich um und machte mit der freien Hand eine beschwichtigende Geste. »Bin gleich bei dir ... drehst du das Omelett ein bisschen runter, bitte?«, flüsterte er ihm zu.

Nick verstand, dass das Telefonat beruflich war, und warf seinem Vater einen leicht genervten Blick zu. Linde vermied es, ihn direkt anzusehen.

»So, Paula, bin wieder hier ...«

»... das mit Montag hab ich Bergmans auch gesagt. Der aber meint, Wessel wäre so ausgerastet ... er könnte sich bis dahin aus dem Staub gemacht haben.«

Linde überlegte einen Moment. Er vermutete, dass Wessel, sollte er nicht der Täter sein, sich aus Prinzip sträubte, um es den Behörden so schwer wie möglich zu machen. Oder fürchtete er lediglich, dass man ihm, der vorbestraft war, etwas »anhängen« wollte?

»Gut. Dann übernehme ich das morgen, ich wollte ohnehin vormittags im Büro vorbeigehen.« Er legte auf. Mehr konnten sie im Moment nicht tun.

Als er in die Küche zurückkehrte, stand Nick mit verschränkten Armen am Fenster und sah dem Treiben unten in der Gasse zu.

»Gleich geht's los«, meinte Linde in seine Richtung und nahm an, dass er schmollte, da keine Antwort kam. Jetzt drehte Nick sich um und lehnte sich abwartend ans Fensterbrett. »Kannst du das noch nicht einmal an meinem Geburtstag deine Kollegen machen lassen?«

»Das mache ich ja schon! Das war nur die Nachfrage von Paula Kálmán, weiter nichts ...« Linde verschwieg vorsorglich, dass er möglicherweise noch einmal losmusste, sollte die Anordnung des Staatsanwalts eintreffen. »Wir haben einen aktuellen Todesfall, der viele Fragen aufwirft ...«

»Ja, ja, oder eine Mordermittlung, oder dies oder jenes ... es ist doch immer dasselbe«, sagte Nick gereizt, »deine Arbeit steht an erster Stelle!«

Linde schwieg darauf. Nick wusste ganz genau um den wunden Punkt seines Vaters und dass seine Vorhaltungen nicht ganz fair waren. Aber wenn er bei ihm war, verfiel er gern mal wieder in die Muster seiner pubertären Jahre. Linde hätte ihm so etwas wie »du lebst auch ganz gut von dieser Arbeit« an den Kopf werfen können, das hatte er bei anderer Gelegenheit auch schon getan, aber es war billig und führte auf beiden Seiten nur zu noch mehr Verletzungen. Linde wollte nicht ausgerechnet an Nicks Geburtstag mit einer Diskussion für schlechte Stimmung sorgen.

»Komm, setz dich«, sagte er stattdessen und wandte sich wieder dem Frühstück zu. Das Ei schien auf einer Seite ausreichend gestockt zu sein, jetzt aber kam der schwierigste Part.

»Auch das noch!« Entnervt versuchte Linde das angebackene Etwas vom Pfannenboden zu lösen, dabei zerfiel das schöne Omelett in mehrere Teile ... Er fragte sich, wie es anderen gelang, das Omelett wie von Zauberhand auf den Teller gleiten zu lassen – bei ihm hing es mit schöner Regelmäßigkeit fest. Egal, es würde auch so schmecken.

Eine Weile schwiegen beide, und Linde versuchte küchentechnisch zu retten, was zu retten war, während Nick in der Wohnung umherging.

»Cool ... Bowie!«, rief er nach einer Weile aus dem Wohnzimmer. Linde verstand, dass auch Nick nicht für schlechte Stimmung sorgen wollte und ihm der Missklang jetzt leidtat. »Dachte, du hörst nur Klassik?«

»Ich war auch mal jung, auch wenn du dir das nur schwer vorstellen kannst!«

40

Juliane hatte sich im Innenhof des Gasthofs einen Platz etwas abseits gesucht und studierte die handgeschriebene Karte mit dem Mittagstisch. Unterwegs hatte sie einmal nach dem Weg fragen müssen, aber den traditionsreichen *Goldenen Löwen*, den sie in guter Erinnerung hatte, schließlich doch rasch wiedergefunden.

»Irmi hätte es hier gefallen«, dachte sie bei sich, nachdem sie gewählt hatte und ihren Blick schweifen ließ. Der hübsch gestaltete Hof war zur einen Seite hin begrenzt von der Hauswand, an der wilde Rosen rankten und auf den Fensterbänken Geranien blühten, zur Straße hin geschützt durch ein Nebengebäude und eine hohe, weiß getünchte Mauer. Ein alter Walnussbaum breitete seine mächtigen Äste wie ein Dach über viele der schlichten Holztische aus, und mit viel Sinn für liebevolle Details und Kunsthandwerk hatten die Wirtsleute ein wunderbar unaufdringliches Ambiente geschaffen. Wie überall in Kallmünz konnte man Skulpturen und andere kunstvolle Details entdecken, die dem Markt als Künstlerort Rechnung trugen.

Allmählich füllte sich der Hof mit Ausflüglern und Tagesgästen, aber offenbar auch einigen Einheimischen, die die Wirtsfrau mit vertrautem Zunicken begrüßten. Juliane nahm einen Schluck von ihrer Schorle und beobachtete die Leute, die das gute Wetter ausnutzten, um draußen zu essen. Vielleicht hatte dieser Linde doch recht gehabt und sie hatte zu viel in die Bemerkung Irmis hineininterpretiert. Es mochte gar nichts Wichtiges gewesen sein, vielleicht hatte sie über Münter und Kandinsky gelesen oder eine der zahlreichen Galerien hier besuchen wollen. Im Nachhinein erscheint oft vieles bedeutungsschwer, hatte der Kommissar gesagt.

Sie dachte an Richard Linde und ihre kurze Begegnung in der Buchhandlung. Und mit einem Mal empfand sie ein leichtes Bedauern, dass sie den schönen Vormittag nicht mit jemandem teilen konnte. In der Regel machte es ihr nichts aus, in einem Lokal alleine zu sitzen. Früher hatte sie auf Recherchereisen oft alleine gegessen und sich daran gewöhnt. Und sie lebte auch gern allein. Zumindest sagte sie sich, dass sie die Freiheiten genoss, die das Singledasein mit sich brachte. Doch tat sie das wirklich? Mit Irmis Tod, das wurde ihr jetzt schmerzlich bewusst, streckte die Einsamkeit ihre Hand wieder nach ihr aus.

Zwar lebte sie schon einige Jahre in Wendelstein, aber sie fühlte sich dort nicht wirklich zu Hause.

Vor Jahren war sie der Liebe wegen hier gestrandet. Lange hatte es nicht gehalten, und natürlich hatte sie mit dem

Gedanken gespielt, ins Marburger Land zurückzugehen, wo sie in einem kleinen Dorf aufgewachsen war. Aber für ihren Beruf war der Nürnberger Raum ja durchaus ein gutes Pflaster – und selbst nach München war es nicht weit, von dort hatte sie schon einige Aufträge bekommen.

Und so war sie hier hängen geblieben. Auch wenn sie beruflich Tritt gefasst hatte, persönlich fühlte sie sich immer etwas fehl am Platz, wenn sie die vielen Familien mit Kindern sah, die Gartenfeste in der Nachbarschaft mitbekam. Sie führte ihr Missbehagen darauf zurück, dass sie selbst keine Familie in Wendelstein hatte. Die fränkische Lebensart war ihr nach wie vor fremd, der ruppige Ton ... und überhaupt, Mittelfranken, Unterfranken, Oberbayern, Oberpfalz ... sie hatte noch immer keine Ahnung, wo genau deren Grenzen verliefen, und es war ihr auch herzlich egal. Die weltgewandte Irmi mit ihrer angeheirateten italienischen Großfamilie stand über alldem, sie war für Juliane über die Jahre rasch so etwas wie ein Familienersatz und, ja – Heimat geworden. Mit Irmis Tod meldete sich tief in ihrem Inneren dumpf, aber spürbar das Gefühl von Verlorenheit zurück, das sie schon lange nicht mehr gespürt hatte.

Traurigkeit beschlich sie, während wieder ein Schwung Menschen eintrudelte und eine lange Tafel, die für sie reserviert war, besetzte. Einige festlich herausgeputzte Kleinkinder rannten ungestüm zwischen den Tischen umher, und Juliane vermutete, dass sie bei einer Taufe oder einem Jubiläum länger hatten stillsitzen müssen.

»Warum sitzt du da ganz alleine?« Ein Mädchen war direkt an Julianes Tisch gekommen, stemmte sich mit ihren kleinen Ellbogen auf das weiße Tischtuch und wartete auf eine Antwort.

»Ähm ...«, Juliane besann sich einen Moment, »ich bin heute alleine hier unterwegs und mache eine Pause ...«, erklärte sie und hoffte, das würde die Kleine zufriedenstellen.

»Antonia, die is heut getauft worden, das ist meine kleine Cousine«, sagte sie stolz. »Ganz schön geschrien hat die ...«, kicherte die Kleine, »aber die ist ja noch ein Baby!«

»Verstehe. Das ist ein sehr schöner Name, Antonia. Und wie heißt du?«, bemühte sich Juliane, obwohl sie in Gedanken weit weg war.

»Ich bin Nele«, hob das Mädel an, kam aber nicht weit, denn ein älterer Herr, offenbar der Großvater, wollte verhindern, dass das Mädchen die anderen Gäste störte.

»Bitte entschuldigen Sie«, hob er freundlich an, »wir wollten nicht stören.«

»Wir haben uns sehr nett unterhalten«, schmunzelte Juliane mit Blick auf Nele. »Eine schöne Feier wünsch ich Ihnen!«

Während er die Kleine in Richtung der Gesellschaft schob, blickte der Herr Juliane freundlich an.

»Sagen Sie, haben Sie auch jemanden in der Residenz drüben? Ich glaube, ich hab Sie eben gesehen ...?«, fragte er interessiert.

»Nein, ich wollte nur etwas über das Gebäude wissen«, sagte Juliane, während die Wirtin mit einem Teller dampfender *Bauchstecherla* hinter ihm zum Tisch getreten war und wartete, dass sie den Teller abstellen konnte.

»Ja, das Gebäude ist interessant und recht alt ...«

»Meint ihr das Stift, Albert? Ist eine schöne Einrichtung geworden, wenn man dran denkt, wie das Mütterheim früher ausgesehen hat.«

Juliane wollte nachfragen, was die Wirtin mit dem Begriff gemeint hatte, aber diese hatte den Teller rasch auf den

Tisch bugsiert und war schon wieder weg. Julianes Handy, das auf dem Tisch lag, begann zu vibrieren.

»Lassen Sie es sich schmecken.« Der ältere Herr hob seine Hand zum Gruß und ging zu seiner Familie zurück.

Juliane vermutete Elio, doch es war Jochen, wie sie auf dem Display sah. Während sie mit der Gabel auf dem Teller herumstocherte, hörte sie zu und nickte mehrmals vor sich hin.

»Ich verstehe, Jochen! Hör zu, ich bin noch unterwegs, aber ich werde versuchen, Severin zu erreichen, ein alter Studienfreund von mir – der ist Anwalt. Beruhige dich, ich kümmere mich darum!«

41

Riviera-Beige, Matt. Keinesfalls glänzend, das war wichtig. Sie kannte sich aus mit Küchen, kannte die Stilrichtungen, die Dekore, all die Farbnuancen, deren Bezeichnungen bereits die große, weite Welt verhießen. Und diese Küche – ja, diese Küche war ihr Traum! Und bald schon würde sie nicht mehr nur davon träumen, da war sie sich ganz sicher! Rita Michaelis ließ ihre Finger bedacht über die cremefarbenen Türen und Schränke gleiten und konnte sich gar nicht sattsehen an dieser Pracht im Landhausstil. Sie bebte innerlich, während sie die Schränke nacheinander, fast ehrfürchtig öffnete und ihr Innenleben begutachtete. Was sie sah, ließ keine Wünsche offen: feinstes Dresdner Porzellan, verschiedene mehrteilige Services für Familienfeiern, Saucieren in unterschiedlichen Größen, diverse Bräter und Pfannen für Fleisch oder Fisch, Bestecke, auch eines in Silber, dazu alle möglichen hochwertigen Küchenmaschinen und -hilfen, wie der Zauberstab eines edlen Schweizer Fabrikats, sogar ein nagelneues Vakuumiergerät war vorhanden.

Sicher, das ein oder andere würde sie umorganisieren. Sie hatte beispielsweise gern die Töpfe und Pfannen direkt unter dem Herd in Reichweite angeordnet. Und Utensilien, die ihr gar nicht gefielen, wie zum Beispiel diese schrecklich bunten Plastik-Eierbecher aus den Siebzigern oder die alte mechanische Waage, die müssten natürlich weg. Schließlich hatte sie ja auch noch einiges, das sie mitbringen würde und auf das sie bei der Arbeit in der Küche nicht verzichten konnte.

Sie malte sich aus, wie sie *ihm* ein perfektes Rührei zubereiten und dort drüben an dem Küchentisch servieren würde, der Platz für zwei Personen bot und an dem er so gerne morgens saß und das *Schwabacher Tagblatt* studierte.

Während sie sich noch vorstellte, wie sie hier schalten und walten, ihn verwöhnen würde, merkte sie nicht, dass er an die Küchentür getreten war, dort im Rahmen lehnte und sie beobachtete. Erst als sie, ganz in ihren Tagtraum versunken, mit Schwung eine tänzerische Drehung im Raum vollführte, nahm sie ihn wahr und erschrak heftig. Abrupt blieb sie stehen und fühlte, wie ihr Gesicht zu glühen begann. Er sah sie direkt an.

»Wo sind denn die Kuchenteller, Heinz?«, fragte sie rein rhetorisch und kicherte dabei wie ein ertapptes Schulmädchen.

»Dort, die Garnitur gleich da in dem Wandschrank«, wies er mit dem Zeigefinger in die Richtung, ohne erkennbare Regung in der Stimme.

»Ich werde gleich den Kaffee aufsetzen, geh du nur nach drüben, ich komme hier schon zurecht!«

»Das mache ich selbst«, entgegnete er jetzt bestimmt, und der Ton in seiner Stimme signalisierte ihr, dass sie wohl eine Grenze überschritten hatte.

Verstohlen blickte sie daher zu ihm hinüber, während er mit einem kleinen Messlöffel aus Plastik den Filter der Kaffeemaschine befüllte und keinen Ton mehr sagte. Für ein paar Augenblicke war sie irritiert, dann aber verstand sie und ein ungekanntes Gefühl der Fürsorglichkeit keimte in ihr auf: Bestimmt muss es schwierig für ihn sein, eine andere Frau in dieser Küche zu sehen! Sie musste ihm einfach ein wenig Zeit geben. Bald würde seine Trauer vergehen, und – auch wenn er das jetzt aus verständlichen Gründen noch nicht erkennen konnte – er würde wieder Freude und Glück verspüren können. Mit ihr!

Sie ging einen Schritt auf ihn zu und war versucht, ihm die Hand auf die Schulter zu legen. Aber dann wagte sie es doch nicht, man war schließlich noch nicht so weit – und Annette war erst knapp ein Dreivierteljahr tot. Natürlich war sie lange, sehr lange krank und die letzten Monate ihres Lebens nicht mehr ansprechbar gewesen. Dennoch würde er bestimmt das Trauerjahr abwarten wollen, etwas anderes schickte sich nicht im Dorf. Dann würde irgendwann der Punkt kommen, an dem man über die Bilder von ihr nachdenken müsste, überall im Haus war Annette gegenwärtig. Vieles würde sich ändern müssen, wenn sie hier bald das Zepter übernähme ...

Sonntag

42

»Grüß dich, Inge. Jule hier, entschuldige die frühe Störung am Sonntagmorgen.« Juliane klemmte das Telefon zwischen Schulter und Ohr, um nebenbei einen Schraubverschluss zu öffnen und etwas Honig in ihren Tee zu rühren. Seit dem Ausflug nach Kallmünz begleitete sie ein unangenehmes Kratzen im Hals. Sie saß im Schlafanzug und in ein warmes Plaid gehüllt an ihrem Schreibtisch und hatte trotzdem eiskalte Hände.

»Klingst nach durchzechter Nacht«, ließ sich die wache Stimme am anderen Ende vernehmen.

»Schön wär's! Nein, ich hab mir was eingefangen. Das Wochenende war hier schon so schön sonnig und ich zu leichtsinnig und luftig angezogen ...«

»Das kommt mir irgendwie bekannt vor«, scherzte Inge, »ich sage nur: Dünnes Fähnchen bei der Abschlussfeier!«

»Aber es sah doch klasse aus, gib's zu!«

»Was kann ich für dich tun, Jule? Du rufst um diese Uhrzeit ja bestimmt nicht ohne Grund an?« Inges Stimme klang gepresst, sie unterdrückte ein Husten und nahm dann wieder einen Zug. Juliane sah die ehemalige Kommilitonin vor sich, vermutlich saß sie schon seit zwei Stunden vor einem Artikel, die inzwischen grauen wirren Haare zum Dutt aufgetürmt und wie immer die Zigarette und den Becher mit schwarzem Kaffee neben sich – Inge war eine der besten Investigativ-Journalistinnen, die Juliane kannte.

»Du kennst mich wirklich gut«, entgegnete Juliane ertappt und warf einen Blick auf den Bildschirm ihres Laptops.

Es war recht früh am Morgen, und Elio schien im Zimmer nebenan noch zu schlafen. Sie senkte ein wenig ihre Stimme, um ihn nicht zu wecken.

»Sagt dir der Begriff ›Mütterheim‹ etwas? Ich meine jetzt nicht die Mütterheime der Nazis, sondern Entbindungsheime in jüngerer Zeit, die es wohl bis in die zweite Hälfte des zwanzigsten Jahrhunderts gab.«

Inge hielt einen Augenblick inne. »Mmh, ja, eine Kollegin aus der Redaktion hat dazu vor Jahren mal was gemacht. Ein Freund von ihr war in einer solchen Einrichtung geboren worden, wenn ich mich recht erinnere, irgendwo am Ammersee oder im Münchner Umland war das.«

»Was weißt du darüber?« Juliane war erstaunt, dass Inge so rasch Auskunft geben konnte.

»Ich kann dir nicht sagen, ob sie die Recherche damals weitergetrieben hat, war schwierig, mein ich mich zu erinnern. Aber was ich weiß: Das waren teils private, teils kirchliche Häuser, in die Frauen zur Entbindung gingen, manchmal waren sie auch an Frauenkliniken angeschlossen. Dort wurden auch die sogenannten ›gefallenen Mädchen‹ aufgenommen.«

»Du meinst ledige Mütter?«

»Exakt!«, sagte Inge und blies den Rauch aus. »Frauen, oft waren das ja fast noch Kinder, die ungewollt schwanger geworden waren und ihre Schwangerschaft verheimlichen mussten. Oder von ihrer Familie dort hingebracht wurden, weil die Schwangerschaft als Schande galt. Auch Frauen mit, sagen wir, zweifelhaftem Ruf, also wir hätten gute Chancen gehabt, in diese Kategorie zu fallen …«, fügte sie scherzhaft hinzu.

Juliane schüttelte den Kopf und blickte aus dem Fenster. »Gut, in den Fünfziger- oder Sechzigerjahren mag das noch so gewesen sein, aber in den Siebzigern? Das waren doch ganz andere Zeiten! Sexuelle Revolution, freie Liebe, die Antibabypille ... das war doch ein regelrechter Aufbruch!«

»Meinst du!«, gab Inge zurück. »Das war nur die eine Seite der Medaille. Aber in den gutbürgerlichen Familien, da gab es schon ein Problem, wenn die Tochter des Hauses, die für Höheres vorgesehen war, so ein kleines Geheimnis mit sich herumtrug. Oder stell dir mal ein bäuerliches Umfeld in diesen Jahren vor, gerade in den Siebzigern! Auf einem kleinen Dorf, wo jeder jeden kennt. Da war ein solches Kind der Bastard, ein Schandfleck! Und die Mutter eine Hure, ein gefallenes Mädchen eben. Entweder es wurde totgeschwiegen oder man versuchte die Schande zu vertuschen. Bin ja ein gutes Stück älter als du, ich hab so was noch miterlebt.«

Juliane fröstelte und raffte die Decke enger um sich. Am fahlblauen Himmel zogen die Wolken rasch über der Silhouette Wendelsteins hinweg, die Sonne würde es heute schwer haben. In ihrem Kopf überschlugen sich die Gedanken.

»Und was geschah mit den Kindern?«, fragte sie nach.

»Da kann ich dir nicht viel sagen, vermute mal, dass sie in vielen Fällen zur Adoption freigegeben wurden. Wenn du willst, stelle ich den Kontakt zu diesem Typen her, der meine Kollegin auf das Thema gebracht hat. Er war adoptiert und auf der Suche nach seiner leiblichen Mutter.«

»Ja, gerne, frag doch mal nach, ob ein Kontakt möglich wäre.« Juliane machte sich eine Notiz.

»Warum interessierst du dich dafür, Jule? Bist du da an was Größerem dran?« Inge schien plötzlich sehr interessiert.

»Nein, ist eher eine private Sache, eine Freundin von mir ist vor Kurzem gestorben, und in dem Zusammenhang bin ich darauf gestoßen.« Juliane klärte Inge in groben Zügen auf und berichtete von Kallmünz und Irmis Notiz.

»Bleib da mal dran!«, sagte Inge bestimmt. »Könnte mir vorstellen, dass da mehr zu holen ist.«

»Ich schau mal ...« Juliane seufzte innerlich. Seit sie vor allem für Verlage schrieb und darüber endlich einmal ein mehr oder minder regelmäßiges Einkommen bezog, hatte sie kaum noch journalistisch gearbeitet. Wenn Inge wüsste, womit sie gerade ihre Brötchen verdiente, dachte sie für einen Moment – das war so weit entfernt von ihrer beider Träume auf der Journalistenschule, als sie noch vorhatten, den Mächtigen dieser Welt gehörig auf die Finger zu klopfen, Missstände aufzudecken, Unrecht zu verfolgen und öffentlich zu machen, unbestechlich und kompromisslos! Gerade Inge mit ihrem Feuer und ihrer Hartnäckigkeit hatte in Juliane damals die Leidenschaft für die Schreiberei entfacht. Im Gegensatz zu ihr war Inge drangeblieben.

»Hör zu, ich schick dir die Kontaktdaten, vielleicht kann ich dir dann auch etwas mehr sagen«, schloss Inge.

Juliane bedankte sich und verabschiedete sich rasch. Ihr schien, als ob Elio inzwischen wach geworden war und in der Küche herumhantierte. Kaum hatte sie das Telefon zur Seite gelegt, klopfte es auch schon.

»Magst du Kaffee, ein kleines Frühstück?«, knurrte eine tiefe Stimme durch den geöffneten Türspalt, und ein verschlafenes Gesicht lugte ins Zimmer herein. Juliane nickte Elio zu. »Hört sich gut an.« Er trottete zurück zur Küche und kam nach wenigen Augenblicken mit zwei Bechern dampfenden Kaffees zurück, er war also schon eine Weile auf den Beinen.

»Was ist das, ein Mütterheim?«, fragte er direkt. »Hat das mit Mamas Tod irgendetwas zu tun?«

43

Was führte diese Frau nur im Schilde? Was hatte sie vor? Heinz Delbrück wanderte mit fünf Schrittlängen Abstand hinter Rita Michaelis her und hatte kaum Augen für die sonnenüberflutete Wacholderheide. Er musterte ihre schlanke, fast knabenhafte Gestalt, die ein erstaunlich schnelles Tempo anschlug, und grübelte dabei fortwährend, ob sie etwas wissen konnte. Und falls ja, wollte sie ihn erpressen? Oder hatte sie andere Absichten? Er konnte sich noch immer keinen Reim darauf machen. Aber fürs Erste würde er das Spiel mitspielen, er hatte auch keine andere Wahl. Falls sie etwas wusste, war er geliefert ...

»Herrlich, nicht wahr, Heinz?« Jetzt blieb sie einen Moment stehen und drehte sich zu ihm um. »Einen schöneren Tag hätten wir kaum erwischen können!«

Delbrück nickte nur und schnaufte schwer. Er war komplett aus der Puste und dankbar für die kleine Unterbrechung. Früher hatte er sehr viel Sport getrieben, aber in den letzten Jahren war dafür kaum mehr Zeit geblieben.

»Weiter oben ist eine gute Stelle zum Picknicken«, schlug Rita jetzt vor. »Mit schönem Blick ins Tal.« Sie schien das Altmühltal wie ihre Westentasche zu kennen.

»Die nehmen wir«, erwiderte er und bot noch einmal alle Reserven auf, um mit ihr Schritt zu halten.

»Zwölf Uhr, Zeit für die Rast!«, verkündete sie mit schnellem Blick auf ihre Uhr und breitete eine kleine Picknickdecke aus, die entweder für eine einzige Person oder aber für ein romantisches Tête-à-Tête ausgelegt war, wie Delbrück feststellte. Also blieb er erst stehen, um die Landschaft zu bewundern, und nahm dann am äußersten Ende auf einem Zipfel der Decke Platz.

Der Ausblick war tatsächlich beeindruckend. Inmitten von zahllosen Küchenschellen, die jetzt in ihrer blauvioletten Blüte standen, konnte man von dem kleinen Plateau bis hinüber zu den schroffen Felsen von Arnsberg blicken.

»Die schaffen wir nach der Pause«, sagte Rita mit einem knappen Nicken in die Richtung und reichte ihm ein ordentlich belegtes Schnitzelbrot. Das Picknick hatte sie ebenso generalstabsmäßig vorbereitet wie die Wanderung mit den Rastzeiten.

Beide aßen schweigend, und Delbrück kam die ganze Situation mit einem Mal mehr als befremdlich vor. Irmi war tot und er daran womöglich nicht schuldlos – nun saß er hier mit dieser schrecklichen Person und machte sich zum Narren.

»Schmeckt gut, oder?« Rita war bestens gelaunt. »Den Kuchen gibt's aber erst dort drüben zur Belohnung«, neckte sie ihn.

Er verschluckte sich und hustete, beeilte sich aber, ihr beizupflichten. In Wahrheit hatte er Mühe, den mächtigen Imbiss zu verzehren. Sein empfindlicher Magen rebellierte noch immer, und er ekelte sich davor, wie sie ihr Brot verschlang.

Eine Weile saßen sie schweigend nebeneinander und blickten ins Tal hinunter. Auf einmal merkte er, dass sie ihn von der Seite anblickte und näher zu ihm rückte. Er tat so, als hätte er es nicht bemerkt, aber da legte sich ihm schon eine Hand auf die Schulter und glitt seinen Rücken entlang nach unten. Es war eine unbeholfene Geste, aber sie war eindeutig.

Delbrück erstarrte. Damit hatte er nicht gerechnet.

»Wir haben's doch schön zusammen«, begann sie.

Er sprang auf die Beine. »Ich will das nicht!« Er war

außer sich. »Ich will das nicht, verstehst du ... sie ist noch gar nicht lange tot ... das geht nicht!« Er stockte und hatte Mühe, sich klar auszudrücken.

Sie starrte vor sich hin und schien unfähig, nur ein Wort zu sagen oder ihn auch nur anzusehen. Ihre Wangen glühten vor Scham, und sie presste ihre schmalen Lippen zusammen. Einen Moment blieb das so. Dann aber ging eine Veränderung in ihr vor, und ihr Gesicht nahm einen überlegenen, fast schon provokanten Ausdruck an.

»Von wessen Tod sprichst du eigentlich?«, fragte sie nun. »Von Annettes – oder von dem der anderen?«

Delbrück zuckte zusammen. »Wa... was? Was soll das?«

Sie gab keine Antwort und schien die Wirkung ihrer Worte zu genießen.

»Ich denke, du meinst die andere«, fuhr sie jetzt fort, »bei der bist du ja ein- und ausgegangen, wie es scheint!«

Delbrück schüttelte ungläubig den Kopf und tat ein paar Schritte in Richtung Abhang. Was würde jetzt kommen? Wollte sie seine Zuneigung etwa erpressen? Oder ihn einfach nur ans Messer liefern? Er sah hinunter auf die Altmühl. Jetzt musste er einen kühlen Kopf bewahren und die Situation deeskalieren – auch wenn er dieser Person am liebsten gleich hier an Ort und Stelle einen Schubs in den Abgrund verpasst hätte ...

44

»Das Telefonat von heute früh geht dir immer noch im Kopf rum, stimmt's!?« Elio war plötzlich stehen geblieben und wandte sich Juliane direkt zu. Die beiden waren am

Ludwigskanal unterwegs, um beim Spazierengehen über Irmis Trauerfeier zu sprechen.

Elios Bemerkung riss sie jäh aus ihren Gedanken, und sie fühlte sich für einen Moment ertappt. Sie sah ihn an und erkannte die Feinfühligkeit Irmis an ihm wieder. In dieser Hinsicht war er seiner Mutter sehr ähnlich. Auch ihr hatte man nie etwas vormachen können.

»Nein, gar nicht. Wie gesagt, ich recherchiere da über eine Sache, das heißt, eigentlich eine Journalistenfreundin ...«, versuchte sie abzuwiegeln, bis sie an Elios Blick sah, dass es keinen Sinn hatte, ihm etwas vorzumachen.

»Also gut: Erinnerst du dich an die Adresse, die deine Mutter auf dem Zettel zu Kallmünz notiert hatte?«

»Das Gekrakel? Da war doch kaum was zu entziffern?«

Juliane klärte Elio kurz auf, was ihr Besuch in Kallmünz ergeben hatte und was ein Mütterheim war.

»Komm, lass uns weitergehen ...«, sie berührte ihn am Arm. »Natürlich weiß ich überhaupt nicht, ob es was damit auf sich hat. Mir scheint es momentan selbst zu weit hergeholt. Möglicherweise hatte sie doch die Idee im Kopf, ihren Lebensabend in einer Seniorenresidenz zu verbringen, oder die Adresse war einfach falsch.«

»Mama in einem Seniorenheim, noch dazu eines von der gehobenen Sorte? Nie im Leben! Das glaubst du doch selber nicht!« Elio warf einen flachen Stein ins Wasser, der ein paarmal auf der Oberfläche hüpfte und fast die andere Uferseite erreichte. Für einen Moment entstand ein Zerrbild der alten Bäume, die sich im Wasser spiegelten.

Juliane musste ihm recht geben, brachte aber nur ein »Mmh« zustande.

»Aber mal angenommen, sie hat sich für dieses Heim interessiert – aus welchem Grund?«, überlegte Elio laut.

»Denkst du etwa, sie war selbst in einem solchen Heim? Also, dass sie vielleicht noch ein Kind hatte außer mir?«

Juliane schwieg dazu.

»Das hätten wir doch gewusst! Oder zumindest Papa ... oder auch die Großeltern«, beharrte Elio.

Juliane spürte, dass sie die Sache nicht weiter mit ihm besprechen wollte, und es kam ihr mit einem Mal nicht mehr richtig vor, Elio eingeweiht zu haben. »Eben, ja ...«

Sie überlegte, während sie weiterliefen und einem Jogger Platz machten, der bereits auf der anderen Uferseite zu sehen gewesen war. Juliane nickte ihm grüßend zu, sie kannte ihn flüchtig vom Sehen.

Einerseits passte eine mit Stillschweigen bedachte Mutterschaft überhaupt nicht zu Irmi – andererseits, Inge hatte angedeutet, dass die betroffenen Frauen ihr Leben lang darüber schwiegen, aus Scham, aber vielleicht auch, weil sie durch das Erlebte traumatisiert waren und es vergessen wollten. Und Irmi kam, soweit Juliane wusste, aus einfachen bäuerlichen Verhältnissen, die Familie hatte einen Hof gehabt.

»Ich glaube, Papa hätte gern eine große Familie gehabt, einen ganzen Stall voller *bambini* ...«, sagte Elio jetzt.

»Ja, das kann ich mir vorstellen, zumal als Italiener.« Juliane wusste von Irmi, dass Antonio still darunter gelitten hatte, dass sie keine weiteren Kinder bekommen hatten. Aber einige Zeit nach Elios Geburt hatte sich die Krankheit manifestiert – und Juliane vermutete, dass hier der eigentliche Grund dafür lag.

»Komm, lass uns überlegen, wem wir noch alles Bescheid sagen wollen«, meinte Juliane, um das Gespräch wieder auf den eigentlichen Zweck der Runde zurückzubringen.

45

Nach Monaten war seine Schlaflosigkeit wieder zurückgekehrt. Wie ein alter Bekannter, der unversehens hereinschneit, und es wird einem klar, dass man lange nicht an ihn gedacht hat, warum auch, aber plötzlich sind seine unliebsamen Eigenschaften wieder erstaunlich präsent. Und obwohl man den ungebetenen Gast am liebsten hinauskomplimentieren möchte und immer mehr Widerwillen gegen ihn entwickelt, kommt man ihm nicht aus und muss den Besuch über sich ergehen lassen.

Linde war nicht überrascht. Im Gegenteil. Er hatte schon seit Tagen eine innere Unruhe verspürt, die Anzeichen aber weit von sich geschoben. Es war auch nicht der Moment, zu hadern und sich um seine Befindlichkeiten zu kümmern. Der Fall in Wendelstein beanspruchte ihn. Aber genau hier lag vermutlich auch der Grund.

Gegen zwei Uhr war er wieder aufgestanden, hatte einen dicken Roman aus dem Bücherstapel in der Diele herausgezogen und vor sich auf den Küchentisch gelegt. Der Anfang war durchaus fesselnd, doch nach ein paar Seiten hatte er das Buch von sich geschoben und ein Fenster geöffnet. Jetzt sah er in die Nacht hinaus. Ein paar Wolken zogen über den Himmel und gaben immer wieder mal den Blick frei auf die Sterne, deren funkelndes Licht seinen Weg zu ihm fand, mochte es auch in der Stadt nie vollständig dunkel werden. Er mochte die Nächte in Schwabach, die inzwischen vertrauten Geräusche in seinem Altstadtviertel.

Er dachte an Nick, dessen Besuch ihm noch etwas nachhing. Zwar hatten sie beide nach dem kleinen Missklang am Morgen wieder die Kurve gekriegt – und den Geburtstag mit einem Stadtbummel und einem Essen beim Spanier schön beschlossen. Doch Nick hatte sich, wie Linde schien, insgesamt recht reserviert gezeigt, was die neue Wohnung und sein Leben in Schwabach betraf. Vermutlich musste er ihm einfach ein wenig Zeit lassen, sich daran zu gewöhnen. Immerhin, den nächsten Besuch hatten sie schon fest abgemacht: Zum Fliegenfischen-Kurs würde Nick bei seinem Vater wohnen.

Nachdem Linde seinen Sohn am frühen Morgen zum Bahnhof gebracht hatte, war er hinüber ins Kommissariat gelaufen, um den dorthin einbestellten Wessel in Empfang zu nehmen. Zu seiner Überraschung hatte dieser einen bekannten Anwalt im Schlepptau, der auf den ersten Blick so gar nicht zu Jochen Wessel zu passen schien. Und wie zu erwarten, machte der smarte Jurist ihm gleich unmissverständlich klar, dass sein Mandant hier zu Unrecht behelligt wurde und nur dank seines guten Willens erschienen war.

Wessel hatte nicht viel gesagt, offenbar war er von seinem Begleiter gut instruiert worden. Aber als die beiden wieder aufbrachen, platzte all sein Unmut lautstark aus ihm heraus. Linde konnte dem Anwalt ansehen, dass dieser innerlich den Kopf schüttelte.

Nachdem er nun schon einmal im Büro war und Montag früh außerdem gleich der Termin bei der Sanocur anstand, hatte Linde sich die Ermittlungsakten noch einmal vorgenommen. Die Aussage des Zeugen mit Hund, der in der Nacht auf Dienstag einen Streit auf Italienisch gehört haben wollte, ließ ihm noch immer keine Ruhe. Der alte Herr war ihm seriös erschienen – was also hatte er gehört? Seltsam, das Ganze ...

Während er, noch immer am Fenster stehend, sich in diesen Gedanken verlor, betrachtete er unten in der Gasse zwei verliebte Nachtschwärmer, die sich untergehakt hatten und direkt unter ihm kehrt machten, weil sie offenbar eine Gasse zu früh abgebogen waren. Einen Moment lang sah er den beiden hinterher und dachte sich, wie lange er selbst so etwas nicht mehr erlebt hatte.

46

Während sie träumt, diesen einen, immer wiederkehrenden Traum, weiß sie im Schlaf doch genau, dass es nur Traumbilder sind. Aber das Wissen bringt keine Erleichterung, denn sie ist darin gefangen. Und das ist das Schlimme daran. Sie muss den Albtraum immer wieder erleben, von Anfang bis zum Ende, immer wieder hört sie die gleichen Sätze und durchlebt dieselbe Situation.

»Sie muss fort, und zwar schnell ...!«, hört sie den Vater brüllen. Im Traum ist seine Stimme seltsam verzerrt. Außer sich ist er und tobt in der Küche, bis die Mutter anfängt zu weinen. »Am besten noch in dieser Woche!«, sagt er leise zur Mutter, so, dass sie selbst hinter der Tür es gerade noch verstehen kann. Sie erschrickt, und wie jedes Mal fährt ihr der Schreck auch im Traum in alle Glieder. Sie stolpert aus dem Haus, hinüber in den Stall, wo sie sich in den hinteren Buchten versteckt. Mit angezogenen Beinen kauert sie in einer dunklen Ecke auf dem Boden und zittert am ganzen Körper. Aber es wird noch schlimmer. Der Vater kommt in den Stall und fängt an, bei den vorderen Buchten zu misten, obwohl er im Sonntagsstaat ist, was er nicht wahrnimmt, so außer sich ist er. Sie lauscht in ihrem Versteck und hat solche Angst, dass er sie bemerken und gleich totschlagen könnte. Jetzt kommt die Mutter hinter-

her. »Um Himmels willen, kannst das Kind doch nicht fortschicken!« Die Mutter fleht ihn an, doch er macht ihr nur Vorwürfe – und schließlich bekommt sie alles ab ...

Heute ist es etwas anders. Jemand unterbricht den Traum, und es kommt nicht zum Äußersten für die Mutter. Als sie zu sich kommt, ist sie schweißgebadet, das Nachthemd klebt an ihrer Haut. Sie atmet stoßweise, und das Herz pocht schnell und beruhigt sich nur langsam wieder.

»Du hast nur schlimm geträumt«, sagt Michaela, die an ihrem Bett sitzt und über ihren Arm streicht. Jetzt bricht sie in Tränen aus. »Beruhig dich doch, es war alles nur ein schlimmer Traum!«, tröstet ihre Zimmernachbarin.

Sie weiß, dass das nicht stimmt.

Montag

47

Paula Kálmán hatte sich einen löslichen Kaffee aufgegossen, das mitgebrachte Bamberger Hörnchen auf einen der abgestoßenen Kuchenteller drapiert – und genoss einen Moment lang den Umstand, das Büro für sich allein zu haben. Sie atmete tief durch. Der Morgen hatte schon wieder mit einer lautstarken Auseinandersetzung begonnen, und sie wollte gerade nur eins: einen Moment zur Ruhe kommen. Anfangs war es ganz gut gelaufen, als ihr Sohn wieder bei ihr eingezogen war; er hatte sie unterstützt, sich um die Einkäufe gekümmert und sich im Garten verausgabt, doch damit war es schon wieder vorbei. Jetzt hockte er meist entweder vor dem Fernseher oder daddelte auf seinem Handy herum, anstatt sich um einen neuen Job zu kümmern oder sich in irgendeiner Form Gedanken um seine Zukunft zu machen. So konnte es nicht weitergehen. Vielleicht würde sie Richard Linde um Rat bitten. Er war zwar um einige Jahre jünger als sie, aber sie schätzte seinen klaren Blick auf die Dinge, und er schien ein gutes Verhältnis zu seinem Sohn zu haben.

Sie befeuchtete ihren Daumen und griff nach den Ausdrucken mit den Verbindungsnachweisen, die Linde und Jo offenbar durchgearbeitet hatten. Hie und da war bereits ein Vermerk vorhanden oder waren den Nummern konkrete Namen zugeordnet. Sie nahm sich einen Bleistift, nippte an ihrem Kaffee und ging daran, alles noch einmal mit frischem Blick durchzuarbeiten, als vor der Tür mit einem Mal Stimmengemurmel die Ruhe störte. Paula lauschte mit halbem Ohr und hoffte, dass die Störenfriede vorbeigehen würden, aber da klopfte es schon und eine junge Streifenpolizistin steckte ihren Kopf herein. Hinter ihr sah Paula ein Mädchen mit großen Augen und dunkel umrandeter Brille und den Umriss einer weiteren Person.

»Diese beiden hier haben was für euch!«, verkündete die Kollegin und schien froh, den Besuch bei Paula abliefern zu können.

»Kommen Sie bitte herein!«, Paula erhob sich und kam den beiden entgegen. Das Mädchen hatte eine ältere Frau im Schlepptau, die offenbar Mühe beim Gehen hatte. Paula schätzte sie auf achtzig oder mehr. Schnell schob sie einen Stuhl heran, knipste das Deckenlicht an und bot beiden einen Platz an. Die Aussicht auf einen mehr oder minder ruhigen Wochenstart war dahin, aber vielleicht hatten die beiden ja etwas, das den Fall tangierte.

»Meine Oma hier«, das Mädchen schob sie nach vorn, »hat Ihnen etwas mitzuteilen.«

Die ältere Dame blickte unsicher auf ihre Enkelin und dann zu Paula. Sie bewegte ihre Lippen, um etwas zu sagen, aber es fiel ihr schwer und es schien, als müsse sie sich erst sammeln. Es hatte den Anschein, als sei die Frau nicht aus eigenem Antrieb bei der Polizei erschienen.

»Omi, wir haben doch alles besprochen, jetzt berichtest du der Frau einfach, was du mir erzählt hast.«

»Ganz langsam, wir haben Zeit«, schritt nun Paula ein und nickte der Dame wohlwollend zu. Offensichtlich waren die beiden ein eingespieltes Team, aber das Vorsprechen auf der Inspektion brachte die alte Frau aus dem Takt.

»Möchten Sie vielleicht ein Glas Wasser oder etwas anderes?«, bot Paula an.

»Danke, nein.« Die ältere Frau schien sich zu sammeln und knetete ihre Hände im Schoß. »Es tut mir so leid, aber ich habe einen großen Fehler gemacht. Ich habe jemanden zu Unrecht beschuldigt. Das wollte ich keinesfalls, das müssen Sie mir glauben!«

Paula dämmerte, worum es ging. »Na, erzählen Sie mal, bestimmt lässt sich das geraderücken.«

»Der Herr Bauernfeind, ich habe hier gesagt, dass er mir Geld gestohlen hätte. Dabei ist er doch eigentlich so ein feiner, korrekter Mann ... und so gottesfürchtig!«

»Oma, jetzt erklär mal, was passiert ist.«

»Am Wochenende besucht mich immer die Lara«, sagte sie mit stolzem Blick auf die Enkelin, »ich backe dann oft einen Kuchen, und wie ich die Blechdose mit den Backsachen aus dem Küchenschrank nehmen will, fällt sie mir aus der Hand und ich finde darin meinen Spargroschen.«

»Ich verstehe«, sagte Paula verständnisvoll, »Sie haben das Geld dort aufbewahrt und vergessen, dass Sie es da hineingelegt hatten.«

»Ich schäme mich so, was wird denn jetzt der Herr Bauernfeind von mir denken!«

»Ich denke, dass er Verständnis haben wird, glauben Sie mir, so etwas kann mal passieren.« Paula empfand Mitleid mit der alten Dame – und gleichzeitig fragte sie sich, wo eigentlich ihre eigenen achtzig Euro für den Großeinkauf, die sie unter der Schlüsselablage deponiert hatte, abgeblieben waren.

»Er kam ja dann auch noch mal zu mir und hat beteuert, dass er nichts genommen hat. Und ich habe ihn fortgejagt!«

»Ich informiere ihn jedenfalls gleich darüber, falls es die Kollegen unten nicht schon getan haben. Und bei Gelegenheit schreiben Sie ihm ein paar Zeilen, was meinen Sie?«

»Das ist doch eine gute Idee, Omili. Siehst du, es renkt sich alles wieder ein!«, warf nun die Enkelin ein und legte ihr die Hand auf die Schulter.

»Schön!«, stellte Paula fest. »Damit ist dann auch Ihre Anzeige offiziell null und nichtig«, sagte sie und erhob sich. Angesichts der unerledigten Arbeit auf ihrem Schreibtisch wurde sie allmählich unruhig.

»Umso schlimmer, wenn alle jetzt schlecht von ihm denken«, hob die alte Dame erneut an.

»Wie gesagt, das wird sich wieder einrenken«, lächelte Paula, »und ich kann Ihnen versichern, dass das mit unserer Arbeit hier nichts zu tun hat.«

Nachdem sie sich verabschiedet und die Bürotür hinter den beiden wieder geschlossen hatte, kehrte sie zu ihrem Schreibtisch zurück und fühlte sich auf angenehme Weise bestätigt. Sie hatte in der Ermittlungsarbeit schon oft eine gute Menschenkenntnis bewiesen – und der Verdacht, Christian Bauernfeind könnte ältere Damen bestehlen, hatte so gar nicht zu dem Eindruck gepasst, den sie von dem Mann gewonnen hatte. Zufrieden fuhr sie mit der Durchsicht der Telefonverbindungen fort.

»Das ist ja merkwürdig!«, murmelte sie nur kurze Zeit später und blätterte in ihren Notizen vom Wochenanfang. Dort hatte sie vermerkt, dass das Opfer und seine Schwester schon seit Längerem keinen Kontakt mehr gehabt hätten. Paula stutzte und schüttelte den Kopf: Irmgard Alessandrini hatte ihre Schwester mehrmals angerufen, bei den ersten beiden Telefonaten hatte es sich wohl nur um Anrufversuche gehandelt, aber es war noch eine dritte Verbindung aufgeführt, und zwar am Vorabend ihres Todes – und diese Verbindung hatte ganze elf Minuten gedauert!

48

Es klingelte an der Tür. Juliane schrak leicht zusammen, da sie niemanden erwartete. Elio hatte sich mit einem Freund treffen wollen und trug eigentlich einen Schlüssel bei sich. Sie hatte sich gerade auf das Sofa gelegt, eine Decke über sich gezogen und überlegte einen Moment, ob sie öffnen sollte. Ihr war immer noch, als ob sie sich etwas eingefangen hatte. Aber vielleicht war es auch das ganze Durcheinander der letzten Tage, das sie ausgelaugt und erschöpft hatte. Sie hatte den Eindruck, sich völlig verrannt zu haben. Widerwillig stand sie jetzt auf. Als sie zur Wohnungstür ging, hörte sie schon schnelle Schritte im Hausflur. Durch den Türspion sah sie, dass es Elio war. Sie öffnete.

»Hallo du, nimm doch den Schlüssel ...!«

»Ich wollte nicht so reinplatzen, war nur schnell drüben in der Wohnung, um ein paar Klamotten zu holen ... dabei ist mir was eingefallen.«

»Komm erst mal rein«, schloss sie hinter ihm die Tür und ging in die Küche, um sich einen Tee aufzusetzen. Elio lehnte sich an den Kühlschrank und verschränkte die Arme.

»Wenn wir Oma im Heim besucht haben«, begann Elio, »also in den letzten zwei Jahren, da rief sie immer das Gleiche ... ›Wo ist das Kind, du musst es holen ... du musst es wieder holen!‹«

Juliane setzte die Kanne ab und erstarrte, auch sie erinnerte sich dunkel an einen solchen Ausbruch. Einmal hatte sie Irmi zu einem Besuch gefahren – und weil es so ein sonniger Tag war, hatten sie zusammen draußen gesessen. Die alte Frau hatte die Worte fortwährend wiederholt und dabei fast geschrien ... und hatte sich kaum wieder beruhigen lassen.

»Ich erinnere mich an so was Ähnliches ... aber das war wenige Monate, bevor sie schließlich gestorben ist, die Demenz war da sehr weit fortgeschritten.«

»Wir hatten immer angenommen, dass sie den Stefan damit gemeint hat«, fuhr Elio fort.

»Wer war Stefan?« Juliane erinnerte sich nicht, dass Irmi diesen Namen je erwähnt hatte.

»Das war ein Bruder, der jung ums Leben gekommen ist, da war Mama noch ganz klein. Stefan war der Erstgeborene, zwei Jahre älter als Sonja, soviel ich weiß.«

»Das wusste ich nicht!« Juliane war betroffen.

»Darüber wurde auch nicht geredet in der Familie. Niemals. Wenn ich bei der Oma in Ferien war, sind wir einmal in der Woche zum Friedhof zu seinem kleinen Grab ... wenn mich die Oma damals nicht mitgenommen hätte, wüsste ich überhaupt nichts davon. Als ich ein Kind war, hab ich auch gar nicht verstanden, wer da in dem kleinen Grab mit dem weißen Kreuz lag.«

»Und weißt du, warum das Kind gestorben ist? War es krank?«, fragte Juliane vorsichtig.

»Ich glaube, dass es ein Unfall war. Aber ich erinnere mich nicht mehr genau, Tante Sonja weiß da sicher mehr.«

»Deine Tante in Regensburg? Die kenne ich nur vom Namen her. Hast du Kontakt zu ihr?«

»Zum Geburtstag und zu Weihnachten schickt sie eine Karte«, erklärte Elio lakonisch.

»Ich verstehe. Das gibt es halt manchmal.«

Als Elio gegangen war, zog sich Juliane wieder aufs Sofa zurück und stellte den Tee neben sich, aber Ruhe fand sie nicht. Sie versuchte, sich an den Besuch im Heim zu erinnern ... aber das war recht lange her und sie hatte nicht so sehr darauf geachtet, was die alte Frau gesagt hatte. Sie war selbst erschüttert gewesen über den Ausbruch. Allerdings war ihr aufgefallen, dass Irmi damals nicht darauf eingegangen war und schnell ein anderes Gesprächsthema gesucht hatte ... war dies ein Hinweis?

Und wenn Irmi tatsächlich noch ein Kind bekommen und zur Adoption freigegeben hatte? Vielleicht hatte sie sich auf die Spurensuche gemacht? Aber falls ja, was sollte das alles mit ihrem Tod zu tun haben? Wollte jemand verhindern, dass sie Nachforschungen anstellte?

Juliane überlegte, ob sie Kommissar Linde über ihre Gedanken informieren sollte. Aber das alles kam ihr zu fantastisch, zu konstruiert vor – und schien mit jener Irmi, die sie gekannt hatte, nichts zu tun zu haben. Vielleicht sollte sie stattdessen mit Antonio sprechen? Oder besser einmal bei Jochen vorfühlen?

Sie stand wieder auf, nahm ihre Tasse und ging zum Schreibtisch, um den Computer hochzufahren. Vielleicht konnte sie selbst noch etwas mehr in Erfahrung bringen, bevor sie mit bloßen Mutmaßungen an andere Menschen herantrat. Sie nahm einen großen Schluck vom heißen Tee und verbrannte sich dabei fast den Mund. Vielleicht sollte sie nach Kallmünz zurückkehren und versuchen, dort mehr über das Heim in Erfahrung zu bringen.

49

»Jetzt bin ich ganz bei Ihnen, was kann ich für Sie tun?«, fragte die Produktmanagerin jovial, nachdem sie Linde und Jo in ihr großes Büro hereingewinkt und ihr Telefonat beendet hatte.

»Es geht um das Opfer eines Tötungsdelikts, das an Multipler Sklerose litt«, begann Linde, »wir vermuten oder haben vielmehr Hinweise darauf, dass die Frau einen neuen Wirkstoff, ein neues Medikament erhalten – oder aber an einer Medikamentenstudie teilgenommen hat.«

»Und warum kommen Sie damit ausgerechnet zu mir?«, erkundigte sich Frau Dr. Bengtsson sichtlich irritiert. »Deutet denn irgendetwas darauf hin, dass Todesursache und Medikament in direktem Zusammenhang stehen?«

»Davon ist nicht auszugehen«, erklärte Linde, »aber es gibt einige Ungereimtheiten. So war etwa die behandelnde Ärztin nicht darüber informiert, was einige Fragen aufwirft.«

»Ich verstehe immer noch nicht, wie ich Ihnen in dieser Sache weiterhelfen soll?«, stieß sie schnell hervor und war mit ihren Augen schon wieder bei ihrem Terminkalender.

»Die Sanocur ist eins der führenden Unternehmen in diesem Bereich, daher hatten wir gehofft, bei Ihnen etwas von grundsätzlicher Natur darüber in Erfahrung bringen zu können«, erklärte Linde, »und Sie sind besonders im Hinblick auf neue Wirkstoffe zur Behandlung der sekundär progredienten MS innovativ und außerdem Marktführer.«

»Das stimmt! Da haben Sie Ihre Hausaufgaben aber gemacht, Herr Kommissar. Dann werden Sie allerdings auch wissen, dass wir streng nach den gesetzlichen Bestimmungen forschen und entwickeln, und das bei größtmöglicher Transparenz!« Der Ton, den Frau Dr. Ragnhild Bengtsson nun anschlug, war schneidend und stand im Gegensatz zu dem skandinavischen Singsang, in dem sie Worte und Satzteile modulierte.

»Und überhaupt, Herr Linde«, jetzt beugte sie sich über den Schreibtisch, sodass ihre Perlenkette auf der Glasplatte aufschlug, »kein Unternehmen in unserer Branche kann sich heutzutage einen Skandal leisten, oder gar Sicherheitslücken, falls Sie dies unterschwellig andeuten wollen. Zumal sämtliche Studien an den Universitätskliniken laufen. Komplett unabhängig, so muss dies ja auch sein!«

»Selbstverständlich«, gab Linde knapp zur Antwort. Er nahm an, dass die Frau nicht nur im beruflichen Kontext so überheblich sprach. Eine Tonart, die sie sich vermutlich angeeignet hatte, während sie die Karriereleiter nach oben geklettert war, und die sie wahrscheinlich auch im Privaten ebenso wenig abstreifen konnte wie den teuren Hosenanzug, der ihr ausgezeichnet stand und ihren Alabasterteint und die schwarzen Haare unterstrich.

Linde sah an Jos eingezogenen Schultern, welche Wirkung Dr. Bengtsson auf seinen jungen Kollegen hatte, und fuhr darum selbst fort, sie ins Bild zu setzen.

»Laut der behandelnden Ärztin Frau Dr. Koch, Ella Koch, hat die Patientin, um die es geht, nicht an einer Medikamentenstudie teilgenommen.«

Frau Dr. Bengtsson merkte auf. Offenbar war ihr der Name der Ärztin geläufig. Ihr Tonfall änderte sich, Linde schien es, als ob sie nun eher bereit wäre zu kooperieren.

»Wenn also die Ärztin nicht darüber informiert war, was ja grundsätzlich möglich scheint ... in der Regel haben alle Teilnehmer an klinischen Studien einen Ausweis, den sie immer bei sich tragen.«

Linde verneinte, ein solches Dokument hatten sie nicht bei Irmgard Alessandrini gefunden.

»Gut. Um herauszufinden, ob diese Frau tatsächlich an einer Studie teilgenommen hat«, folgerte sie nun weiter, »müssten wir zunächst wissen, um welchen Wirkstoff und damit um welche Studie es sich handelte. Derzeit laufen meines Wissens deutschlandweit etwa vierzehn relevante Studien an diversen Zentren. Da kommt ganz schön was zusammen ... haben Sie hier einen Anhaltspunkt?«

»Leider nein. Und das Ergebnis der serologischen Untersuchung steht noch aus.«

»Ich verstehe. Selbst wenn man wüsste, um welches Medikament es sich handelt, und damit die entsprechende Uniklinik nennen könnte, bräuchte es meines Wissens immer noch einen richterlichen Beschluss, um die Anonymität aufzuheben. Aber das wissen Sie ja bestimmt besser als ich!«

Linde begriff, dass es nicht so leicht werden würde, hier weiterzukommen; sie würden in jedem Fall die Laborergebnisse abwarten müssen. Er holte die Aufnahmen der Einstichstellen hervor und legte sie vor Dr. Bengtsson auf den Tisch. Sie betrachtete eines der Fotos näher und zog die Augenbrauen hoch. »Sind das Injektionsstellen? Da war aber ein Pfuscher am Werk. Also, an einer wissenschaftlichen Studie hat Ihr Opfer bestimmt nicht teilgenommen! Kein Studienzentrum würde derart dilettantisch arbeiten!«

Sie sah Linde an. »War es das?«, fragte sie jetzt und machte damit klar, dass das Gespräch für sie beendet war. Linde und Jo verabschiedeten sich. Noch während sie aus dem Raum gingen, griff Dr. Bengtsson bereits wieder zum Hörer.

50

Die Arbeit fällt ihr zusehends schwerer. Heute hat sie besonders Mühe und muss immer wieder eine Pause einlegen.

Früh um halb sieben geht die Arbeit für sie los. Das zeitige Aufstehen macht ihr nichts aus, das kennt sie von zu Hause. Zuerst muss sie den Boden im Speisesaal wischen. Wenn sie damit fertig ist und den Eimer hinterm Haus ausgeleert hat, kehrt sie zurück und deckt die langen Holztische ein. Sie muss sich immer beeilen, denn die Schwestern kommen pünktlich um halb acht, um ihr Frühstück einzunehmen. Sie beeilt sich auch, um ihnen nicht zu begegnen. Sie fürchtet ihre abschätzigen Blicke, aber besonders fürchtet sie Schwester Agnes, die sie erst neulich wegen einer Nichtigkeit angeherrscht hat.

Die Schwester hat schlohweißes Haar unter ihrer Haube und ein strenges Gesicht, wie sie es noch nie bei einem Menschen gesehen hat. Nicht nur die Augen blicken streng, auch ihr Gesicht ist geschnitten wie eine dieser bösen Holzpuppen aus dem Kasperltheater.

Heute aber ist sie zeitig dran und unterbricht die Arbeit für einen Moment. Da sie sich alleine wähnt, erhebt sie sich vom Boden und sieht nach oben. Sie bewundert die hölzerne Kassettendecke, in die fein gearbeitete Ornamente und Figuren geschnitzt sind. Auch die Wände des Raums sind mit dunklen Holzpaneelen verkleidet. Jetzt geht sie zum Fenster und befühlt mit der Hand den Stoff der schweren Vorhänge. Sie verliert sich ein wenig und träumt sich in einen Tagtraum hinein. Und stellt sich vor, sie wäre die Hausherrin ...

Als sie sich wieder zum Scheuern hinunterbückt, durchzuckt ein noch nie dagewesenes Gefühl ihre Körpermitte. Sie erschrickt erst leicht und versteht dann.

Dienstag

51

Jochen arbeitete auf seinem Grundstück und schien sich so zu verausgaben, dass er Juliane überhaupt nicht wahrnahm. Ohne auch nur einmal innezuhalten, stach er mit einem Spaten einen Teil des Erdreichs um, um es dann von Grassoden und anderem, tiefer liegendem Wurzelwerk zu befreien. Wieder und wieder klopfte er die Soden mit einer kleinen Hacke ab und warf sie auf einen Haufen, zwischendurch zerhackte er eine Wurzel oder einen größeren Strunk. Weiter hinten auf dem Gelände knisterten dorniges Gestrüpp, Reisig und alte Obstkisten im Feuer, das er dort entfacht hatte.

Juliane trat näher und wartete einen Moment lang ab. Offenbar war er nicht nur entschlossen, sich den Boden zurückzuerobern, den die Natur in den vergangenen Jahrzehnten für sich reklamiert hatte. Sie begriff, dass er sich hier auch etwas von der Seele schuftete. Nach einer Weile bemerkte er ihre Anwesenheit und hielt inne, sah mit gerötetem Gesicht auf und nickte ihr zu. Er lehnte den Spaten an den Körper und rieb sich die Hände an der schmutzigen Latzhose ab, die ihm eigentlich zwei Nummern zu groß war.

»Juliane! Komm, setz dich!«, lud er sie mit einem Nicken in Richtung des Gartenhauses ein. Davor hatte er eine einfache Bierbank mit Tisch aufgestellt, auf der in einer rostigen Tomatenkonservendose ein Primelchen seine Blüten der Sonne entgegenstreckte.

»Hast du ein Wasser für mich?« Sie war eine große Runde am Kanal gelaufen und hatte den Umweg über Raubersried bewusst eingeschlagen, um bei Jochen vorbeizusehen. Jetzt hatte sie großen Durst und nahm gerne Platz.

»Ich hol uns schnell was, bin gleich da.« Jochen sah Juliane nur flüchtig an, lehnte den Spaten an den Zaun und ging ins Haus.

»Das wird schön hier«, sagte sie zu ihm, als er mit zwei Flaschen und Gläsern zurückkehrte und sich zu ihr setzte.

Er erwiderte nichts und schenkte ein. Juliane registrierte seine sehnigen Hände, die über und über zerkratzt und eingerissen waren.

»Sie haben mich laufen lassen«, meinte er schließlich, nachdem auch er Platz genommen hatte.

»Ich weiß. Severin hat mir Bescheid gegeben.« Juliane spürte, dass er sich die letzten Tage von der Seele reden musste.

»Hab einfach rotgesehen, als die kamen ... hab gedacht, ich lande wieder im Bau. Es ist schon viele Jahre her, wie aus einem anderen Leben, aber eins weiß ich, Juliane, da kann ich nie mehr wieder hin, eher ...«, er sprach nicht weiter.

»Ich versteh dich. Aber Severin meinte auch, dass du um den Test nicht herumgekommen wärst, und in diesem Fall war es ja zu deinem Besten, er hat dich entlastet.«

»Ja!«, stieß er patzig hervor, »als ob ich Entlastung gebraucht hätte! Gedemütigt, das haben die mich.« Er fuhr sich durch die offenen Haare und strich sie sich hinter die Ohren.

Juliane schwieg. Sie verstand ihn nur zu gut. Von Severin wusste sie, dass er sich äußerst ungeschickt verhalten und dadurch verdächtig gemacht hatte.

»Sieh mal, die Polizei benötigte die DNA ja auch zum Abgleich, um Personen auszuschließen. Wäre die Spur nicht männlich, sondern weiblich gewesen, hätten sie von mir bestimmt auch eine Probe verlangt.«

»Erzähl mir doch nichts!«, erwiderte er ungehalten. »Allein, dass ich in deren Kartei auftauche, macht mich in ihren Augen doch schon verdächtig ...«

»Schon gut, musst mich ja deshalb nicht so angehen!« Juliane war sich nicht mehr sicher, ob es der richtige Zeitpunkt war, ihn auf ihre Recherchen über Irmi anzusprechen.

»Entschuldige. Das war nur alles gerade ein bisschen viel für mich, bin etwas dünnhäutig«, gab Jochen zurück und öffnete den Beutel Tabak, der vor ihm lag. Während er begann, sich eine Zigarette zu drehen, warf er Juliane einen unsicheren Blick zu.

»Kann ich gut verstehen«, sagte sie jetzt versöhnlich. »Aber ich denke, die Ermittlungen sind bei diesem Linde gut aufgehoben. Das ist niemand, der leichtfertig urteilt oder vorschnelle Schlüsse zieht. Das war zumindest mein Eindruck.«

»Es war ja auch dieser Jungspund, der mich am Wickel hatte ... ich glaube, der hätte mich am liebsten gleich eingesperrt.« Sein Tonfall war noch immer gereizt. »Profilierungssüchtiges Arschloch.«

»Jetzt komm mal runter!« Juliane wusste, dass sich Jochen in etwas verbeißen konnte. »Konzentrier dich lieber hier auf deine Datscha. Severin hat versprochen, dass er sich den Bebauungsplan mal ansieht.«

»Ja, hab ihn darauf angesprochen, ob er da was für mich tun kann. Guter Typ!«

»Severin ist in Ordnung. Und er war mir noch was schuldig.«

»Hattet ihr mal was miteinander?«, fragte Jochen direkt.

Juliane schwieg einen Moment lang. Eigentlich hatte sie keine Lust, darauf zu antworten.

»Kurz, ja«, erklärte sie schließlich und machte eine wegwerfende Handbewegung. »Ist lange her. Heute ist er glücklich verheiratet, wie mir scheint, und hat einen Stall voll Kinder.«

Jochen nickte. Juliane sah die Gelegenheit, das Thema auf Irmi zu lenken, aber mit einem Mal schien es ihr nicht richtig, nur wenige Tage nach Irmis Tod Jochen eine derart persönliche Frage zu stellen. Sie sah sich um und genoss die Sonne.

»Wie kommt Elio klar?«, wollte Jochen mit einem Mal wissen.

»Schwer zu sagen. Er macht einen ganz stabilen Eindruck gerade, aber ich denke, das war es noch nicht, die richtige Trauer wird noch kommen.«

Jochen nickte und bot Juliane seine Zigarette an.

Sie schüttelte den Kopf und zog ein Bein auf die Bank.

»Ich muss auch gleich wieder los, unter die Dusche und dann wartet noch Arbeit ...«

»Hast du eigentlich noch etwas wegen Kallmünz rausbekommen?«

Juliane war überrascht, dass Jochen nachfragte. Sie konnte sich gar nicht mehr daran erinnern, ob und wann sie Jochen gegenüber eine solche Bemerkung zu Kallmünz gemacht hatte. »Wie man's nimmt.« Sie betrachtete Jochen und überlegte.

»Was meinst du damit?«

»Wie lange kennst du Irmi eigentlich schon?«, wich Juliane aus. »Ich meine, wann habt ihr euch beide kennengelernt? Das war doch lange, bevor ihr euch hier in Wendelstein wieder über den Weg gelaufen seid, oder?«

»Wir kennen uns schon ewig, von früher«, sagte er nun knapp, »hat Irmi nie was erzählt?«

Juliane verneinte.

»Wir kommen aus demselben Dorf.«

Juliane merkte auf, damit hatte sie nicht gerechnet.

»Ich war mit ihr zusammen auf der Volksschule«, erklärte Jochen nun. »Irmi war meine erste große Liebe.«

»Und was ist passiert?«

»Wir waren jung, das ist passiert. Wie so etwas halt läuft«, er steckte sich die Zigarette an. »Unsere Wege haben sich dann halt irgendwie getrennt ... wir sind weggezogen, ein paar Orte weiter, ich ging in die Lehre ... und Irmi ging nach dem Abschluss auf die Fremdsprachenschule nach Bamberg. Da haben wir uns aus den Augen verloren.«

»Dann wart ihr also ein Paar?«

»Ihre Eltern waren das Problem, besonders der Vater. Die hatten was gegen die Verbindung. Und als es der alte Herr spitzkriegte, haben sie mich auch nicht mehr auf dem Hof gebraucht, vorher hatte ich ab und zu aushelfen können und mir dadurch ein paar Mark dazuverdient.«

»Habt ihr euch dann heimlich weiter getroffen?«

»Eine Weile noch ... Gott, ist das lange her.«

»Du hast sie nie vergessen«, sagte Juliane leise.

Jochens Schweigen sprach für sich. Als sie zu ihm aufsah, standen Tränen in seinen Augen.

52

»Warum laden Sie uns hier vor? Was hat das zu bedeuten?« Hartmut Vogelsangs ohnehin laute Stimme dröhnte durch das Büro des K1. Der Lebensgefährte von Sonja Mittermeier war auf das Angebot, sich zu setzen, demonstrativ stehen geblieben.

»Ich finde das eine Zumutung! Sehen Sie nicht, dass der Tod ihrer Schwester sie mitnimmt?«, polterte er weiter und fuchtelte mit großen schwieligen Händen in der Luft herum, was seine Unsicherheit verriet.

Übermäßige Betroffenheit konnte Linde indes nicht an Sonja Mittermeier erkennen. Sie hatte Platz genommen und blickte Paula und ihn beinahe ungerührt an. Er hatte schon genug erlebt, um zu wissen, dass das nichts heißen musste. Die Menschen reagierten vollkommen verschieden auf den Tod eines nahen Angehörigen, zumal wenn er gewaltsam eingetreten war oder die Umstände ungeklärt waren. Manche schrien, weinten, manche verstummten nur ungläubig, wirkten teilnahmslos, bis sich die Erkenntnis Bahn brach. Sonja Mittermeiers gleichmütige Miene verriet nichts, auch wenn Linde ihre Regungen genau registrierte.

»Das ist keine Vorladung«, erklärte er in sachlichem Ton. »Wir machen uns ein Bild von Frau Alessandrini und ihren Lebensumständen – und in diesem Zusammenhang befragen wir natürlich die nächsten Angehörigen.«

»Komm, lass gut sein, Hartmut«, forderte Sonja Mittermeier ihren Lebensgefährten mit leiser Stimme auf und griff nach seinem Arm, um ihn zu sich zu ziehen. Die beiden waren auf den ersten Augenschein ein recht ungleiches Paar. Sie wirkte zart, feingliedrig, zerbrechlich, er dagegen ungeschlacht und hemdsärmelig. Linde fragte sich, wo sich die beiden kennengelernt hatten. Er, der Automechaniker mit eigener Werkstatt, sie eine ehemalige Lehrerin, die den Schuldienst schon lange quittiert hatte und in der Regensburger Innenstadt ein kleines Antiquariat betrieb. Sie hatte in jungen Jahren geheiratet, laut den Unterlagen war die Ehe kinderlos geblieben und nach einigen Jahren wieder geschieden worden. Vielleicht hatte Sonja Mittermeier in dem polternden Hünen etwas gefunden, das sie in ihrer Ehe vermisst hatte. Endlich nahm Vogelsang neben ihr Platz.

Aus den Unterlagen ging hervor, dass Sonja Mittermeier eineinhalb Jahre älter als das Opfer war – und die Ähnlichkeit mit ihrer verstorbenen Schwester war unverkennbar. Sie hatte ebenso dichtes hellblondes Haar mit einigen grauen Strähnen, das sie etwas länger in einem perfekt frisierten Bob trug. Sie wirkte sehr gepflegt, als sei es ihr sehr wichtig, wie sie auf andere wirkte.

Auch wenn Linde Irmgard Alessandrini nur von Fotos kannte, schien ihm ihre Schwester die eindeutig Strengere und Härtere zu sein. Sie besaß die kantigeren Gesichtszüge der Erstgeborenen – ein Eindruck, der ihm schon oft begegnet war und ihn immer wieder erstaunte.

Es war aber nicht allein die Physiognomie – in ihrem Gesicht spiegelte sich eine Anspannung wider, die Linde nicht der Situation allein zuschrieb. Die Frau hatte etwas Kontrolliertes, fast Verbissenes an sich.

»Wir hatten kein allzu gutes Verhältnis, Irmi und ich, das können Sie gerne wissen«, stieß sie unvermittelt hervor.

»Darf ich fragen, warum das so war?« Linde erinnerte sich vage an ein Foto, das die Schwestern in trauter Zweisamkeit als Kinder gezeigt hatte.

»Sie waren zwei Geschwister, sind miteinander aufgewachsen, da streitet man sich ja auch mal«, fuhr Hartmut Vogelsang dazwischen.

»Wir waren zu dritt«, ergänzte Sonja Mittermeier. »Es gab einen Bruder, Stefan, der noch im Kindesalter gestorben ist.«

»Woran?«, hakte Paula nach und machte sich eine Notiz.

»Ein Unfall«, gab Sonja Mittermeier knapp zur Antwort.

»War das Verhältnis zu Ihrer Schwester schon immer so, oder gab es ein Ereignis, das zur Zerrüttung geführt hat?« Paula blickte Sonja Mittermeier verständnisvoll an, und Linde war dankbar, dass sie den Faden wieder aufgriff.

Hartmut Vogelsang blies mehrmals in die Backen und verschränkte die Arme vor seinem Körper.

Sonja Mittermeier schien ernsthaft zu überlegen, dann fuhr sie mit einer Spur Bitterkeit in der Stimme fort. »Irmgard war das Nesthäkchen und schon immer der Augenstern unseres Vaters gewesen. Wir waren auch sehr verschieden. Irgendwann ging jeder seiner Wege, und der Kontakt wurde immer lockerer.«

Linde spürte, dass das nicht die ganze Wahrheit war, aber er hielt es für besser, an der Stelle nicht weiterzufragen. Vielleicht trug auch sie selbst Schuld daran. »Sie hatten schon lange keinen Kontakt mehr, wie Sie meiner Kollegin vor Tagen sagten, oder nur sporadisch?«

»Ja, wir haben uns selten gehört und noch weniger gesehen. Als unsere Mutter noch lebte, kam es noch öfter vor, etwa bei Geburtstagen oder wenn es etwas zu klären gab.«

»Ich verstehe.« Linde nahm den Verbindungsnachweis in die Hand. »Aber vor ein paar Tagen, da haben Sie doch mit Ihrer Schwester telefoniert?«

»Nein! Wie kommen Sie darauf?« Sonja Mittermeier schien sichtlich irritiert.

»Jedenfalls hat Ihre Schwester versucht, Sie zu erreichen, und zwar am vergangenen Montag, einen Tag vor ihrem Tod.«

Sonja Mittermeier schüttelte energisch den Kopf, und ihre Stirn zog sich in tiefe Falten. »Nein, hat sie nicht!«

»Mir gefallen diese Fragen nicht und Ihr Ton ... was unterstellen Sie überhaupt?«, meldete sich der Lebensgefährte wieder zu Wort.

»Laut Verbindungsnachweis gab es um 17 Uhr 43 sowie um 17 Uhr 52 zwei Anrufversuche, um 18 Uhr 25 schließlich hat ein elfminütiges Gespräch zwischen Ihnen stattgefunden.«

»Das kann nicht sein«, beharrte Sonja Mittermeier, »vielleicht hat sie auf den Anrufbeantworter gesprochen, den höre ich nur gelegentlich ab.«

»Elf Minuten sind etwas zu lang, um eine Nachricht darauf zu sprechen, finden Sie nicht?« Paulas Stimme wurde eindringlich.

»Sie hat uns eingeladen«, unterbrach Hartmut Vogelsang. Sonja Mittermeier wandte sich ihm verwundert zu.

»Was hat sie? Warum hast du mir nichts davon gesagt?«

»Ich wollte nicht, dass du dich aufregst«, gab ihr Lebensgefährte etwas kleinlaut zur Antwort und blickte unsicher zu Linde.

»Dann hat Frau Alessandrini also mit Ihnen gesprochen, Herr Vogelsang?«, hakte Linde nach, obwohl irgendetwas in ihm sagte, dass das nicht stimmte. Oder zumindest nicht ganz. Aber ihm war klar, dass in diesem Gespräch aus den beiden wohl nicht mehr herauszuholen war.

53

Die Archivarin Dr. Marlies Baumstark war eine zierliche, lebhafte Person mit dicken Brillengläsern, die ihren Besuch bereits auf den Treppenstufen ihres kleinen Reichs erwartete. Juliane hatte zwar nicht angenommen, dass ein Heimatarchiv wie jenes in Kallmünz übermäßigen Besucherverkehr hatte, dennoch hatte sie sich einen Besuchstermin geben lassen. Meist wurden solche Archive ja von Ehrenamtlichen geführt und waren nicht immer zugänglich. Das Archiv war in einem der für Kallmünz typischen bunten Häuser am Fels untergebracht, und Juliane wurde schnell klar, dass die Geschichte des Ortes die Lebensaufgabe dieser Frau war.

»Kommen Sie nur herein, herzlich willkommen in Kallmünz! Sie sind Journalistin, nicht wahr?« Ihre fröhlichen blaugrauen Augen musterten die Besucherin interessiert. Juliane hatte ihr privates Interesse am Telefon bewusst unerwähnt gelassen.

»Letztes Jahr hatten wir recht viele Anfragen zum Mütterheim«, verriet Frau Baumstark im Weitergehen, »aber dieses Jahr ist es relativ ruhig gewesen. Sie sind heuer die Erste, die sich dafür interessiert.«

»Was meinen Sie mit ›Anfragen‹?«, hakte Juliane nach, während sie ihr durch den dunklen Flur folgte.

»Menschen, die auf der Suche nach ihren leiblichen Eltern sind«, erklärte die Frau munter, als ob dies eine Selbstverständlichkeit sei.

»Adoptierte Kinder von einst kommen zu Ihnen ins Archiv?« Juliane war einigermaßen überrascht. Sie hatte angenommen, dass hierfür das Jugendamt zuständig sei.

»Zu mir und zum Herrn Pfarrer ... aber der kann noch weniger weiterhelfen als ich, glauben Sie mir! Wir hatten hier schon viele Verzweifelte, sogar aus Amerika kommen welche her, und oft genug war die weite Reise ganz umsonst!«

»Warum kommen diese Menschen denn zu Ihnen? Man

sollte doch meinen, die erste Anlaufstelle wäre das Jugendamt?« Juliane erinnerte sich an eine Bemerkung Inges in dieselbe Richtung.

»Hier hereinspaziert!« Frau Baumstark führte Juliane nun in einen kleinen Raum mit blank gescheuerten dunklen Holzdielen und winzigen Fenstern, die kaum Licht einließen.

»Früher war eine Adoption auch ohne das Jugendamt möglich«, erklärte die Archivarin. »Es gab private Stellen, die Kinder zur Adoption vermittelten, Wohlfahrtsverbände und auch kirchliche Einrichtungen.«

Sie deutete auf den großen metallenen Schreibtisch inmitten des Raums. »Bitte sehr, hier können Sie sich ausbreiten.« Sie knipste die Lampe an. »Die betreffenden Jahrgänge zum Heim, nach denen Sie gefragt haben, sind hier gesammelt.« Auf einem Rollwagen lagen an die sechs, sieben Dokumentenmappen, die mit einfacher Paketschnur zusammengehalten waren.

»Danke schön.« Juliane stellte ihre Ledertasche ab und wandte sich wieder der Archivarin zu. »Aber auch diese Adoptionen müssen ja offiziell gemacht worden und damit irgendwo dokumentiert sein – oder nicht?«

»Ja, natürlich, in der Regel wurden die Papiere von einem Notar beglaubigt, und auch die Amtsgerichte waren immer involviert. Aber, und hier kommt das ›Aber‹: Damals waren Vermittlungsstellen noch nicht verpflichtet, die Unterlagen aufzubewahren. Das entsprechende Gesetz, dass Adoptionsunterlagen sechzig Jahre, inzwischen sind es sogar hundert, aufbewahrt werden müssen, gibt es erst seit 2003!«, fügte sie hinzu.

»Ich verstehe, aber dann müsste man ja zumindest bei den Amtsgerichten fündig werden?«

»Na ja … oft sind auch diese Unterlagen nicht mehr vorhanden, oder aber noch nicht digitalisiert, oder aus anderen Gründen nicht mehr auffindbar.«

»Und dann hoffen diese Kinder, bei Ihnen etwas über ihre Herkunft zu erfahren!?«, fragte Juliane.

»Ja, und oft genug kann ich ihnen aber auch nicht helfen.«

»Furchtbar muss das sein, wenn man keine Chance hat, die eigenen Wurzeln kennenzulernen.« Während Juliane dies sagte, wurde ihr klar, dass in einem solchen Fall auch für die Mütter keine Chance bestand, ihr Kind wiederzufinden, ihm eine Nachricht zukommen zu lassen. Sie dachte an Irmi.

»Ja, das sind schon Schicksale«, sagte die Archivarin und ergänzte dann, »aber die meisten Kinder, die hier in unserem Heim auf die Welt gekommen sind, die blieben ja bei ihren Müttern. Das waren verheiratete Frauen hier aus der Gegend, die nur zur Entbindung ins Heim gingen.«

»Warum nicht in das nächste Krankenhaus, lag das zu weit entfernt?«

»Auch, und nachdem die Witwe Abendberg die Einrichtung 1958 eröffnet hatte, entwickelte sie sich allmählich zu einer Art Entbindungseinrichtung für die Frauen hier in der Umgebung.« Sie zog eine der Mappen hervor. »Hier sind ein paar Aufnahmen und Zeitungsartikel aus der Anfangszeit, die könnten interessant für Sie sein … aber jetzt hab ich genug geplaudert. Ich bin in meinem Büro zwei Türen weiter, falls Sie mich brauchen, ja?« Damit ließ sie Juliane allein.

Sie machte sich daran, die nach Jahrgängen sortierten Akten durchzusehen. Zuerst besah sie sich ältere Aufzeichnungen über das Gebäude, das in den 1880er-Jahren von einem wohlhabenden Fabrikanten aus Parsberg errichtet worden war. Die meisten Dokumente belegten spätere Baumaßnahmen, etwa Umbauten zur Elektrifizierung oder den Einbau von Heizkörpern, sowie etliche Handwerkerrechnungen. Die einzige Tochter des Unternehmers hatte das Anwesen in den 1930er-Jahren geerbt und war durch den Krieg früh zur Witwe geworden. Da sie kinderlos geblieben war und es damit auch keine Erben gab, hatte sie entschieden, in dem herrschaftlichen Anwesen fortan ein Entbindungsheim zu betreiben. Ihre überaus wohltätige Ader kam auch dadurch zum Tragen, dass die neue Einrichtung außerdem betagten Gemeinde- und Krankenschwestern Unterkunft und Pflege gewährte.

Aus dieser ersten Dekade gab es einen ausführlichen Zeitungsbericht über die feierliche Eröffnung und zahlreiche Dokumente über den Erwerb der Ausstattung und zur Wirtschaftsführung. Damals waren zwei Hebammen und eine Säuglingsschwester dort tätig. Stand eine Niederkunft an, wurde ein Arzt aus einem benachbarten Dorf hinzugerufen.

Juliane blätterte weiter und nahm sich dann die nächste Mappe vor. Aber sie entdeckte nichts, das sie weitergebracht hätte, meist waren sich die Dokumente ähnlich, Aufzeichnungen über Ausgaben und Einnahmen, Zeugnisse der Angestellten, Dankesschreiben oder Zeitungsartikel, wenn es besondere Ereignisse zu vermelden gab, wie etwa die großzügige Spende eines Wohltäters oder, diesen Zeitungsausschnitt nahm Juliane gerade zur Hand, die Anschaffung von Wärmelampen für die Säuglingsstation. Sie besah sich die grobkörnige Schwarz-Weiß-Aufnahme, die die Witwe Abendberg mit dem Spender und zwei Schwestern im Jahr 1974 zeigte. Juliane wollte das dünne Papier gerade wieder zurücklegen, als ihr eine Reihe von Namen in der Bildlegende ins Auge fiel: »Großzügige Geste. Der Kaufmann Josef

Gruber überreicht fünf Wärmelampen der Marke Siemens an Mathilde Abendberg. Säuglingsschwester Constanze Luserke freut sich über die modernen Geräte.«

»Luserke« ... Julianes Herz begann zu pochen. Sie hielt das Blatt näher an die Lampe, um die Zeilen im hellen Schein noch einmal zu lesen. Der Name, den die großgewachsene, allem Anschein nach noch sehr junge Säuglingsschwester trug – konnte das der Name sein, den Irmi notiert hatte? Juliane betrachtete noch einmal Irmis Notizzettel. Das musste der Name sein!

Sie fühlte sich jäh beflügelt von der Ahnung, auf die richtige Spur gekommen zu sein. Irmi hatte sich mit dieser Frau Luserke treffen oder zumindest Kontakt aufnehmen wollen! Vielleicht lebte sie ja noch in Kallmünz oder in der Umgebung? Das sollte leicht herauszufinden sein. Fieberhaft sah Juliane weiter die Dokumente durch, konnte aber nichts mehr finden, das ihr weitergeholfen hätte.

Später, als sie wieder nach Hause fuhr, gingen ihr die zahlreichen Fotos und Dankeskarten von Müttern, die sie sich im Archiv angesehen hatte, nicht aus dem Kopf. Bilder, die vom Glück erzählten, Mutter geworden zu sein. Aber es gab auch die anderen Mütter. Diejenigen, die ihre Schwangerschaft verheimlichen mussten, weil sie als Schande angesehen wurde. Diejenigen, die nicht mit ihrem Baby nach Hause gingen, sondern es zur Adoption gaben, durchaus nicht immer aus freien Stücken – weil sie von ihrem Umfeld dazu gedrängt worden waren, weil sie jung und überfordert waren, weil sie keine Möglichkeit sahen, ihr Baby alleine großzuziehen. Von diesen Müttern gab es keine Fotos, keine Karten, nichts ... ihre Geschichte war nahezu unsichtbar. Und doch, dachte Juliane, musste es diese Mütter und ihre Kinder noch geben.

War auch Irmi in ihrer Jugend ein »gefallenes Mädchen« gewesen? Und hatte sie vor ihrem Tod versucht, ihr verlorenes Kind wiederzufinden? Constanze Luserke hatte als Säuglingsschwester im Mütterheim Kallmünz gearbeitet: Hatte Irmi deshalb den Kontakt zu ihr gesucht?

54

»Schatz, was ist denn das?« Marie Bergmans trat ins Zimmer, in der einen Hand eine Jacke, in der anderen ein großformatiges Druckwerk, das sie in die Höhe hielt.

»Äh, was denn ...?« Jo Bergmans sah kaum auf. Er hatte es sich auf der ausladenden Sofalandschaft gemütlich gemacht und konnte den Blick nicht von den zwei tiefblauen großen Kulleraugen abwenden, die ihn unablässig fixierten. Romy, die Erstgeborene, da zwölf Minuten vor ihrem Zwillingsbruder Lukas auf die Welt gekommen, gluckste übermütig ob der Grimassen, die ihr Papa schnitt.

»Jetzt schau doch mal her, kann das weg?« Marie blies ungeduldig in ihren akkurat geschnittenen dunklen Pony. Sie stand abwartend da und war gereizt, wieder einmal. Ihr schien es, als ob sich Jo nur die Rosinen rauspickte ... sicher, er arbeitete viel und oft auch spät und am Wochenende. Aber sie sah dennoch nicht ein, dass er sich zu Hause nur fürs Bespaßen der Babys zuständig fühlte. »Qualitytime« nannte er das, den Begriff hatte er irgendwo aufgeschnappt, vermutlich in einem dieser Lifestyle-Magazine, und es ging ihr gehörig gegen den Strich, wenn er so redete. Schließlich hatte sie mit den Zwillingen und dem Haushalt ebenfalls eine große Aufgabe zu bewältigen, mehr noch, sie war rund um die Uhr beschäftigt. Wenn die beiden quengelten oder weinten – und neuerdings schrien, da sich die Koliken bemerkbar machten –, dann arbeitete ihr Göttergatte gern Überstunden oder musste dringend noch mal eben ins Büro.

»Ach, das hab ich ganz vergessen«, sagte er jetzt und sah auf. »Das brauch ich vielleicht noch.« Er streckte eine Hand aus, um die Broschüre entgegenzunehmen. Marie warf ihm einen kritischen Blick zu.

Wenig später ließ Romy ein herzhaftes Gähnen vernehmen, und ihre Augenlider wurden immer schwerer. Während er sie auf dem Arm allmählich in den Schlummer wiegte, blätterte er mit der freien Hand in dem Heft, das Marie ihm hingelegt hatte.

Es war die Imagebroschüre, die er bei der Sanocur von der jungen Dame am Empfangstresen überreicht bekommen hatte. So richtig hatte er diese ganzen Prozesse der Medikamentenstudien im Gespräch mit der Produktmanagerin nicht verstanden. Er würde sich die Abläufe noch einmal in Ruhe ansehen, hatte er sich vorgenommen, und dabei nach etwaigen Schlupflöchern forschen. Denn so wasserdicht und transparent, wie es das Unternehmen darstellte, konnte es nicht sein – irgendwo war da ein Haken! Irgendwo, an irgendeiner Stelle, gab es immer eine Gelegenheit zu betrügen.

Die Broschüre war typisch Pharmakonzern, bestimmt achtzig Seiten auf schwerem Papier, gespickt mit unzähligen Imagefotos aus dem Laborbetrieb und einem salbungsvollen Vorwort von Dr. Bengtsson, deren Unterschrift zu dem Bild passte, das er von ihr hatte.

Plötzlich hielt er inne. In einem Kapitel ging es um das stetige Wachstum des Konzerns, und auf einem Foto sah man Frau Dr. Ragnhild Bengtsson mit dem Oberbürgermeister und einem Staatssekretär vom Gesundheitsministerium bei der Grundsteinlegung für den Bauabschnitt eines neuen Laborkomplexes. Dahinter mehrere Angestellte in weißen Kitteln. Er hatte nur kurz einen Blick auf das Foto geworfen, doch einer von ihnen fiel Jo ins Auge. Woher kannte er diesen Typen?

»Komm, ich bringe Romy jetzt ins Bett!« Marie war zu Jo getreten, um ihm die Kleine abzunehmen, die inzwischen fest schlief. Während sie sich herunterbeugte, um das Baby vorsichtig an sich zu nehmen, strich Jo ihr über die Haare und suchte einen Moment lang ihren Blick. Sie sah ihn nicht an, doch schien sie wieder besänftigt, stellte er erleichtert fest – oder war einfach nur kaputt vom Tag.

Kurze Zeit später kam sie zurück und ließ sich neben Jo aufs Sofa sinken.

»Was ist das?«, fragte sie ohne großes Interesse und zog eine Decke über sich. »Arbeit?«

»Mmh, ja, irgendwoher kenne ich diesen Typen, will mir nur grad nicht einfallen, woher ...«

»Zeig mal her!« Marie blickte auf das Foto, während Jo den Mann mit schlohweißem Haar antippte, der hager und groß von Statur war, doch mit den hängenden Schultern und der fehlenden Körperspannung eine seltsame Figur abgab.

»Du begegnest doch vielen Leuten bei der Arbeit, vielleicht erinnert er dich ja einfach an jemanden ... leg's weg, das kommt dann schon irgendwann wieder«, sagte Marie mit schläfriger Stimme, während sie mit der Fernbedienung den Fernseher anschaltete. Jo Bergmans blätterte weiter in der Broschüre, in der Hoffnung, vielleicht noch ein anderes Foto zu entdecken, das ihm auf die Sprünge helfen würde.

»Ich hab's!«, rief Jo, als er eine halbe Stunde später ins Schlafzimmer kam und sich ein Shirt über den Kopf zog.

»Pst. Du weckst sie auf.« Marie, die schon im Bett lag, die Zwillinge direkt neben sich in einem Nest aus Kissen und Decken, machte eine energische Handbewegung in seine Richtung.

»Ich weiß jetzt wieder, woher ich den Typen kenne«, flüsterte Jo triumphierend und schlüpfte voller Genugtuung zu den dreien unter die Decke.

55

Das Dröhnen der Bohnermaschine erfüllt den Speiseraum, sie empfindet den Lärm fast als angenehm. Während sie das altertümliche Gerät über den Boden führt, rattert es, als gebe es bald den Geist auf, und betäubt so ihre Gedanken. An den strengen Bohnerwachsgeruch hat sie sich gewöhnt, zufrieden stellt sie fest, dass das Parkett Bahn um Bahn einen matten Schimmer annimmt. Ihre Kraft hingegen schwindet mehr und mehr. Sie ist tüchtig, scheut die körperliche Arbeit nicht, doch ihr Zustand zeigt ihr jetzt Grenzen auf. Kurz hält sie inne, stützt sich auf der Maschine ab und wischt sich mit dem Unterarm kleine Schweißperlen von der Stirn.

Unten im Hof ist jetzt etwas im Gange ... ein Motorengeräusch, dann schlagen Autotüren. Sie gibt dem Impuls nicht nach, zum Fenster zu gehen und nachzusehen, ein gutes Stück hat sie noch zu schaffen. Bald sind im Foyer Stimmen zu vernehmen.

Ihr Kopftuch hat sich gelöst, und ein paar Strähnen kle-

ben an den geröteten Wangen. Sie schaltet die Maschine ab, um durchzuatmen und es neu zu binden.

»Spute dich!«

Sie erschrickt. Von ihr unbemerkt ist Schwester Agnes in den Raum getreten. Sie vermeidet es sie anzusehen und deutet ein Kopfnicken an. Schnell bindet sie sich das Kopftuch neu und greift nach dem Eimer mit dem Wachs.

»Bring es zügig zu Ende und dann geh nach oben. Du hast Besuch!«

Vor Überraschung gleitet ihr der Blecheimer aus der Hand und fällt scheppernd zu Boden. Besuch! Ihr Herz beginnt zu pochen. Dann hat er also ihren Brief erhalten und ist zu ihr gekommen ... endlich!

Als die Arbeit getan ist, fliegt sie voller Erwartung die Treppen hinauf in die Mansarde. Gleich wird sie ihn wiedersehen!

Im Zimmer ist die Mutter. Kerzengerade sitzt die verhärmte Frau auf einem der beiden Stühle, auf ihrem Schoß hat sie ein in braunes Packpapier eingeschlagenes Paket liegen, über das sie immer wieder mit fahrigen Bewegungen streicht.

Schwer atmend bleibt sie im Türrahmen stehen, für einen Moment entgleiten ihr die Züge.

»Kind!«, sagt die Mutter und blickt zu ihr auf, »wie geht es dir?«

Sie kann nicht sofort antworten. So übermächtig ist ihre Enttäuschung, dass sie nicht einmal versucht, ihre Tränen vor der Mutter zu verbergen.

»Es geht schon«, sagt sie und blickt die Mutter an. Sie kommt ihr viel schmaler vor als noch bei ihrer Abreise von zu Hause. Für Augenblicke herrscht Schweigen. Sie zieht sich einen Stuhl heran und setzt sich der Mutter gegenüber.

»*Du musst den Vater verstehen ...*«, *sagt diese jetzt und streckt ihre Hand nach ihr aus, will die Tochter berühren.*

Doch sie weicht zurück, zu groß ist bereits die Kluft zwischen ihnen.

Später, als sie wieder alleine ist, öffnet sie das Paket. Darin ist eine wunderschöne Tagesdecke, die aus vielen bunt gehäkelten Quadraten zusammengenäht ist. Sie schmiegt sie an ihre Wange und denkt an zu Hause. Alles soll wieder gut werden, so wie früher.

Mittwoch

56

»Hier, ich hab uns frische Brötchen mitgebracht!« Mit vor Eifer geröteten Wangen streckte Rita Michaelis ihm die Tüte entgegen. Delbrück registrierte mit Unbehagen das Wort »uns«, verzog kurz sein Gesicht zu einer Art Gruß und ließ sie an sich vorbei in den Windfang eintreten. Ein Hauch ihres Parfums, das er ihrem Alter nicht angemessen fand, wehte ihm entgegen. Dann schloss er schnell die Haustür, nicht ohne noch einmal einen Blick in die Straße zu werfen. Aber da war niemand zu sehen. Er kannte die Lebensrhythmen der Nachbarn genau. Sie waren um diese Zeit entweder bei der Arbeit oder bei der Physiotherapie, ihre Kinder saßen in der Schule, und das elektrische Lastenfahrrad der Briefträgerin hatte er bereits surren hören. Ohnehin würde kein Verdacht auf ihn fallen, warum auch? Und dass sie mit Annette bekannt gewesen war und ab und an bei ihm aushalf, war kein Geheimnis.

Rita war in ihrem Überschwang geradewegs ins Haus gestürmt und auf die Küche zu, hielt aber dann einen Moment inne, als bemerke sie selbst ihr unpassendes Verhalten. In Erwartung, dass Delbrück ihr den Mantel abnehmen würde, blieb sie vor der ausladenden Holzgarderobe stehen, wendete ihren Kopf und blickte fast keck über ihre Schulter zu ihm.

Er nickte ihr nur kurz zu und kam der unausgesprochenen Aufforderung nach. Kavalier alter Schule. Aber es kostete ihn einige Überwindung, seine Abscheu so weit im Zaum zu halten, dass er ungestört agieren konnte. Und heute musste alles funktionieren, reibungslos ablaufen. Dazu gehörte auch, dass er sich nicht übermäßig verstellen wollte, das wäre ihm herzlos erschienen. Er hätte den charmanten Gastgeber geben können, etwas Freundlichkeit an den Tag legen. Aber wozu, das hätte sie womöglich nur irritiert und misstrauisch gemacht. Ohnehin nahm sie in ihrer Verblendung die Realität nur bedingt wahr, sah nur, was sie sehen wollte, und legte alles zu ihren Gunsten aus, das war ihm schnell klar geworden.

Auch jetzt, als er sie in das Esszimmer führte, das nur zu besonderen Anlässen benutzt wurde, nahm sie dies erst erstaunt zur Kenntnis, betrachtete es aber dann als besondere Wertschätzung. Wie dumm, wie ausgesprochen naiv sie doch war! Delbrück konnte es zwischendurch kaum fassen. Aber, das wusste er, die Dummheit war wahrhaft das größte, das allergrößte Übel unter den Menschen. Das war ihm schon immer klar gewesen – und in dieser Person sah er seine These aufs Äußerste bestätigt.

»Ach, wie schön ist der Tisch gedeckt!«, schwärmte sie denn auch prompt, faltete ihre Hände vor der Brust und rieb dabei die Innenflächen aneinander. Mit wenigen Blicken hatte sie den Frühstückstisch und das Esszimmer taxiert. Delbrück mochte den Raum mit dem alten Nussbaummobiliar, dem abgelebten Kanapee, dem geknüpften Wandteppich und dem über die Jahre angesammelten Tinnef überhaupt nicht. Er war dunkel und muffig, wie aus einer anderen Zeit.

Als ihre Joana zu ihnen ins Haus gekommen war, hatte sie es geliebt, in das Zimmer zu schleichen, das aus ihrer kindlichen Sicht geheimnisvoll erschienen war, und auf dem Kanapee herumzuhüpfen. Das letzte Mal, dass der Raum allerdings richtig benutzt worden war, war zu ihrer Silberhochzeit gewesen, danach hatten Annette und er nicht mehr darin gegessen. Eigentlich hatte sich während ihrer Ehe alles in der Küche abgespielt, und er hatte es immer gemocht, dort am Tisch zu sitzen, ihr zu helfen, während sie das Essen zubereitete, und dabei gut gelaunt zu plaudern. Heute aber bot das Esszimmer einen Vorteil, denn über eine angrenzende Kammer, in der grobe Schuhe, Stiefel und Jacken aufbewahrt wurden, konnte man direkt in die Garage gelangen.

»Frühstückssei?«, unterbrach er jetzt ungeduldig mit erhobenem Zeigefinger ihre kaum zu ertragende Schwärmerei und sah sie direkt an.

»Gerne, und bitte exakt viereinhalb Minuten«, kicherte sie wie ein Backfisch.

»Nimm doch schon mal Platz, ich bin gleich zurück.« Er kratzte sich an der Stirn, drehte sich um und schob mit dem Fuß im Hinausgehen schnell einen Zipfel der blauen Plastikplane unters Kanapee zurück.

In der Küche hatte er schon einen Topf Wasser aufgesetzt und pikste jetzt zwei Eier an. Als das Wasser siedete, gab er sie hinein. Dann stellte er eine Eieruhr in Form einer Henne auf exakt viereinhalb Minuten und nahm aus dem Kühlschrank den vorbereiteten Käseteller. Mit einem Ohr lauschte er einen Moment in Richtung Esszimmer – sie schien jetzt umherzugehen und sich alles anzusehen – und trat dann ans Fenster, um in den Garten zu blicken und sich zu sammeln.

Er hatte alles durchdacht und vorbereitet, als handele es sich um eine wissenschaftliche Versuchsanordnung. Hatte mit nüchternem Verstand sämtliche Parameter gegeneinander abgewogen, Zweckmäßigkeit und Ziel der Sache eingeschätzt, dann entschieden, dass es keine andere Lösung gab, folglich einen Plan gefasst, die einzelnen Schritte überlegt, die dazu nötig waren und, ganz wichtig, Eventualitäten in Betracht gezogen, die den Ablauf stören konnten – und diese Störfaktoren, soweit bekannt, im Vorfeld eliminiert. Er war Naturwissenschaftler durch und durch, von einer Nüchternheit und einem kühlen Kalkül, die ihm jetzt zugutekamen.

»Viereinhalb, keine Minute länger!«, flötete es aus dem Esszimmer, seine Abwesenheit schien dort für einige Unruhe zu sorgen.

»Exakt viereinhalb, gleich sind wir so weit!« In einem Anflug von Bosheit ließ er sich dazu hinreißen, im selben Ton zurückzuflöten, worauf aus dem Esszimmer erst ein Kichern zu hören war, das in eine Lachsalve überging.

57

»Du fährst!« Linde warf Bergmans den Autoschlüssel zu und öffnete die Beifahrertür, um einzusteigen.

»Gute Arbeit, Jo«, meinte er anerkennend, als sein junger Kollege den Wagen vom Gelände der Polizeiinspektion fuhr und in Richtung Stadtpark steuerte. Wie so oft staute sich der Verkehr vor der Ampel am Ring.

»Ich hab mir den Kopf zermartert, woher ich den Typen kenne, und ausgerechnet beim Zähneputzen ist es mir eingefallen!«

Bergmans war dem Mann aus der Imagebroschüre der Sanocur im Wohnumfeld von Irmgard Alessandrini schon einmal begegnet. Routinemäßig hatte er mit zwei Kollegen die Anwohner im Viertel befragt. Er erinnerte sich, dass die junge Schutzpolizistin mit dem Mann vor dessen Haustür kurz gesprochen hatte. Er war kein direkter Nachbar und hatte der Beamtin angegeben, Frau Alessandrini nur vom Sehen und von kurzen Unterhaltungen auf der Straße gekannt zu haben.

Natürlich konnte es purer Zufall sein, dass ein Mitarbeiter der Sanocur hier wohnte. Aber immerhin hatte eine kurze Nachfrage im Unternehmen ergeben, dass es sich bei der Person auf dem Foto um Dr. Dr. Heinz Delbrück handelte, Mediziner, Pharmakologe – und wissenschaftlicher Leiter der Abteilung Neurologische Krankheiten. Jo fühlte sich, als habe er einen Volltreffer gelandet.

Linde musterte den Kollegen unauffällig von der Seite, suchte schon ganz automatisch dessen Kleidung auf neue Flecken ab. Jo, der den prüfenden Blick auf sich bemerkte, sah beiläufig zu seinem Chef hinüber.

Jo Bergmans würde einmal ein guter Ermittler werden, dachte Linde bei sich. Auch wenn er jetzt in seinem jugendlichen Eifer manchmal etwas zu ungestüm agierte. Sie würden bald herausfinden, ob sie hier auf der richtigen Spur waren. Die auffälligen Injektionsspuren am Körper der Toten und die Frage, woher diese rührten, waren zumindest ein vielversprechender Ermittlungsansatz.

58

»So, da wären wir«, sagte Delbrück, als er ins Esszimmer zurückkehrte und ein Tablett mit den Eiern, warmen Croissants und einer Schale Erdbeeren vor sich hertrug. Sogar an zwei gefüllte Sektgläser hatte er gedacht. Sie hatte inzwischen Platz genommen und sah ihm erwartungsvoll zu, während er das Frühstück auf den Tisch bugsierte und dann auch Platz nahm.

»Kaffee?«, fragte sie ihn und hatte die Thermoskanne schon in der Hand.

»Gerne«, Delbrück konnte jetzt einen Kaffee vertragen. Während sie einschenkte, warf sie ihm einen schnellen Blick zu, den er nicht einordnen konnte.

»Hier, bitte, greif zu! Aber erst einmal stoßen wir an. Prosit!«

»Mein Lieber«, wagte sie sich noch einen weiteren Schritt vor, während sie das fast vollständig geleerte Sektglas abstellte, »ich bin richtig froh, dass die kleine Unstimmigkeit von vorgestern vergessen ist.«

»Du sprichst mir aus der Seele«, entgegnete Delbrück fest. Kleine Unstimmigkeit, von wegen, dachte er bei sich, während er sein Ei mit dem Messer köpfte, »unverhohlene Erpressung« würde es wohl eher treffen. Aber genau deswegen habe ich dich ja eingeladen ...

»Das Ei ist perfekt«, sagte Rita jetzt mit vollem Mund, und Delbrück musste einen Anflug von Ekel überwinden, als er ihr zusah. Sie konnte ja nichts dafür, aber sie hatte, was Tischmanieren anging, leider keine gute Kinderstube genossen. Er nahm einen großen Schluck schwarzen Kaffees und versuchte, sich auf seinen Teller zu konzentrieren.

»Woher hast du denn schon Erdbeeren bekommen?«, fragte sie jetzt mit Blick auf die prall gefüllte Schale.

»Hoffentlich schmecken sie dir.« Mit einem »Bitte schön« schob er die Früchte in ihre Richtung. »Ich vertrage sie leider nicht, schon als Kind, Allergie!«, stellte er knapp fest.

»Dafür liebe ich sie umso mehr ...«, hauchte sie jetzt in seine Richtung und pickte sich die augenscheinlich größte

Frucht, die obenauf lag. »Mmh, wie süß!«, schwärmte sie dann, was glatt gelogen war. Delbrück hatte die Erdbeeren vorab gekostet, es waren die ersten Früchte aus Spanien, die noch überhaupt kein Aroma in sich trugen. Mit Erdbeeren hatten sie nur Form und Farbe gemein.

»Dann lass sie dir schmecken«, sagte er nicht ohne eine Spur aufrichtiger Freundlichkeit. Er wurde jetzt doch ein wenig nervös und suchte das Gespräch auf ein anderes Thema zu lenken.

»Kennst du dich gut in der Hersbrucker Schweiz aus? Dort zieht es mich immer wieder hin ... oder aber gen Süden an die Altmühl«, sagte er und nahm sich das zweite Brötchen. »Dort war es ja auch wieder sehr schön!«

»Ja, meine Familie kommt da her, ich habe dort sogar noch Verwandtschaft, eine Schwester und einen Onkel mütter... mütt... mütterlicherseits ...« Das letzte Wort lallte sie schon ein wenig.

»Oh, jetzt fühle ich mich doch ein wenig ... so ... blümerant.« Sie beendete den Satz mit einem Kichern.

»Das ist bestimmt nur der Kreislauf«, entgegnete er und schenkte ihr ein wenig Wasser aus der Karaffe ein. »Nimm erst mal einen Schluck Wasser.«

»Heinz, ich glaube, mir wird ganz schwindelig ...« Ihr blasser Teint hatte jetzt eine unnatürliche Röte angenommen, und er sah, wie ihr der Schweiß auf die Stirn trat.

»Komm, wir legen dir für einen Moment die Beine hoch«, sagte er und stand auf, um sie zum Kanapee zu geleiten. Als sie aufrecht stand, sackten ihr kurz die Beine weg, sodass er sie auffangen und stützen musste. Es erstaunte ihn, wie leicht ihr Körper war.

»Das wird schon wieder.« Er führte sie um den Tisch herum, damit sie sich auf dem Sofa ausstrecken konnte.

»Ich mache dir einen kalten Umschlag.« Delbrück ging zum Tisch, um eine Stoffserviette mit Wasser aus der Karaffe zu benetzen. Als er ihr die Kompresse auf die Stirn legte, ergriff sie seine Hand, sodass er erschrak und sie gleich zurückzog.

»Heinz, irgendwie fühlt sich das ...« Mehr brachte sie nicht mehr heraus. Ihr Kopf kippte zur Seite, und ihr Arm sank schlaff vom Kanapee. Delbrück erhob sich aus der Hocke. Jetzt galt es keine Zeit zu verlieren, denn die Wirkung des Anästhetikums würde nur kurze Zeit andauern. Die Infusion hatte er vorbereitet und in einer Kommode in der Diele verstaut. Als er mit dem kleinen Tablett zurückkehrte, blieb er einen Moment vor dem Kanapee stehen und blickte auf sie hinunter. Einige wenige Sekunden hielt er so inne, aber sein Entschluss war unumstößlich. Er stellte das Tablett auf den Beistelltisch, zog diesen ein wenig zu sich heran und griff nach der Ampulle. Dabei zitterte er ein wenig, er war noch nie gut darin gewesen, eine Infusion anzulegen. Im selben Moment, als er mit der Spritzennadel die Gummimembran des Fläschchens durchstach, läutete es zweimal an der Tür.

59

»Sie behaupten also, Irmgard Alessandrini sei nur eine flüchtige Bekannte aus der Nachbarschaft gewesen?«, eröffnete Jo Bergmans die Befragung, nachdem sie in dem kleinen Vernehmungsraum im K1 Platz genommen hatten.

»Das sagte ich Ihnen bereits. Wir haben uns manchmal über den Zaun hinweg unterhalten, wenn ich an ihrem

Grundstück vorbeikam. Sie war ja sehr belesen, wir fanden immer ein Gesprächsthema. Ein Jammer, dass sie so früh gehen musste ...«

»Dann war die Krankheit, an der Frau Alessandrini litt, auch ein Thema zwischen Ihnen?«, unterbrach Bergmans. »Sie wussten von ihrer chronischen Krankheit?«

»Wenig«, gab Delbrück tonlos zurück, »also, wir haben wenig darüber gesprochen.«

»Das sollen wir glauben? Frau Alessandrini hatte Multiple Sklerose, und Sie sind schließlich, soweit ich das beurteilen kann, eine Koryphäe in der MS-Forschung!«

»Sprechen *Sie* denn Ihre Nachbarn am Gartenzaun ständig auf deren Krankheiten an?« Delbrück klang jetzt gereizt und, wie Linde schien, zunehmend erschöpft. Er hatte den Eindruck, dass Delbrück noch etwas anderes im Kopf herumwälzte, und er fragte sich, ob das mit der desorientierten Frau zu tun haben konnte, die sie im Haus angetroffen hatten.

Linde hatte gleich die Ahnung gehabt, dass Delbrück nicht allein war, obwohl er das anfangs zu überspielen gesucht hatte. Schließlich aber war sie in die Unterhaltung im Flur geplatzt und hatte deutlich lallend gefragt, was los sei. Vielleicht hatten die beiden ja ein Sektfrühstück genossen, allem Anschein nach hatte zumindest sie ordentlich gebechert.

Linde hatte vorgeschlagen, die Befragung im K1 zu führen – und Delbrück hatte überraschenderweise sofort zugestimmt; fast schien es, als wolle er schnellstmöglich weg von dieser Frau.

»Wer war die Frau, die wir vorhin in Ihrem Haus angetroffen haben?«, fragte er deshalb jetzt und warf Jo einen Blick zu.

»Eine Bekannte, eigentlich war sie eine Freundin meiner verstorbenen Frau«, antwortete Delbrück. »Jetzt hilft sie mir gelegentlich im Haushalt, und ich wollte mich mit einem Frühstück für die Unterstützung bedanken.«

Linde nickte und betrachtete ihn. Delbrück machte einen seltsamen Eindruck. Seine Schultern fielen stark ab, und dadurch wirkte sein Kopf wie falsch auf den Rumpf geschraubt. Er war tadellos gekleidet und strahlte etwas Akkurates, Gewissenhaftes aus. Jemand, der sich unter Kontrolle hatte, dachte Linde, bestimmt war er ein ausgezeichneter Wissenschaftler. Vielleicht war ihm die Situation bei sich zu Hause einfach nur unangenehm gewesen, er war erst wenige Monate Witwer.

Obwohl Bergmans die Fragen stellte, suchte Delbrück Blickkontakt zu Linde. So auch jetzt, als Jo, der zunehmend in Fahrt kam, aus einem Hefter mehrere Fotografien herauszog und sie direkt vor Delbrück legte. Es waren Nahaufnahmen der Leiche, die die Injektionsstellen zeigten.

»Was soll das?«, fragte Delbrück verständnislos.

»Wir haben Grund zur Annahme, dass Frau Alessandrini an einer Arzneimittelstudie teilgenommen oder vielmehr ein neues Medikament erhalten hat«, klärte Jo auf.

»Und da kommen Sie zu mir?« Delbrück schüttelte verständnislos den Kopf. »Selbst wenn Irmgard, Frau Alessandrini, an einer von der Sanocur in Auftrag gegebenen Studie teilgenommen hätte, wüsste ich nichts davon.«

»Sie sagen ›Irmgard‹ – dann waren Sie beide doch etwas vertrauter miteinander?«, bohrte Jo.

Delbrück ging nicht auf die Frage ein. »Derartige Arzneimittelstudien laufen über Studienzentren an Unikliniken, und welche Patienten daran teilnehmen, ist uns selbstverständlich nicht bekannt.«

»Sie sind als wissenschaftlicher Leiter bei der Sanocur für die Erforschung von Krankheiten des Nervensystems verantwortlich und geben im Namen des Unternehmens auch solche Studien in Auftrag, richtig?«

»Ja. Ich entwickle mit meinem Team Medikamente für diverse neurologische Krankheiten, auch MS. Und wir geben Studien zu neuen Medikamenten in Auftrag und arbeiten mit den Ergebnissen, die wir erhalten. Aber mit den operativen Dingen hat das auftraggebende Unternehmen nichts zu tun, das können Sie überall nachlesen! Das liegt ja auch auf der Hand!« Sein Tonfall wurde leicht überheblich.

»Dennoch müssen wir dieser Sache nachgehen«, ergriff Linde das Wort. »Laut Aussage eines Zeugen *hat* Frau Alessandrini einen neuen Wirkstoff erhalten, und dieser muss ihr von jemandem intravenös verabreicht worden sein, wie diese Aufnahmen belegen.«

»Damit habe ich nichts zu tun! Absurd, dass Sie damit zu mir kommen! Was soll das? Muss ich überhaupt auf diese Unterstellungen antworten?«

»In Kürze erhalten wir die serologischen Auswertungen, dann wissen wir genauer, was Frau Alessandrini im Blut hatte«, provozierte ihn Jo. Delbrücks Augenbrauen zuckten für einen Moment.

»Wo waren Sie in der Nacht zum Dienstag?« Jo hatte keine Geduld. Er war überzeugt davon, den richtigen Fisch an der Angel zu haben.

»Ich war zu Hause, in meinem Bett. Alleine. Wieso fragen Sie das?«

»Frau Alessandrini hat nachweislich eine Substanz verabreicht bekommen. Da Sie Kontakt zu ihr hatten und überdies solche Medikamente entwickeln, liegt diese Frage doch für uns auf der Hand, finden Sie nicht?«

»Das ist eine vollkommen absurde Vermutung, ich benutze doch niemanden als Versuchskaninchen! Und selbst wenn ich wollte ... es gibt derart strenge Sicherheitsvorkehrungen, es ist quasi unmöglich, einen nicht zugelassenen Wirkstoff an einem Menschen auszutesten oder überhaupt aus dem Labor zu schleusen. Sie haben ja keine Ahnung! Machen Sie erst einmal Ihre Hausaufgaben, junger Mann, bevor Sie so etwas unterstellen!«

»Wie muss ich mir das vorstellen?«, intervenierte Linde. »Sie als Wissenschaftler entwickeln einen neuen Wirkstoff, der, sobald er, sagen wir, ausgereift ist, vermutlich an Tieren getestet wird, nehme ich an?«

»Ja, so ungefähr«, sagte Delbrück. »Allerdings stellen wir im Labor den Wirkstoff nicht eigentlich her, abgesehen von geringen Mengen, aber es ist grundsätzlich so, dass der Wirkstoff von einem Partnerunternehmen, oft im Ausland, produziert wird. Sie müssen sich das gewissermaßen wie ein Rezept vorstellen, das wir zur Herstellung weitergeben. Und selbst für Tierversuche gibt es besondere Institute.«

Linde überlegte einen Moment. Er hatte Jo weitgehend gewähren lassen, und das hatte zu nichts geführt. Auch wenn Delbrück mit den Injektionen etwas zu tun haben sollte, es würde sehr schwer werden, ihm das nachzuweisen. Die Sanocur würde ebenfalls zu verhindern wissen, dass ein Mitarbeiter für Unregelmäßigkeiten verantwortlich gemacht werden konnte.

Aber sie hatten noch einen Trumpf im Ärmel, die unbekannte DNA-Spur! Nur – wenn sich das Gespräch so weiterentwickelte, würde auch Delbrück sich weigern, eine Probe abzugeben. Und da bislang alles nur auf Mutmaßungen basierte, würde kein Staatsanwalt den Abgleich anordnen.

»Gut«, schloss Linde zu Jos Erstaunen, »warten wir die Ergebnisse aus der Rechtsmedizin ab.«

»Was hat das alles überhaupt mit ihrem Tod zu tun?«, hakte Delbrück nach.

»Ein mögliches Tatmotiv. Wenn es in Ihrem Unternehmen Unregelmäßigkeiten gegeben haben sollte, hätten viele Leute ein Interesse daran, dass das nicht ans Licht kommt!«

Delbrück schüttelte verständnislos den Kopf.

»Dann würde ich Sie noch bitten, für den Ausschluss Ihrer Anwesenheit im Haus Ihre Fingerabdrücke und eine Speichelprobe abzugeben«, sagte Linde wie beiläufig.

»Kann ich jetzt doch ein Glas Wasser haben?« Delbrück rieb sich die Stirn und wirkte mit einem Mal strapaziert.

»Selbstverständlich!«

Er atmete hörbar aus und schien mit sich zu ringen. Als Jo mit dem Glas Wasser zurückkehrte, gab Linde ihm ein Zeichen, sie beide für einen Moment alleine zu lassen. Jo war irritiert, nickte dann aber seinem Chef zu und verließ den Raum.

»Wissen Sie«, begann Delbrück, als sie alleine waren, »meine Frau war sehr, sehr lange krank, Krebs. Die letzten anderthalb Jahre waren schlimm, irgendwann war Annette nicht mehr ansprechbar. Können Sie sich das vorstellen? Ihre Frau liegt im Bett wie eine lebende Tote. Und Sie sind Arzt und können überhaupt nichts tun, nur dem Verfall zusehen.«

Linde blickte ihn an und sagte nichts.

Delbrück nahm seine Brille ab, legte sie vor sich hin und verbarg sein Gesicht in den Handflächen. Dann sah er wieder auf. »Als Irmgard«, er hielt einen Moment inne, als er den Namen aussprach, »... und ich uns nähergekommen sind, da hatte ich das Gefühl, als ob wieder ein Hoffnungsschimmer in mein Leben zurückgekehrt wäre.«

Also doch. Linde war einigermaßen überrascht, ließ sich aber nichts anmerken. Delbrück hatte angesichts des drohenden DNA-Abgleichs die Reißleine gezogen.

»Warum haben Sie uns nicht gleich gesagt, dass Sie sich näher kannten und sogar, wenn ich das richtig verstehe, eine Beziehung führten?«

»Sie wissen doch, wie das ist!«, gab Delbrück zurück. »In einem Ort wie Wendelstein, wo fast jeder jeden kennt, da reden die Leute ...« Jetzt blickte er ihn direkt an. »Herr Linde, Sie haben es doch am eigenen Leib erfahren, nehme ich an.«

Linde war es unangenehm, dass Delbrück auf sein eigenes Privatleben anspielte. Offenbar kannte Delbrück ihn, obwohl er ihm nie bewusst begegnet war.

»Seit wann waren Sie beide ein Paar?«, fragte Linde gleichwohl unbeirrt.

»Seit einem Dreivierteljahr«, antwortete Delbrück knapp und sah auf seine Hände.

»Ich verstehe.«

»Wir wollten nicht, dass jemand davon erfährt. Das ist doch nachvollziehbar? Zumindest zu diesem Zeitpunkt ...«

»Wann haben Sie Frau Alessandrini zum letzten Mal gesehen?«

»Vorletztes Wochenende.«

»Genauer?«

»Am Sonntag war das.«

»Und wo fanden Ihre Treffen statt?«

»Ich habe Irmgard in der Regel besucht. Manchmal waren wir verabredet, manchmal hab ich spontan bei ihr reingeschaut, wenn ich eine Runde drehte.«

»Und Sie denken, davon hat niemand etwas mitbekommen?«

»Wir haben uns immer nur diskret in ihrer Wohnung verabredet, nie in der Öffentlichkeit. Aber gut, ich schließe nicht aus, dass es jemand von den Nachbarn mitbekommen hat.«

»Wie lange waren Sie am Sonntag bei ihr?«

»Zwei Stunden, schätze ich, am späten Nachmittag, gegen halb fünf wird das gewesen sein. Wir haben in der Küche Kaffee getrunken.«

»Und danach haben Sie sie noch einmal gesehen oder gesprochen?«

»Ich habe versucht sie anzurufen, am Tag darauf, da war aber belegt. Später habe ich es noch mal versucht, aber nur kurz läuten lassen, weil ich sie nicht stören wollte.«

»Herr Delbrück«, sagte Linde nun eindringlich, »Sie haben jetzt die Gelegenheit, uns alles zu sagen.«

»Ich habe Ihnen doch alles gesagt, was wollen Sie noch?«, Delbrück schüttelte verständnislos den Kopf. Er schien tatsächlich anzunehmen, dass er aus dem Schneider wäre.

»Wir machen jetzt den DNA-Abgleich und müssen Sie noch so lange hierbehalten.«

»Wozu denn das? Ich habe Ihnen doch alles gesagt?«

»So einfach ist das leider nicht, Herr Delbrück. Sie sind dringend verdächtig, für den Tod von Frau Alessandrini verantwortlich zu sein! Zwar können wir die Injektionen als todesursächlich ausschließen, falls Sie damit etwas zu tun haben sollten. Aber das heißt damit nicht, dass Sie entlastet sind, im Gegenteil! Sie haben uns nicht von Anfang an die Wahrheit gesagt!«

»Das ist doch ein Irrsinn! Kann ich telefonieren? Ich möchte meine Tochter anrufen.«

»Natürlich.«

Linde stand auf und ging zur Tür. Bergmans kam ihm entgegen.

»Das ist doch ein Ablenkungsmanöver«, flüsterte er aufgebracht, während Linde noch die Tür schloss. »Glaubst du ihm? Das stinkt doch zum Himmel!«

»Warten wir den Abgleich ab!«, sagte Linde und trat an Paulas Schreibtisch.

»Wir brauchen einen Durchsuchungsbeschluss für das Anwesen Delbrück, kümmerst du dich bitte darum?«

»Ist schon erledigt.« Paula hatte wie Jo die Vernehmung am Bildschirm mitverfolgt und die erforderlichen Unterlagen für die Staatsanwaltschaft bereits vorbereitet. »Ich ruf Breuer gleich dazu an, dann geht es schneller.«

»Jo, sagst du den Kollegen unten Bescheid? Vielleicht finden wir irgendetwas, das uns Aufschluss gibt, also alles, was nach Medikament aussieht, Ampullen, Injektionsbesteck etc. ... Und Jo, fährst du bitte allein mit zum Haus? Ich habe nachher noch einen Termin mit Frau Winterstein.«

»Mach ich! Was passiert mit Delbrück?«

Linde überlegte. »Er hat das Recht, bei der Durchsuchung anwesend zu sein. Wenn er das also möchte, nimmst du ihn mit zum Haus. Vielleicht ist das ohnehin das Beste, ich habe den Eindruck, dass er uns etwas vorenthält.«

»In Ordnung!« Jos Tonfall verriet, dass er sich fast am Ziel glaubte.

»Aber Jo, bitte, halte dich zurück, ja? Wir bewegen uns auf dünnem Eis, wir haben noch keinen einzigen Beweis, der unsere Vermutung untermauert. Ich bin in etwa zwei Stunden wieder zurück«, sagte Linde in Richtung Paulas und griff nach seiner Jacke.

60

Juliane hatte den Vormittag genutzt, um in Schwabach einige Besorgungen zu machen. Jetzt überquerte sie den Marktplatz und musste sich eingestehen, dass sie ein wenig nervös war. Wie Richard Linde wohl darauf reagieren würde, was ihre Archivrecherche zutage gefördert hatte?

Was, wenn er ihre Entdeckung als absurd abtat ... und überhaupt, sie hatte ja nichts Konkretes vorzuweisen, das in irgendeiner Form hilfreich bei der Ermittlung von Irmis Tod gewesen wäre. Sie wollte sich vor Linde nicht lächerlich machen – die unvermittelte Begegnung mit ihm vor ein paar Tagen in der Buchhandlung hatte sie ja schon etwas aus dem Takt gebracht.

Nach ihrem Besuch im Kallmünzer Gemeindearchiv hatte sie überlegt, Kontakt zu Irmis Schwester Sonja aufzunehmen, diesen Gedanken aber dann verworfen. Wenn ihre Mutmaßungen zutrafen, konnte es für alle Beteiligten schmerzhaft werden, und das war das Letzte, was sie wollte. Also hatte sie sich entschlossen, Linde ins Bild zu setzen, und ihm ein Treffen im Buchcafé vorgeschlagen. Er war gewissermaßen neutral und konnte, wenn die Spur doch irgendetwas mit Irmis Tod zu tun haben sollte, seine Schlüsse ziehen – oder eben auch nicht. Für ihn würde es auch ein Leichtes sein, die Frau namens Constanze Luserke ausfindig zu machen. Juliane hatte selbst recherchiert, schließlich war der Name »Luserke« eher selten, aber sie hatte keinen Erfolg gehabt. Vermutlich hatte die ehemalige Säuglingsschwester geheiratet und einen anderen Namen angenommen. Mit polizeilichen Methoden konnte der Kommissar sicher feststellen, wie Frau Luserke heute hieß und vielleicht sogar, wo sie lebte. Wenn sie noch am Leben war.

Juliane zog an einem der hintersten Tische, die in der Gasse standen, einen Stuhl zu sich heran und winkte durch das Schaufenster der Buchhändlerin zu, die im Gespräch mit einer Kundin war. Sie nahm Platz und genoss einen Moment lang die wärmende Sonne, die immer wieder zwischen den Wolken hervorlugte.

Vielleicht war Irmi an genau diesem Punkt auch gewesen, dachte sie bei sich. Hatte ebenso versucht, Constanze Luserke ausfindig zu machen, die sie von ihrer Zeit im Mütterheim kannte. Vielleicht hatte sie gehofft, mithilfe dieser Frau etwas über das Schicksal ihres Kindes herauszufinden? Aber wenn es ihr gelungen sein sollte, die Säuglingsschwester aufzuspüren – wie konnte das mit ihrem Tod zusammenhängen? Wollte jemand verhindern, dass bestimmte Dinge ans Licht kamen?

Das erste Mal wurde ihr bewusst, dass sie auch durchaus etwas herausfinden konnte, das ihr nicht gefiel – oder weitreichende Folgen hatte. Wieder kam ihr Jochen in den Sinn. Konnte er etwas damit zu tun haben? Wenn sie das Thema darauf lenkte, verhielt er sich seltsam zugeknöpft.

»So, jetzt bin ich für dich da.« Birgitta Baierle war aus der Tür getreten und freute sich, Juliane zu sehen. »Kann ich dir was bringen?«

»Ich warte noch auf jemanden, aber vielleicht schon mal ein Wasser?«

»Gern. Ah, ich glaube, ich weiß, wer an deinem Tisch Platz nehmen wird ...« Sie hatte Richard Linde erspäht, der geradewegs auf sie beide zusteuerte.

Juliane freute sich, den Kommissar zu sehen. Diesmal trug er ganz leger eine Jeans, dazu ein hellblaues Hemd. Sein Jackett hatte er lässig über die Schulter geworfen. Ein wenig überrascht war sie, ihn mit einer dunklen Sonnenbrille zu sehen, die er jetzt abnahm. Seine leicht schräg stehenden Augen blickten ernst, aber freundlich.

»Hallo, Frau Winterstein, Ihr Buchtipp von neulich hat mir sehr gefallen!«, sagte Linde mit einer Kopfbewegung hin zum Laden, während er zu Juliane an den Tisch trat und ihr die Hand zur Begrüßung reichte.

»Das höre ich gern.«

Er nahm Platz und sah sie direkt an. »Der Autor hat mir vorher überhaupt nichts gesagt, aber ich mag seinen knappen Schreibstil. Und ich kenne Marseille von früher, insofern war der Tipp in zweifacher Hinsicht spannend für mich.«

»Ja, ich finde, die Atmosphäre der Stadt beschreibt er unglaublich lebendig.«

»Nur über das Ende könnte man diskutieren ...«, meinte Linde.

»Dann haben Sie es also schon ganz gelesen?«

»... und bedauert, als es zu Ende war«, entgegnete Linde und strich über das Tischtuch. »Aber wir sind nicht hier, um über Literatur zu sprechen, nehme ich an?«

Juliane war etwas irritiert, dass er so abrupt das Thema wechselte.

»Nein, natürlich nicht«, erwiderte sie und zog aus ihrer Handtasche einen kleinen Block mit ein paar handschriftlichen Notizen hervor. Er sah sie an, und sie registrierte seinen ernsten, freundlichen Blick.

»Bitte entschuldigen Sie, aber die Arbeit geht vor. Ich muss auch bald wieder zurück ins Büro ...«

»Sie müssen sich nicht entschuldigen«, unterbrach ihn Juliane und überlegte, womit sie am besten anfangen sollte. Dann hob sie an, Richard Linde von ihrer Entdeckung in Kallmünz, den Entbindungsheimen und den »gefallenen Mädchen« zu erzählen.

61

Richard Linde bedauerte, dass er rein beruflich mit Frau Winterstein reden musste. Ihr leicht irritierter Blick war ihm nicht entgangen. Gerne hätte er sich mit der sympathischen Frau weiter über das Buch unterhalten, es schien ihm aber im Moment nicht passend. Immerhin war sie Zeugin in einer laufenden Ermittlung.

Er hatte sogar etwas gezögert, als Juliane Winterstein den Vorschlag gemacht hatte, sich im Buchcafé zu treffen – wegen der Nähe zu seiner Wohnung und seinem Lebensumfeld –, aber so bot sich ihm die Gelegenheit, etwas zu essen und bald wieder zurück im Büro zu sein.

»Ich würde Sie gern vorab noch etwas über Ihre Freundin fragen«, griff er den Faden wieder auf, noch bevor Juliane Winterstein anfing zu berichten.

»Fragen Sie!«

»Wissen Sie etwas von einer Beziehung, die sie in den letzten Monaten geführt hatte?«

Juliane Winterstein legte ihre Notizen vor sich hin und hielt inne. »Nein, das überrascht mich jetzt. Wie kommen Sie darauf?«

»Unsere Ermittlungen legen das nahe«, sagte Linde.

Juliane schüttelte den Kopf. »Also, das kann ich mir eigentlich nicht vorstellen.« Sie strich sich die Haare hinters Ohr und überlegte einen Moment. »Aber gut, ich kann es auch nicht mit Sicherheit ausschließen. Ich war in letzter Zeit beruflich sehr eingespannt, sodass wir uns nicht so oft gesehen haben – und wenn, bin ich nur kurz auf einen Sprung zu ihr rüber.«

»Dann hat sie selbst oder jemand aus dem Umfeld nichts in der Richtung erwähnt?«, hakte Linde nach.

»Nicht, dass ich wüsste. Aber Irmgard hat mir auch nicht immer alles erzählt, denke ich. Nur, wenn es da jemanden gegeben hätte, wäre es mir vermutlich aufgefallen ... Irmi war nicht mehr so mobil in letzter Zeit.«

»Nein, das war sie wohl nicht. Vielleicht fällt Ihnen ja später noch etwas dazu ein. Eventuell hat sie ja doch einmal eine Bemerkung gemacht oder jemanden erwähnt.«

»Sie meinen aber nicht diesen Christian, diesen Esoteriker?«

»Nein«, gab Linde knapp zurück und schüttelte den Kopf. »Aber jetzt bin ich gespannt, was Sie herausgefunden haben.« Er nahm einen Schluck Kaffee und lehnte sich zurück, um ihr zuzuhören.

Was sie berichtete, war für ihn vollkommen neu und befremdlich. Er konnte sich nicht erinnern, jemals etwas von solchen Entbindungsheimen gehört oder gelesen zu haben, das Ganze erschien ihm wie eine Erzählung aus längst vergangenen Zeiten.

»Es hat viele solcher Heime gegeben, noch bis weit in die Siebzigerjahre hinein. Manche existierten sogar noch bis in die Achtziger«, sagte Juliane Winterstein. »In den Heimverzeichnissen sind allein für Bayern bereits über fünfundzwanzig dokumentiert, aber die tatsächliche Zahl wird wohl deutlich höher gewesen sein.«

»Dass es viele dieser Einrichtungen gab, lässt wiederum darauf schließen, dass es viele solcher ›gefallener Mädchen‹ gegeben haben muss, die dort Zuflucht suchten oder Unterstützung erwarteten«, folgerte Linde, »kaum zu glauben, dass das noch zu dieser Zeit so gewesen sein soll!«

»Bis zum Jahr 1970 hat sogar noch ein Gesetz existiert, das unverheirateten Schwangeren das Sorgerecht für ihr Kind automatisch entzog«, erklärte Juliane Winterstein.

»Sie müssen sich das vorstellen: Selbst wenn die Frau volljährig war, lag die Vormundschaft dann beim Amt, das damit über den Aufenthaltsort des Kindes frei bestimmen konnte.«

Linde schüttelte den Kopf und blickte Juliane Winterstein fassungslos an.

»In der Praxis setzten die Ämter natürlich nicht immer dieses Recht gegen die Mütter durch«, fuhr sie fort, »aber allein die Tatsache, dass es dieses Gesetz so lange gab, zeugt von den damaligen kruden Moralvorstellungen! Selbst wenn sich in jenen Jahren schon viel bewegte, an den Gerichten und auch in den Köpfen der Nachkriegsgeneration war dies noch lange nicht angekommen.«

»Jetzt wird mir einiges klar«, sagte Linde nachdenklich. »Dann war es in den Mütterheimen wohl gängige Praxis, dass Kinder minderjähriger oder lediger Mütter zur Adoption weggegeben wurden?«

»Dazu musste die Mutter nicht einmal in einer Notlage, etwa obdachlos sein«, erklärte Juliane. »In bestimmten Kreisen wurde so ein Kind ja als ›Schande‹ angesehen, die es zu vertuschen galt.«

Linde war erschüttert. Die Tatsache, dass solche Frauen wegen ihrer Schwangerschaft verachtet wurden und diese verstecken mussten, war an sich ja schon schlimm genug, aber dass dies oftmals in einer mehr oder weniger erzwungenen Abgabe des Kindes gemündet haben sollte, erschien ihm unvorstellbar.

Während Juliane Winterstein sprach und von ihrer Entdeckung berichtete, bewunderte er, wie sie die Dinge darstellte. Sie kam schnell auf den Punkt, konnte gut und interessant erzählen, sodass man eine plastische Vorstellung bekam. Er mochte, wie sie redete und dabei lebhaft gestikulierte.

Sie berichtete nun, dass viele dieser Kinder auf der Suche nach ihren leiblichen Eltern waren, weil die Vermittlungsunterlagen damals noch nicht für so lange Zeit aufbewahrt werden mussten, wie das heute der Fall war.

»Eines verstehe ich aber nicht«, warf Linde ein, »selbst wenn diese Dokumente nicht mehr vorhanden sein sollten – da diese Kinder ihren Geburtsort wissen, müsste es doch möglich sein, auf dem zuständigen Standesamt die Geburtenbücher durchzusehen, um die leiblichen Eltern zu erfahren?«

»Das hat mich auch stutzig gemacht«, erwiderte sie, »tatsächlich ist es aber so, dass es hier teilweise Sperrvermerke gibt, und dann können und dürfen diese Namen nicht so ohne Weiteres herausgegeben werden.«

»Ich verstehe«, sagte Linde jetzt, »das sind Schicksale! Ich kann mir vorstellen, dass ein solcher Mensch intuitiv spürt, dass ihm etwas in seiner Lebensgeschichte fehlt ...«

»Ja, zum Glück wird eine Adoption heutzutage ganz anders gehandhabt – man steht auf dem Standpunkt, dass ein Mensch das Recht hat, zu wissen, woher er stammt und wer seine leiblichen Eltern sind. Und es gibt erfahrene Menschen, die einen solchen Prozess begleiten und unterstützen.« Juliane machte eine Pause.

»Frau Alessandrini könnte also ein Kind geboren haben in diesem Mütterheim, das in Kallmünz existierte«, fasste Linde zusammen.

»Vielleicht war das so, ja, und vielleicht war Irmi auf der Suche nach ihrem Kind. Diese Frau Luserke könnte womöglich etwas dazu sagen ...«, beendete Juliane Winterstein die Unterhaltung.

62

Linde war nachdenklich geworden. Mit dem Gefühl, dass da irgendetwas war, das er nicht greifen konnte, kehrte er später als beabsichtigt ins K1 zurück. Dort schien das Großraumbüro verwaist, dafür hatte vor dem kleinen Vernehmungsraum gegenüber ein Schutzpolizist Stellung bezogen – Linde nahm an, dass Paula und Jo noch einmal gemeinsam Delbrück befragten, vielleicht gab es inzwischen auch neue Erkenntnisse.

Weiter hinten im Gang saß eine Frau mit dunkler Hautfarbe, den Oberkörper hielt sie nach vorn gebeugt, ihre Unterarme lagen auf den Oberschenkeln, in einer Hand hielt sie ein Taschentuch. Ihr krauses schwarzes Haar war streng nach hinten gekämmt und im Nacken zu einem kunstvollen Dutt frisiert. Als sie Linde näherkommen hörte, löste sie sich aus ihrer Haltung und sah zu ihm auf. Ihr Blick hinter der goldumrandeten Brille wirkte sorgenvoll.

»Kann ich Ihnen weiterhelfen?«, fragte er.

»Man hat mir gesagt, dass ich hier warten soll. Ich bin Joana Delbrück.«

Linde war einen Moment lang vollkommen perplex und konnte sein Erstaunen kaum verbergen. Er verschluckte sich und hustete. Die Tatsache, dass diese Frau nicht das leibliche Kind der Delbrücks sein konnte – denn im Haus Delbrück hatte er mehrere Fotos der Ehefrau gesehen –, erschien vor dem Hintergrund dessen, was er von Juliane Winterstein soeben gehört hatte, in einem völlig neuen Licht. An Frau Delbrücks Miene konnte er ablesen, dass sie eine solche Reaktion ob ihrer Hautfarbe zwar nicht das erste Mal erlebt hatte, sich aber dennoch über das ungewöhnliche Verhalten des Kommissars zu wundern schien.

»Ich wurde adoptiert«, sagte sie deshalb jetzt mit Nachdruck, »und ich wüsste gern, was hier los ist. Warum halten Sie meinen Papa fest?«

»Bitte kommen Sie doch erst einmal mit in mein Büro«, sagte Linde, dem seine Reaktion mehr als unangenehm war. »Ich habe auch ein paar Fragen an Sie.«

Er führte sie zu dem großen Besprechungstisch und bat sie, an einem Ende Platz zu nehmen. Während sie sich aus ihrem olivgrünen Regenparka schälte, bot er ihr einen Kaffee an und nutzte den Moment, um sich zu sortieren. Wenn nun Juliane Winterstein doch auf der richtigen Spur war und dieser Fall einen ganz anderen Hintergrund hatte, als sie bisher angenommen hatten?

Mit einem »Bitte schön« stellte er vor Joana Delbrück einen Kaffeebecher auf den Tisch und setzte sich ihr gegenüber.

»Worum geht es denn hier eigentlich?«, fragte sie mit Nachdruck.

»Wir befragen Ihren Vater zu einem ungeklärten Todesfall, der sich in Wendelstein ereignet hat«, sagte Linde.

»Sie meinen Frau Alessandrini?« Offenbar wusste Frau Delbrück darüber Bescheid. Linde nickte und fuhr fort. »Vorab muss ich Sie aber darüber unterrichten, dass Sie als direkte Angehörige nichts aussagen müssen, das Ihren Vater belasten könnte. Allerdings würde es helfen, wenn Sie ein paar Fragen beantworteten.«

»Ich würde ihn einfach gerne sehen und selbst mit ihm sprechen, bevor ich mich mit Ihnen unterhalte«, sagte sie jetzt verständnislos.

»Das verstehe ich. Gestatten Sie mir aber zunächst eine Nachfrage zu Ihnen persönlich. Sie leben nicht mehr in Wendelstein, nehme ich an?«

»Nein, schon seit meinem Studium nicht mehr. Ich lebe in der Nähe von Bamberg, war aber im letzten halben Jahr und bis zu Mamas Tod öfter bei meinen Eltern.«

»Wissen Sie, in welchem Alter Sie von den Delbrücks adoptiert wurden?«

Joana Delbrück zog ihre Stirn in Falten. »Ich bin mit drei Jahren zu meinen Eltern gekommen.«

»Und kennen Sie Ihre leiblichen Eltern?«

»Herr Linde, verzeihen Sie bitte, aber was soll diese Frage, wozu wollen Sie das wissen? Ich will jetzt endlich mit meinem Vater sprechen und wissen, worum es hier geht.«

In diesem Augenblick betrat Paula den Raum und gab Linde ein Zeichen, offenbar waren sie jetzt so weit.

»Frau Delbrück, Sie können jetzt einen Moment mit Ihrem Vater sprechen, denke ich.« Linde erhob sich mit ihr und bat Paula, sie zum Vernehmungszimmer zu führen.

Er sah den beiden hinterher. Konnte das möglich sein? Dass die Tochter Delbrücks adoptiert war, war schon ein seltsamer Zufall. Was hatte das eine mit dem anderen zu tun – falls es da überhaupt einen Zusammenhang gab?

Als Paula zurückkam, bat er sie, Joana Delbrück zu überprüfen und Näheres über die Umstände der Adoption in Erfahrung zu bringen.

»Ich vermute, dass das nicht so einfach sein wird. Denke, dass wir dazu einen Beschluss brauchen«, sagte Paula.

Linde nickte. Dann bat er sie, über das Personenmelderegister nach Constanze Luserke zu suchen.

»Richard, nimm's mir nicht übel«, sagte sie jetzt in leicht vorwurfsvollem Ton, »aber wie kommst du darauf? Warum ist es wichtig, etwas über die Adoption zu wissen – und was hat diese Frau Luserke mit unserem Fall zu tun?« Paula war gereizt und nahm einen Schluck Wasser. Ihre Miene gab deutlich zum Ausdruck, dass sie sich übergangen fühlte.

»Entschuldige, ich hätte dich erst einmal einweihen sollen. Aber mir fehlt selber gerade der Überblick.«

63

»Ruth, könntest du diese Woche Herrn Fröhlich mit übernehmen? Ich weiß, er ist nicht ganz einfach, aber du bekommst das schon hin, oder?« Constanze Steffenshagen trat einen Schritt vom großen Dienstplan an der Wand zurück.

»Melanie ist leider bis auf Weiteres krankgeschrieben – und Frau Altmann wird jetzt palliativ versorgt, da möchte ich weder dich noch Jessica hinschicken.« Sie nahm einen Schluck aus ihrer Tasse und verzog das Gesicht. Während sie die Plättchen mit den Namen ihrer Mitarbeiter auf der magnetischen Pinnwand hin- und hergeschoben hatte, um den Dienstplan für das kommende Wochenende trotz einer Krankschreibung hinzubekommen, war der Fencheltee lauwarm geworden und fühlte sich am Gaumen wie Seife an.

»Hat sie ihren Kampf denn schon verloren?«, erkundigte sich Ruth Gebauer mitfühlend. »Zuletzt hatte es sich doch wieder ganz gut angehört ...?« Die beiden Frauen lehnten nebeneinander am Schreibtisch und blickten auf die Pinnwand.

Constanze nickte, ohne sich zu ihr zu wenden. »Ja, leider.« Sie hielt einen Moment inne. »Die letzten Wochen hatte sie tatsächlich noch mal eine sehr gute Phase, sie hat sogar noch ein langes Wochenende mit ihren Töchtern und den Enkeln im Chiemgau verbracht.« Constanze erhob sich und strich Ruth im Vorübergehen über den Oberarm. »Aber jetzt, jetzt begibt sie sich auf ihre letzte Reise.« Während sie an ihren Schreibtisch zurückkehrte, dachte sie einen Moment lang darüber nach, wie lange sie Frau Altmann nun schon begleitet hatte – und den Kontakt zu ihr auch in besseren Phasen aufrechterhalten hatte. Es war ihr wichtig, nun auch in den letzten Wochen für sie da zu sein und durch einen anderen Pfleger nicht unnötig Unruhe zu verursachen. Sie sollte sanft hinübergehen ...

»Herr Fröhlich wird nicht begeistert sein, aber klar, das bekomme ich hin. Hatte am Wochenende sowieso nichts Besonderes vor«, sagte Ruth jetzt mit der ihr eigenen Ironie, »und Herr Fröhlich ist mal eine Herausforderung!«

Constanze Steffenshagen seufzte erleichtert. Ruth war ihre Bank: Sie hatte jung als Intensivpflegerin in der Klinik begonnen und war nicht nur ihre erfahrenste Kraft, sondern ungemein zupackend und unterstützte die Betreuten auch über die bloße Pflege hinaus. Sie hatte für jeden ein freundliches Wort und konnte sich gut auf die Patienten einstellen – wenn denn Herrn Fröhlichs erster Wutausbruch vorüber wäre, würde sie auch ihn knacken, da war sich Constanze sicher. Trotzdem hatte sie ein schlechtes Gewissen, weil sie wusste, dass Ruth diesen Dienst ihr zuliebe übernahm und sie keine Ahnung hatte, wann ihre Mitarbeiterin diese Stunden je abfeiern sollte. Aber so würden sie zumindest einigermaßen über das Wochenende kommen. Nächste Woche konnte sie versuchen, Jessica, die neue Kraft, an einige der Patienten heranzuführen. Sie war jung und unerfahren, aber sie stellte sich nicht schlecht an und – sie besaß Einfühlungsvermögen.

»Danke dir, Ruth!«, sagte sie mit Nachdruck, während diese schon aus dem Zimmer ging. »Und vergiss die sterilen

Kompressen für die Kathederhygiene nicht!«, rief sie hinterher.

»Hättest du mir nicht vorher sagen können, dass Herr Fröhlich neuerdings einen Katheder hat?« Ruth hatte kehrt gemacht, und nun tauchte ihr rundes Gesicht noch einmal im Türrahmen auf.

»Das kriegst du schon gewuppt!«, gab Constanze zurück.

»Na, ich mal wieder ...«, tönte Ruth, löste sich vom Türrahmen und verschwand lachend im Materialraum.

Das Telefon läutete. Constanze angelte nach dem Hörer, während sie um ihren Schreibtisch herumging. Ein kurzer Blick auf die neu hereingekommenen Mails verhieß ihr, dass sie heute noch eine Menge Schreibarbeit zu erledigen hatte.

»Wie war Ihr Name?«, musste sie nachfragen, da sie den Hörer nicht schnell genug am Ohr gehabt und nur »Polizei Schwabach« verstanden hatte.

»Linde ist mein Name, Richard Linde«, sagte der Mann am anderen Ende. »Frau Steffenshagen, ich hätte ein paar Fragen an Sie in Zusammenhang mit einem Ihrer früheren Arbeitgeber. Das Ganze liegt allerdings schon ein paar Jahrzehnte zurück.«

»Worum geht es denn genau?«, horchte Constanze auf. Sie hatte zwar schon erlebt, dass die Kriminalpolizei im Rahmen ihrer Tätigkeit Fragen an sie hatte, etwa, wenn ein Patient überraschend verstorben war oder Suizid begangen hatte, aber hier steckte wohl etwas anderes dahinter.

»Es geht um das Entbindungsheim in Kallmünz«, sagte der Polizist, »Sie waren dort in den Siebzigerjahren beschäftigt?«

Constanze Steffenshagen erschrak leicht und schwieg dann. Damit hatte sie nicht gerechnet.

»Sind Sie noch dran?«, erkundigte sich die Stimme am Ende der Leitung.

»Ja ...« Sie machte eine lange Pause. »Das ist aber tatsächlich sehr lange her. Daran hab ich schon ewig nicht mehr gedacht.«

»Wäre es möglich, dass wir uns treffen? Ich habe dazu ein paar Fragen, die ich ungern am Telefon stellen möchte.«

»Hm, das ist gerade ganz schlecht. Meine Belegschaft ist dieser Tage nicht komplett, ich übernehme schon selber Schichten.«

»Wir halten Sie auch nicht allzu lange auf.«

»Ich kann Ihnen vermutlich auch gar nichts sagen«, versuchte sie nun, das Gespräch abzuwenden, »das ist ja schon so lange her, und ich habe dort auch nur ein paar Monate gearbeitet.«

»Es wäre wirklich wichtig«, beharrte der Kommissar.

Constanze hatte das Gefühl, besser einzulenken, um die Sache nicht zu verkomplizieren. »Eine halbe Stunde kann ich mir morgen um zwölf Zeit nehmen, aber bitte seien Sie pünktlich, mein Tag ist eng getaktet, gerade jetzt.«

»Selbstverständlich. Ich danke Ihnen!«, schloss Richard Linde und wünschte einen guten Tag.

Sie legte den Hörer auf die Telefonanlage und ließ sich matt auf ihren Stuhl sinken. Warum holte sie diese kurze Episode aus ihrer Vergangenheit ausgerechnet jetzt wieder ein? Sie hatte tatsächlich schon lange nicht mehr daran gedacht – und sie wollte auch nicht daran denken. Viele Jahre hatte sie diese Erfahrung in den hintersten Winkel ihrer Erinnerungen gepackt. Nur manchmal streifte sie ein Gedanke daran, da die Zeit auch untrennbar verbunden war mit Mario, den sie wenige Wochen vor ihrem Dienstantritt in Kallmünz kennengelernt hatte.

64

»Na du, was machst denn für Sachen!« Conny hat die Tür zu ihrem Zimmer einen Spalt weit geöffnet und spitzt hinein. Schwach liegt sie auf dem Bett und hat nur notdürftig die neue Decke über ihre Beine gezogen. Conny wirft ihr einen besorgten Blick zu, aber sie ist in Eile, denn gleich beginnt ihr Dienst. »Ich sehe später noch einmal nach dir«, flüstert sie ihr zu und schließt behutsam die Tür von außen.

Bei der Arbeit ist ihr erst schwindelig geworden und dann auf einmal schwarz vor Augen. Als sie wieder zu sich kommt, sitzt sie auf dem Boden im Speisesaal, mit dem Rücken aufrecht an die Wand gelehnt. Dorthin haben sie Schwester Hedwig und eine Küchenkraft mit vereinten Kräften bugsiert. Gleich darauf ist Schwester Agnes erschienen, um ihr zu sagen, dass sie nun nicht mehr arbeiten soll und auch nicht in den Saal kommen darf. Kein freundliches Wort hat sie für sie übriggehabt, nur das Nötigste, und dann teilt sie ihr noch in knappen Worten mit, dass der Arzt am Abend nach ihr sehen wird.

Sie ist froh über Conny, die ihr eine richtige Freundin geworden ist. Sie ist die Einzige hier, die sich wirklich um mich sorgt, denkt sie jetzt. Die Schwestern mit ihrer angeblichen Barmherzigkeit!

Als die Dämmerung aufzieht und sie im Zimmer nur noch Schemen erkennt, ist Conny wieder da und hat eine heiße Brühe für sie mitgebracht. »Die wird dir guttun!«, sagt sie fürsorglich und hilft ihr, sich im Bett aufzusetzen.

»Conny, ich hab solche Angst ... Gott steh mir bei!«

»Dummerchen, das musst du nicht!« Conny streicht ihr tröstend über die Wange.

Doch das kann sie nicht beruhigen. Manchmal ist sie nachts schon davon wach geworden, von den Schreien aus dem Geburtszimmer. Keine menschlichen Schreie waren das, sondern bestialische, wie Tiere in Todesangst.

»Kannst du nicht mit dabei sein, Conny?«, bittet sie sie nun. »Dann würde ich mich gleich weniger fürchten.«

»Wenn es so weit ist, bin ich bei dir, versprochen.«

Donnerstag

65

»Die Anwältin ist jetzt da. Das ist vielleicht ein Kaliber ...« Jo Bergmans blieb mit hochgezogenen Augenbrauen abwartend im Türrahmen stehen. Linde hatte die protzige Limousine mit Münchner Kennzeichen bereits unten vorfahren sehen. »Dann wollen wir mal«, sagte er jetzt und hielt noch einen kurzen Moment am Fenster inne. Dunkle Wolken zogen tief über die Dächer Schwabachs hinweg. Möglicherweise stand er mit seinem Team kurz vor der Auflösung des Falls.

Es war fast zehn Uhr am Vormittag. Vor gut eineinhalb Stunden hatte Schiffmanns Assistentin Laila den Ermittlern telefonisch das positive Ergebnis des DNA-Abgleichs mitgeteilt: Die zweite Spur, die die Kollegen an der Leiche gesichert hatten, gehörte zweifelsfrei Heinz Delbrück.

Für Bergmans jedenfalls lag der Fall klar – Delbrück war der Täter. Um jedoch herauszufinden, was wirklich in der Tatnacht geschehen war, oder gar ein Geständnis zu erhalten, war nun Fingerspitzengefühl nötig. Linde fragte sich, ob es richtig war, die Vernehmung mit Jo zu führen, doch wollte er sie dem jungen Kollegen auch nicht vorenthalten, es war dessen erster großer Fall.

»Paula, konntest du das Treffen mit Frau Steffenshagen verschieben?«, fragte Linde, während er mit den Ermittlungsakten unterm Arm an ihrem Schreibtisch vorbei auf Jo zuging.

»Ist erledigt, und diese Frau Winterstein habe ich auch verständigt.«

Linde spürte an der Art, wie Paula den Namen »Winterstein« betonte, ihr Befremden darüber, dass er zu dem Termin eine Zeugin mitnehmen wollte. Zu Recht, das war auch Linde klar. Aber Frau Winterstein hatte sich allem Anschein nach so gut in die Materie eingearbeitet, dass ihre Anwesenheit nur von Nutzen sein konnte. Da sich der Tatverdacht gegen Delbrück nun dramatisch erhärtet hatte, mussten die Nachforschungen in diese Richtung aber erst einmal warten. Außerdem hatte Paula die Bestätigung erhalten, dass Delbrücks Tochter Joana rechtmäßig und über das Jugendamt von den Eheleuten adoptiert worden war. Damit hatte die Familie Delbrück dem ersten Anschein nach nichts mit der Mütterheim-Sache zu tun.

Die Tür zum Vernehmungsraum stand halb offen. Die Anwältin, Renate Wolpert, hatte sich direkt vor ihrem Mandanten auf den Tisch gestützt und redete leise, aber bestimmt auf ihn ein. Als Linde und Bergmans eintraten, richtete sie sich auf und begrüßte die beiden.

Die Nacht in Untersuchungshaft war an Heinz Delbrück nicht spurlos vorübergegangen. Linde erschien er wie der sprichwörtliche Schatten seiner selbst, seine ohnehin schon hagere Gestalt wirkte noch zusammengesunkener als am Tag zuvor; unablässig knetete er seine Hände, die rot und schuppig aussahen.

Die Anwältin, eine energische kleine Person in einem edlen grauen Kostüm, nahm Platz und ergriff sofort das Wort, als leite sie selbst die Vernehmung.

»Wir kooperieren vollumfänglich«, erklärte sie ohne Umschweife und rückte ihre markante Brille zurecht. »Mein Mandant hat Sie über seine Beziehung zu Frau Alessandrini ja bereits informiert ...!«, sagte sie und machte eine rhetorische Pause.

Linde lehnte sich zurück und war gespannt, was jetzt kommen würde. Der vor Selbstbewusstsein strotzenden Anwältin musste klar sein, dass die Tatsache einer intimen Beziehung zum Opfer ihren Mandanten in keiner Weise entlastete. Denn Delbrücks DNA konnte schließlich nicht nur auf seine Rolle als Liebhaber hinweisen, sondern ihn auch als Täter erscheinen lassen. Laut dem Bericht der Rechtsmedizin war die DNA-Anhaftung Delbrücks mit hoher Wahrscheinlichkeit im Tatzeitraum verursacht worden. Er hingegen hatte angegeben, das Opfer am Tattag gar nicht getroffen zu haben.

»Mein Mandant möchte eine Aussage machen«, fuhr Frau Wolpert nun zur Überraschung der Ermittler fort und erteilte ihm gewissermaßen das Wort, »Herr Delbrück, bitte ...«

»Sie war bereits tot«, sagte er nun mit monotoner Stimme und blickte dabei kaum auf. Fortwährend knetete er nervös seine Finger. Jo stieß ein ungläubiges Lachen hervor.

»Können Sie uns das genauer erklären?«, fragte Linde. »Sie haben sie tot aufgefunden? Wann war das?«

»Ich hatte mir Sorgen gemacht, weil ich sie telefonisch nicht erreichen konnte«, erklärte Delbrück nun. »Am frühen Dienstagmorgen bin ich daher rübergelaufen und habe nach ihr gesehen.«

»Um welche Uhrzeit war das genau?«

»Etwa halb, dreiviertel sechs vielleicht, sehr früh, es war fast noch dunkel.«

»Wie sind Sie überhaupt ins Haus gekommen?«

»Die Tür stand offen, also nicht sehr weit, sie war eher angelehnt, das hat mich auch irritiert ...«

»Schildern Sie bitte, wie Sie Frau Alessandrini vorgefunden haben«, bat Linde. Die Beschreibung, die Delbrück nun abgab, deckte sich weitgehend mit der Auffindesituation.

»Warum haben Sie nicht sofort den Notarzt gerufen und die Polizei verständigt?«

»Ich war wie von Sinnen, ich war vollkommen schockiert!«

»Haben Sie versucht, Frau Alessandrini wiederzubeleben?«, hakte Jo nach, der sich für seine Verhältnisse noch erstaunlich zurücknahm.

Jetzt zögerte Delbrück. »Anfangs, ja ... aber das war mehr ein Automatismus, mir war schnell klar, dass sie schon eine Weile tot war ... das hat mich ja so schockiert.«

Nun schaltete sich die Anwältin ein: »Mein Mandant ist, wie Sie wissen, Mediziner, da dürfen Sie schon auf seine Fachkompetenz vertrauen, falls Sie mit Ihrer Frage etwas andeuten wollten.«

Jo blickte sie angriffslustig an. »Ihr Mandant hat uns einiges ziemlich lange vorenthalten, wohl immer in der Hoffnung, dass diese Salamitaktik aufgehen würde!«

Jetzt ergriff Linde das Wort. »Sie sind also Mediziner, Pharmakologe, und Sie behaupten, ein Verhältnis mit Irmgard Alessandrini gehabt zu haben.« Er machte eine Pause. »Und Sie wollen uns gleichwohl weismachen, überhaupt nichts von den rätselhaften Injektionsspuren gewusst zu haben?«

Linde blickte zu Jo und dachte daran, wie Juliane Winterstein auf seine Frage nach einer möglichen Beziehung des Opfers reagiert hatte. Sollte diese gute Freundin tatsächlich nichts von der »Affäre« mitbekommen haben – war das realistisch? Vielleicht war die vermeintliche Liebesbeziehung ja ein großes Ablenkungsmanöver, und es ging hier um etwas ganz anderes?

»Bei der Hausdurchsuchung wurde das hier gefunden«, sagte Bergmans jetzt und schob ein Asservat in einem

Plastikbeutel über den Tisch. Es handelte sich um ein morphinhaltiges starkes Schmerzmittel, das die Kollegen in einer Kommodenschublade bei Delbrück gefunden hatten.

Delbrücks Anwältin warf einen kurzen Blick darauf. »Wie Sie wissen, war die Frau meines Mandanten schwer krebskrank – ein solches Präparat erhalten Patienten im Endstadium.«

Delbrück nickte ...

Da klopfte es, und Paula reichte Linde einen Notizzettel durch die geöffnete Tür. Als er ihn las, verfinsterte sich seine Miene. »Wir machen hier eine kurze Pause«, sagte er und erhob sich.

66

Juliane warf einen Blick auf die Uhr am Armaturenbrett, die kurz nach elf Uhr anzeigte. Obwohl sie gerade ein Schild mit Tempolimit siebzig km/h passiert hatte, trat sie jetzt aufs Gaspedal. Die Uhr ging nach, es musste also bereits Viertel nach sein, und sie wollte auf keinen Fall zu spät kommen.

Der Tag hatte zwar grau in grau begonnen, zudem waren Schauer angekündigt, gleichwohl war sie früh zu einer kleinen Laufrunde am Kanal aufgebrochen. Es hatte sie einige Überwindung gekostet, aber während sie lief, hatte ein leichter Sprühregen eingesetzt und ihr Gesicht benetzt – und dafür gesorgt, dass sie sich wach und lebendig fühlte. Bei der Erinnerung daran glitt ein Lächeln über ihr Gesicht, und sie spürte, dass nach Tagen ihre Energie langsam zurückkehrte.

Auch am Himmel schien es aufzuklaren. Nachdem sie Allersberg hinter sich gelassen hatte und nun den Rothsee entlangfuhr, der sich unterhalb der Straße erstreckte, erstrahlte der Saum einer großen Wolke gleißend hell und schuf einen scharfen Kontrast zum dunklen Grau. Es könnte doch noch ein schöner Tag werden, und Juliane fühlte sich voll Tatendrang.

Sie dachte einen Augenblick an Richard Linde und schob den Gedanken beiseite, dass er vermutlich nicht erfreut über ihren Alleingang wäre. Vielleicht war es auch nicht ganz rechtens, kam ihr in den Sinn ... allerdings war sie hier als Privatperson unterwegs, und auch wenn der vereinbarte Termin verschoben worden und die Chance auf ein Gespräch gering war, sie wollte es zumindest versucht haben. Inge hätte das in jedem Fall getan, dachte sie bei sich – und der Gedanke an die Freundin schob das schlechte Gewissen beiseite. Außerdem – je länger die Begegnung mit Linde zurücklag, desto stärker war ihr Eindruck, dass er ihre Recherchen nicht mit der nötigen Aufmerksamkeit bedachte.

Vielleicht hatte das Ganze ja tatsächlich nichts mit Irmis Tod zu tun, aber sie war es ihr schuldig, das abgesagte Treffen nachzuholen, so empfand sie es zumindest. Es war ein Leichtes gewesen, Frau Luserke aufzuspüren, nachdem Lindes Kollegin am Telefon der neue Name herausgerutscht war. Schnell hatte Juliane recherchiert, dass diese in Hilpoltstein nun einen ambulanten Pflegedienst betrieb. Ein paar Suchanfragen im Internet, der Ort war ja überschaubar, und zwei Telefonate hatten ausgereicht.

Jetzt hoffte Juliane, dass Frau Luserke oder Steffenshagen, wie sie heute hieß, nicht schon anderweitig verpflichtet war und ihr einen Moment ihrer Zeit schenkte.

Wenige Kilometer nach dem Rothsee hatte sie Hilpoltstein erreicht. Hinter der Adresse, die sie sich notiert hatte, verbarg sich ein kastiges Dreifamilienhaus, wie man sie in den Siebzigerjahren gebaut hatte. Darin befand sich offenbar im Parterre der Pflegedienst »Schwester Conny«, wie das Schild am Jägerzaun auswies. Juliane parkte direkt davor und sah, wie eine etwa 60-jährige dunkelhaarige Frau mit Pagenschnitt, in der Hand Regenschirm und Einkaufskorb, aus der Haustür trat. Das konnte sie sein, dachte Juliane und zog den Zündschlüssel. Zwar kannte sie nur das grobkörnige Zeitungsfoto von Luserke als jungem Mädchen, aber das markante, runde Gesicht und die dunklen Haare, die mittlerweile gefärbt sein mochten – sie war sich fast sicher.

»Frau Lus... Frau Steffenshagen?«, rief sie ihr entgegen, während sie auf sie zuging.

Sie erhielt keine Antwort, die Frau sah sie nur fragend an. Offenbar hatte sie Pläne und wollte nicht aufgehalten werden.

»Ich bin Juliane Winterstein«, stellte sich Juliane vor und überlegte, in welcher Tonlage sie die Frau, die es offenbar eilig hatte, davon überzeugen konnte, mit ihr zu sprechen. »Kommissar Linde hatte mich zu dem Termin hinzugezogen ...«, begann sie, »nun komme ich leider alleine.«

»Aber der Termin wurde doch verschoben?« Frau Steffenshagen schien irritiert.

»Herr Linde ist verhindert, ja, aber ich habe spontan angeboten, Sie zu treffen – natürlich nur, wenn es Ihnen noch passt«, flunkerte Juliane.

»Eigentlich passt es mir jetzt gar nicht mehr«, sagte sie mit Blick auf den Korb, den sie zur Verdeutlichung in die Höhe hob, »ich wollte die Zeit nutzen, um Besorgungen zu machen.« Ihr Blick war kühl, aber nicht abweisend.

»Ich verspreche, dass ich Sie nicht lange aufhalten werde«, sagte Juliane freundlich. »Ich könnte Sie ja auch begleiten?«

Frau Steffenshagens Blick war anzusehen, dass sie diese Möglichkeit eher nicht in Betracht zog.

»Es ist wirklich wichtig«, sagte Juliane.

»Also gut!«, gab Frau Steffenshagen schließlich nach. »Zwanzig Minuten. Kommen Sie, gehen wir hinein!«

67

Noch im Anfahren setzte Linde das Blaulicht auf das Autodach und beschleunigte. Bis zur Anschlussstelle Hilpoltstein waren es kaum zehn Minuten – und über die A9 sollte er in zwanzig Minuten vor Ort sein. Er fuhr nicht gerne schnell, aber jetzt trat er aufs Gaspedal.

Paula hatte einen Anruf von den Kollegen aus Beilngries erhalten. Gegen Mittag war dort ein Notruf in der Dienststelle eingegangen. »Person ohne Vitalzeichen«, hatte es geheißen, und da die Ermittlungen in Biberbach nur wenige Tage zurücklagen, hatte die umsichtige Polizistin, die eine alte Bekannte von Paula war, Bescheid gegeben. Der Notruf war vom Hof der Bauernfeinds abgesetzt worden.

Linde beschleunigte noch einmal und erreichte die Abfahrt Greding schneller als erwartet. Im Ort selbst ging es allerdings nicht mehr weiter – in der Eile hatte er zu spät bemerkt, dass die Ortsdurchfahrt in Richtung Süden komplett gesperrt worden war. Hinter der großräumigen Absperrung wurde die Straße von schweren Baggern aufgerissen, ein Bauarbeiter schüttelte den Kopf, als er Lindes zivilen Wagen mit Blaulicht sah. Selbst für die Polizei war hier kein Durchkommen, sollte das wohl heißen – und so stieß Linde zurück und ärgerte sich über sich selbst, da er allem Anschein nach ein Schild übersehen hatte. Nachdem er eine weiträumige Umleitung gefahren war, die ihn zusätzlich Zeit kostete, konnte er Greding hinter sich lassen und erreichte kurze Zeit später ein Hochplateau, bevor die Landstraße bei Litterzhofen relativ steil in ein kleines Waldstück hinabführte. Hier war die Straße eng, und Linde wurde einen Moment von der Sonne geblendet, die durch die Bäume fiel und im Wageninneren für grelle Reflexe sorgte. Als ihm unvermittelt ein Krankenwagen mit hoher Geschwindigkeit und Martinshorn entgegenkam, konnte er im letzten Moment den Wagen nach rechts lenken, er hatte nicht bemerkt, wie nahe er schon der Mittellinie gekommen war.

Wer lag in dem Sanka? Was war passiert auf dem Hof der Bauernfeinds? Linde wusste selbst nicht, warum er so alarmiert war, es war nur sein Gefühl, das ihm sagte, besser vor Ort zu sein.

Endlich erreichte er den Hof. Dort stand quer ein Streifenwagen, in dem eine Polizistin offenbar telefonierte. In unmittelbarer Nähe sah er Leopold Bauernfeind mit einem zweiten Schutzpolizisten und einer Frau in Schürze. Beim Näherkommen erkannte Linde, dass dies nicht die Lebensgefährtin Bauernfeinds, sondern augenscheinlich eine Nachbarin war, die den Altbauern zu beruhigen suchte. Christian Bauernfeind war nicht zu sehen.

»Der Christian, der Christian hat doch nix Schlimmes getan ...«, schluchzte der Bauer, während die Nachbarin ihm leise zuredete und ihre Hand auf seine Schulter legte.

Linde zog seinen Dienstausweis aus der Tasche und trat zu dem Schutzpolizisten. Er nickte der älteren Frau zu; der alte Bauernfeind indes hatte sein Erscheinen nicht mitbekommen.

»Können Sie mir sagen, was passiert ist?«, wandte sich Linde an seinen Kollegen. Der junge Schutzpolizist nickte und entfernte sich mit Linde ein paar Schritte.

»Allem Anschein nach hat es einen Suizidversuch gegeben. Katharina Bruckmüller, sie lebt hier gemeinsam mit dem Sohn auf dem Hof. Gegen Mittag ging der Notruf ein. Sie hat wohl eine große Menge Medikamente zu sich genommen, Beruhigungsmittel und Psychopharmaka, die Sanitäter haben eine ganze Tüte voller Schachteln und leerer Medikamentenblister mit in die Klinik genommen. Der Notarzt war schnell vor Ort, aber ...«, er hielt einen Moment inne, »es sieht wohl nicht gut aus, er konnte nicht sagen, ob sie durchkommt. Die Kollegen aus Eichstätt sind gleich hier.«

Linde nickte, routinemäßig musste eine Untersuchung eingeleitet werden. »Wer hat sie gefunden?«, erkundigte er sich.

»Das war der Lebensgefährte, Christian Bauernfeind.«

»Ist er im Rettungswagen mitgefahren?« Es war die erste Möglichkeit, die Linde in den Sinn kam, da er Bauernfeind noch nicht gesehen hatte.

Der Schutzpolizist schüttelte den Kopf.

»Dann ist er mit seinem eigenen Wagen hinterhergefahren?«, erkundigte sich Linde, aber der Beamte war sich nicht sicher.

»Er war auf einmal weg. Ich hab ihn nicht mehr gesehen, seit sie die Frau Bruckmüller in den Sanka geschoben haben.«

Linde klärte den jungen Kollegen darüber auf, dass Bauernfeind Zeuge in einem Tötungsdelikt war und sie deshalb miteinander zu tun hatten.

»Bin gleich wieder da!« Damit lief er über den Hof und entdeckte schließlich Christian Bauernfeinds grünen Landrover.

Er kam zurück und wandte sich an Leopold Bauernfeind. »Herr Bauernfeind, wir haben letzte Woche miteinander gesprochen, erinnern Sie sich? Linde ist mein Name ...«

Bauernfeind hob den Blick ein wenig, sah Linde aber nicht direkt an.

»Ach ja, der Herr Linde«, sagte er geistesabwesend und rieb sich über das Gesicht, das von Staub und Tränen verschmiert war.

»Wissen Sie, wo Christian ist? Kann er weggefahren sein mit einem anderen Wagen?«

Bauernfeind schüttelte den Kopf. Linde warf dem Schutzpolizisten einen besorgten Blick zu. Falls Christian Bauernfeind in Panik davongerannt war, bestand vielleicht die Gefahr, dass er sich ebenfalls etwas antat. Sie mussten ihn so schnell wie möglich finden. Mit gesenkter Stimme wandte er sich an den Polizisten am Wagen. »Ich möchte, dass Sie eine Fahndung nach Christian Bauernfeind einleiten. Bitte veranlassen Sie, dass verfügbare Streifen zur Suche rausgeschickt werden. Es besteht Grund zur Eile, da ein weiterer Suizidversuch erfolgen könnte!«

»Herr Bauernfeind«, wandte Linde sich an den Altbauern, »wo könnte Ihr Sohn sein, bitte überlegen Sie!«

Leopold rieb sich wieder übers Gesicht, blieb aber stumm.

»Vielleicht ist er zur Kirche drüben gelaufen«, schaltete sich jetzt die Nachbarin ein und zeigte in Richtung Plankstetten, das in etwa fünf Gehminuten zu erreichen war.

»Ich hab ihn öfters in der Kirche da gesehen!«

»In Ordnung, vielen Dank!«, sagte Linde und nickte dem Polizisten zu, der schon in Richtung Streifenwagen lief, wo die Kollegin abwartend an der Wagentür lehnte. Linde folgte ihm und reichte ihm seine Visitenkarte.

»Wir melden uns, sobald wir etwas wissen«, sagte der Schutzpolizist, und Linde sah ihm an, dass er froh war, den Hof verlassen zu können.

Linde sah dem Wagen kurz hinterher und wandte sich dann wieder dem Altbauern zu, der untergehakt bei der Nachbarin zum Haus ging.

»Herr Bauernfeind, einen Moment noch bitte – könnte ich einen Blick in das Zimmer von Katharina werfen?« Linde hätte nicht sagen können, warum er dies wollte oder was er dort zu finden hoffte, es war reine Intuition.

68

Ihre Züge waren sanft und von einer Anmut und Süße, die ihresgleichen suchten. Im fahlen Licht der spärlichen Beleuchtung erschien ihr Teint alabasterfarben, ja fast durchscheinend. Die ungewöhnlich erdbeerblonden Haare reichten ihr bis zur Taille und waren unter einem Schleier von feinster Spitze glatt frisiert. Nur in die Stirn und rund um die Wangen kräuselten sie sich zu kunstvollen Löckchen, die das zarte Antlitz betonten und wie ein Kleinod umrahmten. Die Andeutung eines Lächelns umspielte ihre Mundwinkel, und in ihrem Blick lag eine Güte, die nicht von dieser Welt zu sein schien.

Es war eben jener Ausdruck, den er in Kathi wiedergefunden zu haben glaubte. Als er ihr zum ersten Mal begegnet war, hatte ihn nicht nur ihr prächtig rotgelocktes Haar an die Madonna erinnert – es war eben jener Ausdruck der

Sanftmut und Güte, den auch Kathi ausstrahlte. Damals, fünf Jahre war das nun her, war es ihm wie ein Zeichen vorgekommen, dass die Frau, in die er sich Hals über Kopf verliebt hatte, »seiner« Madonna glich.

Zeit seines Lebens hatte ihm der Anblick der gemalten Madonna Trost gespendet. Wenn er als kleiner Bub seine Mama vermisst hatte, der Vater übellaunig und streng gewesen war, weil er mit dem frühen Tod der Bäuerin nicht zurechtkam, oder wenn es eine Tracht Prügel setzte, weil er schlechte Noten nach Hause gebracht hatte ... dann flog der kleine Bub, der er gewesen war, über die Felder hinüber zu den Mönchen ins nahe Plankstetten und hängte sich mit dem ganzen Gewicht seines schmächtigen Körpers an den schwergängigen Türriegel, um das Tor zur Kirche einen Spalt breit aufzustemmen – nur eben so viel, dass er, der Hänfling, gerade hindurchpasste. Und wenn er schließlich in kurzer Lederhose und mit aufgeschürften Knien voller Ehrfurcht und kindlicher Inbrunst auf der hölzernen Kirchenbank kniete, erschien ihm die Mutter Gottes wie lebendig – und sie spendete ihm, dem Halbwaisen, den Trost, den er von keinem Menschen bekam.

Selbst später noch, wenn er einen Kummer hatte, wie ihn jeder Heranwachsende mit sich herumtrug, oder der Alte ihn mit tagelangem Schweigen strafte, weil er sich etwas zuschulden hatte kommen lassen, hatte er sich zu ihr geflüchtet, die nur ein Abbild war, ein Kunstwerk – und nicht einmal ein besonders wertvolles, wie ihm später klar geworden war.

Heute aber hatte sich all dies ins Gegenteil verkehrt. Es war das erste Mal, dass sein Blick zur Madonna ins Leere ging. Für ihn würde es keinen Trost mehr geben, und schlimmer noch, keine Zuversicht, keine Hoffnung. Es war eingetreten, was er am meisten gefürchtet hatte – er hatte Kathi alles genommen, ihr Leben für immer zerstört, wenn auch nicht mutwillig oder in böser Absicht.

»Warum, Herr, verlangst du mir diese Prüfung ab?«, flüsterte er unter Tränen und glitt von der Bank hinunter auf den kalten Steinboden.

69

»Ich mach uns einen Kaffee, mögen Sie?« Nachdem sich Frau Steffenshagen dazu durchgerungen hatte, mit Juliane zu sprechen, war sie überraschend zugewandt. Sie hatte ihr in der Küche einen Platz angeboten und machte sich nun an der Kaffeemaschine zu schaffen. Juliane sah sich um. Das Mobiliar bestand aus einer gut erhaltenen Siebziger-Jahre-Küche, die schlicht weiß war, aber einige Akzente in Gelb hatte. In der Mitte stand ein kleiner Resopaltisch, der mit einem Wachstuch in floralem Design überzogen war. Juliane hatte auf einem Stuhl mit Sitzfläche aus gelbem Kunstleder Platz genommen und fühlte sich wie in die Vergangenheit zurückversetzt.

»Das war unsere erste Küche«, schien Frau Steffenshagen ihre Gedanken zu erraten. »Hat schon ein paar Jährchen auf dem Buckel, ist aber immer noch gut in Schuss.«

»Heute ist das doch wieder ganz modern«, gab Juliane zur Antwort und nahm ihren Kaffee entgegen.

»Mein Mann und ich sind damals hier bei den Schwiegerleuten eingezogen, wir wohnten erst ganz oben unterm Dach ... na ja, und als die Kinder kamen, ging's runter in den zweiten Stock.«

»Wie viele Kinder haben Sie?«, fragte Juliane interessiert.

»Drei – sind alle aus dem Haus und leben ihr eigenes Leben. Auch unser Jüngster, unser Nachzügler ... war ein ganz besonderes Kind und lebt seit ein paar Monaten in einer betreuten WG.«

»Das Loslassen fällt bestimmt schwer?«

»Ja, da sollte man sich eigentlich freuen, wenn die Kinder aus dem Haus sind ... und dann ist es einfach nur schrecklich«, lachte Frau Steffenshagen. »Haben Sie auch Kinder?«

»Nein«, Juliane machte eine Pause. »Leider nein, denke ich heute. Aber es hat sich einfach nicht ergeben.«

»Das Leben verläuft nicht so, wie wir uns das wünschen; wir müssen lernen, die Dinge anzunehmen, sonst reibt man sich auf ...« Aus Constanze Steffenshagen sprach eine Menge Lebenserfahrung. Juliane begriff, dass sie in ihrem Leben und besonders im Beruf viel gesehen haben mochte. Sie schien sehr geerdet und verständnisvoll zu sein.

»Offen gestanden ...«, sagte sie jetzt, »als der Anruf Ihres Kollegen kam, da war ich zuerst erschrocken.«

Juliane sah einen Moment betreten zur Seite, offenbar hielt die patente Frau sie für eine Polizeibeamtin.

»Das Thema ›Mütterheim‹ habe ich viele Jahre einfach beiseite geschoben, aber das hat ja keinen Sinn ... das Kapitel gehört zu meinem Leben – und wenn ich einen Beitrag dazu leisten kann, dass einer dieser Frauen oder ihren Kindern Gerechtigkeit widerfährt, dann helfe ich gern.«

Juliane war überrascht über diese Bemerkung, sagte aber nichts.

»Worum geht es denn nun?«

Juliane berichtete in groben Zügen von Irmi, ihrer Recherche in Kallmünz und durch welchen Zufall sie auf ihren Namen gestoßen war.

»Das heißt, Sie nehmen an, dass Ihre Freundin dort im Mütterheim war und sich nun nach all den Jahren auf die Suche nach ihrem Kind begeben wollte?«

»Das ist zumindest eine naheliegende Möglichkeit, eine Vermutung – sicher weiß ich es nicht! Aber sie hatte fest vor, nach Kallmünz zu fahren, und«, schickte Juliane hinterher, »sie hatte Ihren Namen notiert! Das spricht doch dafür, dass sie Sie kannte, weil sie dort war, und dass sie Sie treffen wollte ...«

»Und Sie denken nun, dass sie mich kontaktieren wollte, um etwas über ihr Kind herauszufinden?«

»So ganz abwegig erscheint mir das nicht. Es könnte theoretisch natürlich auch ein ganz anderer Zusammenhang sein.«

Constanze Steffenshagen wurde mit einem Mal still. Sie blickte auf ihren Kaffee und drehte die Tasse in beiden Händen.

»Wir hatten immer wieder sogenannte ›Hausschwangere‹ im Heim. Junge Mädchen, zum Teil waren das fast noch Kinder. Oft genug jünger als ich, und ich war ja damals ...«, sie überlegte einen Moment, »achtzehn oder neunzehn Jahre alt. Ein junges Ding ohne Lebenserfahrung. Ich hatte gerade meine Ausbildung zur Kinderkrankenschwester beendet und dort meine erste Anstellung angetreten.«

»Woher kamen diese Mädchen?«

»Aus der Gegend, denke ich, aber ja, wir hatten auch welche von weiter her. Es durfte ja niemand wissen, deshalb versteckten sie sich dort. Ich glaube, manche waren gar nicht unter ihrem richtigen Namen bei uns. Viele kamen aus wohlhabenden, angesehenen Familien, da war Diskretion wichtig.«

»Dann waren das vor allem Mädchen aus gutem Hause?«

»Größtenteils ja, denke ich. Ich erinnere mich, dass sie mir manchmal leidtaten oder dass ich dachte, die haben alles, schöne Kleider ... aber keine Familie, die sie in einer solchen Situation unterstützt.«

»Ich verstehe.«

»Aber ich erinnere mich auch an ein paar obdachlose Frauen, ja, oder Mädchen, die zu Hause rausgeflogen waren und bei uns Zuflucht gefunden haben.«

»Waren das auch Frauen aus eher bäuerlichem Umfeld?«, fragte Juliane nach.

»Eher weniger. Allenfalls, wenn es Kinder waren, deren Väter Soldaten waren – und man wegen der Hautfarbe die Schande fürchtete.«

Juliane nickte. »Gut, dass die Zeiten heute andere sind.«

»Ja, damals hatten diese Mädchen kaum eine Wahl«, bestätigte Constanze Steffenshagen.

»Meinen Sie, dass sie dazu gedrängt wurden, ihre Kinder wegzugeben?«

»In den meisten Fällen, ja – dafür sorgte oft schon die eigene Familie! Und: Die Mädchen waren ja unmündig, sie durften das gar nicht selbst entscheiden.«

Juliane schüttelte ungläubig den Kopf.

»Ich denke, die meisten Mütter haben das auch einfach mitgemacht, über sich ergehen lassen – jung, fast selbst noch ein Kind, verzweifelt und überfordert von der ganzen Situation. Aber was das in den Seelen dieser Frauen angerichtet hat, das mag ich mir kaum vorstellen.«

Juliane dachte einen Moment an Irmi. Konnte es sein, dass sie diese schlimme Erfahrung zeitlebens verdrängt hatte? Aber Irmi war eigentlich nicht der Typ dafür gewesen, Dinge in sich hineinzufressen. Sie hätte sich dem gestellt.

»Das war mit ein Grund, Frau Winterstein, warum ich von dort weggegangen bin«, sagte Constanze Steffenshagen jetzt. »Ich hatte die Arbeit in der Säuglingsstation gemocht ... und die Frauen, die aus der Umgebung dort zur Entbindung gingen, waren glückliche Mütter, die ihre Babys wieder mit heimnahmen. Aber da waren eben auch die anderen ... ich war so jung damals, für mich war das eine fremde Welt, die Schicksale dieser Frauen, ich bin damit nicht fertig geworden, verstehen Sie?«

»Natürlich.« Juliane war betroffen. »Darf ich fragen, wie man sich das vorstellen muss, eine solche Abgabe des Kindes zur Adoption?«

»Das war schlimm! Man hat die Kinder den Frauen meist unmittelbar nach der Geburt weggenommen, sie haben sie nicht einmal gesehen. Ich musste das oft genug machen, die Kinder nach drüben ins Säuglingszimmer tragen, baden ...«

Sie machte eine Pause und dachte nach.

»Ein paarmal hab ich den Müttern heimlich ihre Babys gebracht, wenn sie mich inständig darum baten, sie wenigstens noch einmal sehen zu dürfen. Heute weiß ich, dass das falsch war, aber damals erschien mir die Praxis so grausam, dass ich nicht anders handeln konnte.«

»Das ist doch völlig verständlich!«

»Ich habe mir damals und auch später immer wieder Vorwürfe gemacht, dass ich das nicht hätte tun dürfen – ich habe es den Frauen dadurch schwerer gemacht, ihren Schmerz noch vergrößert.«

»Man hätte Sie damit nicht allein lassen dürfen.«

»Ja, natürlich«, sagte Constanze Steffenshagen knapp.

Juliane spürte, dass sie noch etwas zurückhielt.

»Bitte behalten Sie das für sich, was ich Ihnen jetzt sage«, setzte sie neu an. »Ich habe nicht viel mitbekommen von diesen Dingen damals, aber manchmal wurde ein Kind einem kinderlosen Paar aus der Gegend versprochen ... und da hielt man sich nicht lange mit der Bürokratie auf. Wenn da Ehepaare waren, die auf ein Kind warteten, dann wurde mehr Druck auf die jungen Mütter ausgeübt, war mein Eindruck ... man hätte die Mädchen mehr unterstützen und ihnen auch mehr Zeit geben müssen!«

Juliane war schockiert. Wenn es so war, dass in diesem Heim Kinder quasi »unter der Hand« und vielleicht sogar gegen den Willen der Mütter weitervermittelt wurden, dann hatte Irmi wohl noch viel weniger die Chance gehabt, ihr Kind wiederzufinden.

»Darf ich Ihnen etwas zeigen?« Juliane fischte das Jugendbild von Irmi, das sie sich von Jochen geliehen hatte, aus ihrer Tasche und reichte es Frau Steffenshagen über den Tisch. Diese betrachtete es lange und eindringlich.

»Das gibt es nicht ... warten Sie, ich erinnere mich an dieses Gesicht, ja ... wie hieß sie gleich noch ... wir hatten uns sogar ein wenig angefreundet, ich hab sie damals am Bahnhof aufgelesen. Wir waren mit demselben Zug nach Regensburg gefahren, und von dort brachte uns eine Schwester mit dem Auto nach Kallmünz. Wie hieß sie nur? Irmgard hieß sie wohl nicht, aber, wie gesagt, manche dieser Mädchen waren unter falschem Namen im Heim.«

Frau Steffenshagen blickte Juliane an. »Ich war bei der Geburt dabei, weil sie mich darum gebeten hatte ... das Baby war unglaublich klein, das weiß ich noch, ein ganz zartes Ding! Der Arzt hatte Zweifel, dass es die Nacht übersteht, aber ... es überlebte. Wir hatten alle gebangt, damals.«

»Wissen Sie, ob es ein Mädchen oder ein Junge war?«

Constanze Steffenshagen dachte einen Moment lang darüber nach. »Ja, ich glaube, daran erinnere ich mich noch ...«

70

Während Linde die enge Stiege zu den Schlafzimmern hinaufging und dabei seinen Kopf etwas einziehen musste, vibrierte sein Diensthandy. Es überraschte ihn, dass der junge Schutzpolizist sich so rasch meldete: Christian Bauernfeind war in Plankstetten gesehen worden, als er dort die Klosterkirche verließ. Aber in welche Richtung er danach gegangen war, das wussten die Zeugen nicht zu sagen. Linde überlegte kurz, ob er Jo verständigen sollte, verwarf es dann aber wieder. Er wollte sich erst selbst ein Bild machen, worum es hier ging und ob es überhaupt etwas mit ihrem Fall zu tun hatte.

»Das zweite Kammerl links«, hatte der Altbauer ihm noch hinterhergerufen, und jetzt betrat Linde das geräumige Zimmer mit der niedrigen Decke, in dessen Mitte am Fenster ein Bett stand.

Der Raum war nicht sehr hell, aber gemütlich eingerichtet: ein massiver alter Schreibtisch an einem der Fenster, daneben ein Bücherregal, das fast die gesamte linke Wand einnahm; in der Ecke gegenüber befanden sich zwei alte Korbsessel, über die einige Kleidungsstücke gelegt waren, und eine einfache Stehlampe. Vor dem Bett lag ein bunter Fleckerlteppich, der verdreht und umgeschlagen war und, ebenso wie das ungemachte Bett, Spuren des Notarzteinsatzes aufwies. Leere Plastikverpackungen von Infusionsbesteck, ein Latexhandschuh und eine offenbar nicht benutzte Kanüle lagen am Boden verteilt, aber auch auf dem Bettlaken.

Linde ging zum Schreibtisch, auf dem einige Bücher, mehrere Ablagen mit Papieren und allerlei Krimskrams lagen. Dazwischen war ein in Herzform gerahmtes Bild aufgestellt, das Christian Bauernfeind und offenbar Katharina zeigte. Er nahm es in die Hand und betrachtete es einen Moment lang. Vor einem schneebedeckten Gipfel strahlten die beiden in die Kamera. Sie wirkte etwas älter als er und eher zart im Gegensatz zu dem kernigen Christian Bauernfeind. Ein schönes Paar, dachte Linde.

Er blickte einen Moment durch das kleine Fenster auf den Hof, der jetzt von der Sonne beschienen friedlich dalag. Die Szene stand in seltsamem Kontrast zu dem, was sich vorher hier abgespielt haben mochte. Auch im Erdgeschoss war es ruhig, der alte Bauernfeind schien sich gefasst zu haben. Linde sah einige der Unterlagen durch, aber er stieß dabei auf nichts Ungewöhnliches, einige Rechnungen, Urlaubsprospekte, ein kleiner Tischkalender, in dem Arzttermine, Treffen mit Freundinnen und mehrere Male der Eintrag »Gruppe« farbig markiert waren. Einzig der Briefumschlag eines medizinischen Labors fiel ihm ins Auge, aber dieser war leer.

Er warf einen Blick in das große Regal, das nicht nur mit Büchern, sondern auch mit diversen Kisten, Körben mit Wolle und Handarbeitsutensilien vollgestellt war.

Beim Hinausgehen fiel sein Blick auf das Fußende des Betts, auf dem zurückgeschlagen eine Tagesdecke lag. Es war eine bunte Patchworkdecke, zusammengesetzt aus vielen kunstvoll gehäkelten Vierecken. Jedes einzelne Stück zeigte eine Blume oder ein anderes ähnliches Ornament – und obwohl sich die Motive wiederholten und der Künstler immer dieselbe Farbpalette verwendet hatte, glich kein Stück exakt dem anderen. Linde stutzte einen Moment, es kam ihm vor, als hätte er eine solche Decke vor Kurzem schon einmal irgendwo gesehen. Aber auch wenn es sich offensichtlich um ein handgefertigtes Unikat handelte, ein solches Muster war bestimmt irgendwann modern gewesen.

Daher traute er seiner Erinnerung nicht so recht, machte dennoch rasch ein Foto und bewunderte die junge Frau für die Ausdauer bei der Anfertigung eines solchen Stücks.

Als er die Treppe wieder hinunterging, war aus der Küche das Klappern von Geschirr zu hören, und ein leichter Kaffeegeruch hing in der Luft. Er blieb im Türrahmen stehen und klopfte gegen das Holz, um sich bemerkbar zu machen.

Die Nachbarin wandte sich zu ihm. »Mögen Sie auch einen Kaffee, Herr Kommissar?«

Leopold Bauernfeind saß auf der Eckbank, den Kopf in beide Hände gestützt.

»Nein, danke«, sagte Linde freundlich, »aber ein Glas Wasser würde ich gern nehmen.«

Offenbar war die Frau mit dem Haushalt vertraut. Sie öffnete zielgerichtet eins der Schränkchen, holte ein Glas heraus und bot Linde einen Stuhl an, während sie einschenkte.

»Herr Bauernfeind, kann ich Ihnen ein paar Fragen stellen?«

Der Alte nickte und blickte Linde hoffnungsvoll an.

»Sie finden meinen Christian doch?«

»Bestimmt«, sagte Linde, »die Kollegen sind unterwegs. Vielleicht ist er ja auch schon auf dem Weg hierher oder aber ins Krankenhaus. Wir geben Ihnen Bescheid, sobald wir etwas wissen.«

Der Mann nickte und gewann einen Moment an Zuversicht.

»Ich seh mal drüben nach dem Rechten und komm nachher wieder, Leopold«, verabschiedete sich die Nachbarin.

»Dank dir schön, Hanna!« Bauernfeind senior hatte wieder Tränen in den Augen.

»Haben Sie eine Vorstellung, warum Katharina das getan hat?«, fragte Linde behutsam, als sie alleine waren.

»Die Kathi hat es mit den Nerven ... aber sie redet da nicht drüber, das weiß ich vom Christian. Depression nennt man das wohl heute ...« Der Altbauer sagte das nicht despektierlich.

»Ja, das ist eine ernst zu nehmende Krankheit«, erwiderte Linde. Das passte zu der Information über die leeren Medikamentenblister verschiedener Psychopharmaka, die man bei ihr gefunden und sichergestellt hatte.

»Hatte Katharina regelmäßige Termine, etwa mit einem Therapeuten?«, nahm Linde Bezug auf die Notizen in Kathis Kalender.

»Da müssen S' den Christian fragen ... sie fährt alle zwei Wochen abends nach Ingolstadt, aber warum, weiß ich nicht.«

»Danke!« Linde fand, dass es genug war, und verabschiedete sich von Leopold Bauernfeind. »Ich melde mich sofort, wenn ich etwas höre.«

Er stieg in seinen Wagen und informierte Paula, bevor er losfuhr, über die Vorkommnisse in Biberbach. Er bat sie auch, in der Klinik nachzufragen, wie es Katharina Bruckmüller inzwischen ging.

71

Es war also tatsächlich wahr: Irmi hatte in jungen Jahren, fast selbst noch ein Kind, ein Baby zur Welt gebracht und zur Adoption freigegeben – oder freigeben müssen. Juliane konnte es kaum fassen. Als sie Hilpoltstein in nördlicher Richtung hinter sich gelassen hatte, hielt sie spontan an der Straße an und stieg aus, um sich für einen Moment auf einem Feldweg die Beine zu vertreten und frische Luft zu schnappen.

Der Abschied von Constanze Steffenshagen war herzlich gewesen, Juliane hatte sogar den Eindruck gehabt, dass es der sympathischen Frau gutgetan hatte, sich diese Zeit mitsamt ihren leidvollen Erfahrungen von der Seele zu reden. Und sie würde weiterhelfen, sollten noch mehr Fragen auftauchen.

Nun wusste Juliane, was Irmi ihr hatte mitteilen wollen ... und wahrscheinlich hätte Irmi sie gebeten, ihr bei der Suche nach ihrem Kind zu helfen. Ihrer Schätzung nach musste die Tochter heute etwa Mitte vierzig sein. Unvorstellbar, Irmi hatte noch ein Kind gehabt! Was musste die Freundin in jungen Jahren für Qualen gelitten haben, wenn sie es möglicherweise nicht freiwillig abgegeben hatte! Oder war sie damit zurechtgekommen in dem Wissen, dass es ihr Kind in einer anderen Familie gut haben würde? Warum hatte ihre eigene Familie sie nicht unterstützt?

Und was hatte all das mit ihrem Tod zu tun? Wenn es denn überhaupt einen Zusammenhang gab ... Hatte jemand von Irmis Vorhaben erfahren und wollte verhindern, dass diese Dinge ans Licht kamen? Aber sie waren doch wohl kaum mehr justiziabel nach dieser Zeit! Sie würde Severin bitten, das herauszufinden.

Juliane empfand Bitterkeit darüber, dass Irmi ihr nicht schon früher davon erzählt hatte, doch war sie auch selbst schuld daran, denn sie hatte den Ausflug nach Kallmünz immer wieder aufgeschoben.

Juliane atmete tief durch und blickte auf die weite Landschaft in Richtung Rothsee. Sie fragte sich, mit wem sie über all das sprechen sollte – mit Elio oder Antonio auf keinen Fall. Und Jochen ... was, wenn er involviert war, wenn *er* gar der Vater des Kindes war? Das würde erklären, warum er den Nachfragen ausgewichen war. Möglicherweise hatte er aber auch nichts von seiner Vaterschaft gewusst; in diesem Fall hätte er doch ein Recht, es zu erfahren!

Julianes Gedanken überschlugen sich. Sie zog das Handy aus ihrer Jackentasche, um Linde zu informieren. Einen Moment hielt sie inne. Dann wählte sie seine Mobilnummer – er würde ihr den Alleingang schon nachsehen. Während eine Weile nur das Freizeichen zu hören war, überlegte sie, wie sie es ansprechen sollte.

Jetzt war am anderen Ende ein Räuspern zu hören, und Linde meldete sich. Juliane war froh, seine Stimme zu hören.

»Ich habe Neuigkeiten«, sagte sie geradeheraus.

»Worum geht es, Frau Winterstein? Ich bin noch unterwegs.«

Juliane vernahm einen Hall am anderen Ende der Leitung, und schnelle Schritte verrieten ihr, dass er sich in einem Treppenhaus befand.

»Also«, sie holte Luft, »Irmgard hat tatsächlich in dem Mütterheim in Kallmünz ein Kind zur Welt gebracht, 1974 oder '75 muss das gewesen sein.«

»Frau Winterstein, sagen Sie jetzt nicht, dass Sie allein bei Frau Steffenshagen waren!«

Sein Tonfall war überraschend scharf, und das Geräusch der Schritte hatte aufgehört, er schien stehen geblieben zu sein. Juliane senkte den Kopf und rieb sich mit Daumen und Zeigefinger die Schläfe.

»Sie waren also dort!«, nahm er ihr die Antwort vorweg.

»Ja«, sagte sie nur knapp, es gab keine Entschuldigung.

»Das geht so nicht, Frau Winterstein! Dass Sie damit zu weit gegangen sind, muss ich Ihnen nicht erklären!«

»Es tut mir leid. Sie haben ja vollkommen recht ... ich hab mich da vielleicht in etwas verrannt und ... wenn Sie es so wollen, dann war ich als private Person dort, auf eigene Initiative ...«

»Davon gehe ich aus, Frau Winterstein«, fiel er ihr ins Wort.

Juliane stockte, sie hatte nicht erwartet, dass er derart verärgert sein würde.

»Wir sprechen ein andermal darüber, ich habe jetzt keine Zeit mehr«, sagte er knapp.

»Natürlich. Bitte sehen Sie es mir nach«, warb Juliane um Verständnis, aber ihr war klar, dass sie die Polizeiarbeit möglicherweise damit behindert hatte.

»Guten Tag«, sagte er noch und legte auf.

Juliane zog ihre Jacke enger um ihren Körper und verschränkte die Arme. In der Ferne sah sie, wie ein Schiff die Schleuse bei Eckersmühlen passierte.

Ihr Handy vibrierte. Zu ihrer Überraschung war es nochmals Linde. Einen Moment lang hoffte sie, dass er die Wogen wieder würde glätten wollen, aber dem war nicht so.

»Ich habe noch eine kurze Frage ... das Kind, wusste Frau Steffenshagen dazu Einzelheiten? Etwa, wo es nach der Adoption hingekommen ist?«

»Nein, darüber konnte sie nicht viel sagen. Sie hatte die Adoptiveltern wohl ganz kurz gesehen, aber nichts über sie gewusst. Aber eine wichtige Information habe ich noch – es war ein Mädchen.«

Stille in der Leitung. Dann: »Und war es ein farbiges Kind, ich meine, ist anzunehmen, dass ein Elternteil etwa ein stationierter Soldat gewesen war?«

»Wieso fragen Sie das?«

Linde ging nicht auf ihre Frage ein, sondern wiederholte nur seine eigene. »Kann es sein, dass das Mädchen farbig war?«

»Ja ... also nein, ich meine, es gab wohl einige solcher Kinder, die im Heim geboren wurden, Frau Steffenshagen hatte das erwähnt, aber das Mädchen von Irmgard war hellhäutig. Sie beschrieb es als rothaarig und ganz zart. Die Ärzte waren in Sorge, ob es überhaupt überlebt.«

»Gut, danke Ihnen, ich melde mich«, schloss Linde.

Juliane schämte sich abgrundtief.

72

Kopfschüttelnd betrat Linde das Büro im K1. Paula saß an ihrem Schreibtisch, während Jo bei ihr stand; die beiden schienen sich zu besprechen.

»Was ist los, Chef?« Bergmans hatte beide Hemdsärmel hochgekrempelt und schien trotz der dunklen Ringe unter den Augen vor Energie zu strotzen.

»Ach, nicht so wichtig. – Übrigens, Paula, Frau Winterstein hat den abgesagten Termin in Hilpoltstein auf eigene Faust wahrgenommen.«

»Ach was! Also von mir hat sie bewusst nichts erfahren ... aber vielleicht ist mir beim Telefonieren der Name rausgerutscht«, schloss sie kleinlaut.

»Mmh, ist mir auch schon passiert, Paula, Schwamm drüber ... seid ihr mit Delbrück weitergekommen?«

»Noch ein, zwei Stunden, dann haben wir ihn weich geklopft!« Bergmans war sich seiner Sache sehr sicher.

Paula zog die Augenbrauen hoch und warf Linde hinter

seinem Rücken einen vielsagenden Blick zu. »Kaffee für alle?« Ohne die Antwort abzuwarten, erhob sie sich und ging zur Küchenzeile, die sich hinter einer Trennwand befand.

Als sie kurze Zeit später am Besprechungstisch saßen, referierte Linde noch einmal, was sich in Biberbach ereignet hatte.

»Dann galt der Notruf also gar nicht Bauernfeind selbst, wie wir angenommen hatten?«, hakte Bergmans nach.

»Nein, der Notruf betraf seine Lebensgefährtin. Sie hat Tabletten genommen.«

»Weiß man Näheres?«, wollte Paula wissen.

»Allem Anschein nach leidet sie unter Depressionen, aber das ist bislang nur eine Vermutung, der Altbauer hat sich dahingehend geäußert ... seltsam ist jedenfalls, dass Christian Bauernfeind wie vom Erdboden verschluckt ist.«

»Vielleicht fühlt er sich verantwortlich und ist in Panik geraten?«, mutmaßte Paula.

»Ich habe den Eindruck, als ob wir irgendetwas übersehen hätten«, warf Linde in den Raum.

»Du meinst im Hinblick auf Bauernfeind? Aber der Anfangsverdacht gegen ihn war doch nicht haltbar, sein Alibi ist gleich zweifach bestätigt.« Für Bergmans stand unumstößlich fest, dass Delbrück der Täter war.

»Das habe ich nicht gemeint, aber ich halte Delbrück für glaubwürdig«, sagte Linde.

Bergmans blies demonstrativ die Backen auf, um seinem Erstaunen Luft zu machen. »Der Mann rückt nur scheibchenweise mit der Wahrheit heraus, Chef, und was er da erzählt, klingt für mich ziemlich abstrus ... erst das mit der Affäre und dann, dass er sie morgens tot aufgefunden haben will. Das stinkt doch zum Himmel!«

Linde hatte dem nichts entgegenzusetzen, aber etwas in ihm sträubte sich gegen die Vorstellung von Delbrück als Täter.

»Ich denke, da steckt ein handfester Arzneimittelskandal dahinter«, fuhr Bergmans fort, »diese Pharmafritzen haben da ein Medikament außer der Reihe getestet, und das ist aus dem Ruder gelaufen ...«

»Die Serologie kann noch ein paar Tage dauern«, warf Paula ein.

»Wartet's ab«, insistierte Jo, »sobald das Ergebnis aus dem Labor da ist, lässt er wieder ein Stückchen mehr raus!«

»Gehen wir doch mal ganz an den Anfang zurück ... so wie die Tat abgelaufen ist, sieht doch alles nach Affekt aus, nach einem Streit, nach einer Rangelei ...«, überlegte Paula laut.

»Der Täter oder die Täterin ist vermutlich nicht in der Absicht gekommen, Frau Alessandrini zu töten«, gab Linde zu bedenken.

»Für mich schließt das eine das andere nicht aus«, legte Jo nach, »mag ja sein, dass die beiden etwas miteinander hatten, vielleicht wollte er ihr sogar helfen mit dem Medikament, vielleicht wollte sie Nebenwirkungen melden, und er hat kalte Füße bekommen ...«

»Das ist eine Möglichkeit«, sagte Linde. »Immerhin hatte der Sohn ja auch angedeutet, dass Frau Alessandrini ein neues Präparat ausprobierte. Auch wenn hier etwas inoffiziell gelaufen sein sollte, muss Frau Alessandrini irgendeinen Wirkstoff erhalten haben, dafür sprechen die Injektionsspuren.«

»Ich denke, Delbrück ist unser Mann!« Jo fühlte sich ziemlich sicher. »Und selbst wenn er jetzt nicht gesteht, die U-Haft hält der doch nicht lange durch.«

»Vielleicht sollten wir die Zeit nutzen und alles noch einmal durchgehen«, schlug Paula vor und drehte sich zu ihrem Schreibtisch um, auf dem das Telefon läutete.

Linde überlegte: Paula hatte recht, es gab da noch viele Ungereimtheiten. Die mussten nichts bedeuten, aber sie warfen Fragen auf – wie Frau Alessandrinis Anrufe bei ihrer Schwester oder der ominöse italienische Streit in der Tatnacht.

»Danke für Ihren Anruf«, sagte Paula, legte auf und drehte sich wieder um. Linde und Jo blickten sie erwartungsvoll an.

»Das war das Krankenhaus. Frau Bruckmüller ist außer Lebensgefahr!«

»Es gibt also doch noch gute Nachrichten«, stellte Linde erleichtert fest.

»Kann man nur hoffen, dass Bauernfeind jetzt keine Dummheiten macht«, sagte Paula.

Linde nickte und hoffte, dass die Kollegen ihn bald finden würden. Für einen Moment hatte er das Foto des Paares wieder vor Augen, das er in Katharina Bruckmüllers Zimmer betrachtet hatte. Ihm drängte ins Bewusstsein, was Juliane Winterstein vorhin am Telefon gesagt hatte – »das Mädchen war zart und rothaarig gewesen.« Er überlegte. Das war es! Katharina Bruckmüller hatte auffallend rotes Haar und war, darauf ließen ihr heller Teint und die Sommersprossen schließen, eine echte Rothaarige. Eine Vermutung nahm Gestalt an ...

»Richard? Was ist los?« Paula sah ihren geistesabwesenden Chef verständnislos an.

»Entschuldigung, mir kam gerade ein Gedanke ... wann ist Katharina Bruckmüller geboren? Das muss doch in den Siebzigern gewesen sein, oder?«

Paula ging zu ihrem Arbeitsplatz, um das Personenmelderegister aufzurufen.

»Januar 1975 wurde sie geboren, und ...« sie blickte Linde an, »Richard, der Geburtsort ist mit Kallmünz angegeben!«

Linde war wie vom Donner gerührt, und alle in der Runde blickten ihn mit großen Augen an. Katharina Bruckmüller war die mutmaßliche Tochter von Irmgard Alessandrini!

Dann hatte Frau Winterstein recht gehabt, dass ihre Freundin ein Kind in einem dieser Mütterheime zur Welt gebracht hatte. Der Geburtsort Kallmünz konnte natürlich immer noch ein Zufall sein ... aber Linde glaubte nicht daran. Kallmünz war ein kleiner Ort.

»Aber was bedeutet das für unseren Fall?«, überlegte Paula.

»Vielleicht nichts ... vielleicht hat es gar nichts damit zu tun. Das müssen wir noch herausarbeiten.«

Jo schaltete sich ein. »Wenn das so war: Denkt ihr, dass Bauernfeind und seine Freundin gewusst haben, wer Katharinas leibliche Mutter ist?«

»Möglich«, sagte Linde, »allerdings meinte Frau Winterstein, die dazu recherchiert hat, dass in vielen solcher Fälle keine Adoptionsunterlagen mehr vorhanden sind. Erst in den Zweitausenderjahren kam ein Gesetz, dass diese Akten viele Jahrzehnte lang aufbewahrt werden müssen.«

»Vielleicht war die energetische Hausreinigung nur ein Vorwand, um mit der Mutter Kontakt aufzunehmen«, überlegte Jo.

»Das ist doch unwahrscheinlich«, meinte Paula, »sie hätten die Mutter ja einfach kontaktieren können.«

»Immerhin besteht noch die Möglichkeit, dass die leibliche Mutter den Kontakt abgelehnt hat.«

»Jo hat recht«, warf Linde ein, »das werden wir erfahren, sobald Katharina Bruckmüller ansprechbar ist oder ihr Partner gefunden wird. Ich fahre gleich nach Roth ins Krankenhaus, sie hat vielleicht auch eine Ahnung, wo wir Bauernfeind finden können. Kommst du mit, Jo?«, forderte Linde den jungen Kollegen auf.

»Ich kann noch mal mit der zuständigen Adoptionsstelle sprechen, vielleicht bringe ich da etwas in Erfahrung«, sagte Paula.

»Gut! Wir melden uns von unterwegs und ...«, Linde überlegte einen Moment, »die Suche nach Bauernfeind sollte intensiviert werden, es wird bald dunkel. Kannst du dich darum kümmern, Paula? Eventuell könnte die Bereitschaftspolizei bei der Suche helfen.« Linde zog sich seine Jacke über, nickte Bergmans zu, und die beiden verließen eilig das Büro.

73

»Rocco? Ro-ccooo!« Der Wanderer hielt abrupt an, stemmte die Hände in die Seiten und rief erneut, während er mit den Augen den dicht bewaldeten Hang absuchte, den er mit seiner Frau auf einem schmalen Pfad querte.

Von unten war endlich ein Bellen zu vernehmen, das sie aber nicht genau orten konnten. Es klang relativ nah, aber auch irgendwie dumpf.

»Lass uns einfach weitergehen, er ist irgendwo da unten«, sagte er.

Zum Glück fanden sie nun an dem einfachen Holzgeländer Halt, denn der abschüssige Pfad war nach den Regenschauern der vergangenen Tage aufgeweicht und rutschig. Hier wurde der Wald lichter, und die ersten Dächer der nächsten Ortschaft waren zu sehen.

Das Bellen wurde nun lebhafter. Als sie weiter unten angelangt waren, sahen sie, dass der Wanderweg linker Hand eine schmale Abzweigung hatte, die scheinbar ins Nichts verlief. Dort war nun ein schwarz-weißes Etwas auszumachen, das hin- und herflitzte. Rocco hatte offenbar etwas entdeckt, das er seinem Herrchen zeigen wollte.

»Schau mal, auf diesem Schild hier steht ›Kruzerloch‹, vielleicht eine Quelle oder eine Höhle?«, sagte die Frau.

Ihr Mann hatte die Bemerkung schon nicht mehr gehört und war seinem Hund hinterhergegangen. Am Ende des Pfads entdeckte er einen felsigen Überhang, der offenbar der Eingang zu einer Höhle war. Er musste seinen Kopf etwas einziehen und trat in eine kleine, natürliche Kammer, die etwa mannshoch war und auf der gegenüberliegenden Seite noch eine weitere Öffnung hatte, sodass es relativ hell war. Innerhalb der von Wind und Regen in den Sandstein gewaschenen Höhle befand sich ein weiterer Raum mit einem offenbar behauenen, türartigen Eingang.

Das musste das Kruzerloch sein, dachte er bei sich. Er erinnerte sich an den Hinweis auf die kleine Karsthöhle im Wanderführer – sie war natürlichen Ursprungs, aber man hatte sie in Teilen behauen. Der Erzählung nach sollte ein Eremit darin gehaust haben.

In dem winzigen Raum fand er den Hund nicht. Ihn schauderte bei der Vorstellung, dass sich hier ein Mensch zurückgezogen haben sollte. Jetzt war wieder das Bellen zu hören, und hinter ihm auch die Stimme seiner Frau.

»Bist du da drin?« Sie lugte vorsichtig hinein.

»Ja, Rocco muss hier irgendwo sein …«

»Komm mal raus da, wird ja immer dunkler!« Es war ihr nicht geheuer. Wieder war das Bellen zu hören, irgendwo musste die Höhle noch weitergehen.

»Hast du ein Feuerzeug oder ... wir haben doch die Taschenlampe dabei?«, rief er nach draußen.

Jetzt erkannte er, dass sich die Höhle neben der Kammer offenbar noch fortsetzte ... dort war in etwa ein Meter Höhe eine schmale Öffnung zu sehen.

»Rocco ...«, rief er in die Richtung, worauf der Hund mit Bellen antwortete.

Er ging zurück und nahm die Taschenlampe entgegen.

»Du, mir ist da nicht wohl dabei ...«, sorgte sich seine Frau.

»Rocco ist da drin und scheint auf was anzuschlagen, ich seh da eben nach, vermute mal einen Tierkadaver.«

Nun leuchtete er in das Loch hinein, konnte aber nicht viel erkennen. Also stieg er nach oben; ein Erwachsener passte bequem durch die Öffnung.

Im Schein der Lampe sah er vor sich einen etwa eineinhalb Meter breiten Gang, der in einer Biegung im Berg verschwand. Die felsigen Wände schimmerten lehmig braun, mit grauen Einschlüssen. An einigen Stellen trat weißlichgelbes Sickerwasser aus, dort überzog großflächig gelöster Kalk das Gestein. Er ging noch ein paar Schritte und leuchtete die Wand entlang. Wie weit mochte sich der Gang erstrecken? Weiter hinten war eine Formation zu erkennen, die wie ein kleiner Tropfstein anmutete. Jetzt machte sich Rocco mit einem leisen Winseln bemerkbar und schien in seiner unmittelbaren Nähe zu sein.

Er leuchtete in die Richtung – und erschrak im selben Moment so heftig, dass er einen Schrei ausstieß, gleichzeitig nach hinten stolperte und unsanft auf dem Hosenboden landete. Dabei entglitt ihm die Lampe und beleuchtete nun die matschige Szenerie von unten.

Er langte nach ihr und richtete das Licht auf das Höhlenende. Dort kauerte, dicht in die Ecke gedrängt, eine Person mit wirren halblangen Haaren und stierte wie von Sinnen. Im ersten Moment konnte er nicht erkennen, ob es sich um eine Frau oder einen Mann handelte – und ob die Person überhaupt noch am Leben war.

»Mein Gott, was ist dort drinnen los, du machst mir Angst!« Die Stimme seiner Frau klang fast panisch.

»Hier ist jemand ...«, rief er nach draußen. Es war ein Mann, und er bewegte sich! Die langen Arme fest um seinen Körper geschlungen, wiegte er sich hin und her und schien auch dann keine Notiz von ihm zu nehmen, als er näher herantrat. Er stierte weiter vor sich hin und bewegte seine blauen Lippen. Als er sich vor dem Mann hinkniete, um seine Hilfe anzubieten, vernahm er ein leises Flüstern. Es klang wie ein Gebet.

Schnell zog er seine Jacke aus und legte sie dem Frierenden um die Schultern, ganz offensichtlich war er unterkühlt. Ihm war klar, dass er ihn nicht ohne Hilfe aus der Höhle würde herausschaffen können. »Alles wird gut!« sagte er beruhigend und lief ein paar Schritte in Richtung Ausgang.

»Schnell, ruf den Sani ... hier ist jemand, der Hilfe braucht!«

74

»Fünf Minuten, bitte fassen Sie sich kurz«, hatte der zuständige Arzt Linde und Bergmans gebeten, bevor er die beiden

Kommissare nach einigem Hin und Her doch zu Katharina Bruckmüller vorließ. Lindes Einwand, dass möglicherweise ein weiteres Leben in Gefahr wäre, sollten sie nicht mit ihr sprechen können, hatte den jungen Mediziner schließlich überzeugt.

Christian Bauernfeinds Lebensgefährtin lag in einem abgetrennten Raum, der durch eine breite Glasscheibe für das medizinische Personal einsehbar war. Sie war an mehrere Monitore angeschlossen, die ihre Vitalfunktionen überwachten. Als Linde nähertrat, erkannte er in dem zerbrechlich wirkenden Körper kaum die Frau von dem Schnappschuss aus ihrem Zimmer wieder. Einzig das üppige hellrote Haar erinnerte an sie, aber es war verklebt und umrahmte in Strähnen das eingefallene Gesicht. Sie wirkte mehr tot als lebendig – aber sie war über dem Berg, hatte der Arzt versichert, und das war das Wichtigste. Sie schien vor sich hinzudämmern, denn ihre Augen hielt sie geschlossen, aber Linde sah, dass ihre Lider leicht bebten.

Er zog sich einen Stuhl nahe an das Bett, während sich Jo Bergmans bereitwillig im Hintergrund hielt.

»Frau Bruckmüller ... dürfen wir ein paar Minuten mit Ihnen sprechen?«, begann Linde leise. Er hielt einen Moment inne, um ihr die Gelegenheit zum Antworten zu geben, doch sie reagierte nicht.

»Wir suchen nach Christian«, fuhr er behutsam fort. »Können Sie sich vorstellen, wo wir ihn finden können?«

Jetzt flackerten ihre Lider merklich, und sie bewegte ihre Hand, wohl um ein Zeichen zu geben. »... Christian ...«, artikulierte sie mit Mühe.

Dann schluckte sie und öffnete leicht die Augen.

»Ich kenne Sie ... hab Sie gesehen ...«

»Das ist möglich, ja, ich war bei Ihnen auf dem Hof.«

»Wo ist Christian, wieso fragen Sie nach ihm ... es ist ihm doch nichts geschehen?«

»Ich denke, dass die Kollegen ihn bald finden werden ... gibt es einen Ort, an den er sich gern zurückzieht?«

»Manchmal ist er drüben in der Kirche ...«

Linde warf Bergmans einen Blick zu. In diesem Moment wurde an die Tür geklopft – es war der Arzt. Mit ein paar geflüsterten Worten reichte er Jo eine Klarsichthülle, darin ein zerknitterter Briefbogen, den Jo nun rasch überflog. Linde wandte sich wieder Katharina Bruckmüller zu.

»Ich hätte sie so gern kennengelernt, die Mama ...«, sagte sie jetzt. »Endlich hab ich sie gefunden – und dann ist sie tot ...«

Linde schluckte. Also war Katharina Bruckmüller darüber im Bilde, dass Irmgard Alessandrini ihre leibliche Mutter war.

»Sie wollte es aber gar nicht ...« Sie brach ab.

»Was wollte sie nicht?«

»Sie wollte mich nicht kennenlernen ... auch nicht nach all den Jahren ...!«

Linde schwieg. Er hielt es jetzt für besser, sie reden zu lassen und nicht zusätzlich für Aufregung zu sorgen.

»Der Christian hat das nur gut gemeint ... das ist kein schlechter Mensch«, sagte sie jetzt mehr zu sich selbst.

»Was meinen Sie damit?«

»Der Christian hat sie so lang gesucht ... wissen Sie? Er hat alles für mich getan.« Sie weinte.

»Ja, das muss schlimm sein, wenn man seine eigene Herkunft nicht kennt«, sagte Linde mitfühlend.

»Ich wusste immer, dass da etwas ist ... ich meine, dass irgendetwas fehlt, ... meine Eltern, also meine Adoptiveltern, waren immer gut zu mir, aber da war diese Leere ...«

»Wann haben Sie erfahren, dass Sie adoptiert wurden?«

»Mit achtzehn haben sie es mir gesagt ... und dann hat Christian meine richtige Mama gefunden ... aber sie wollte gar nicht, hat alles abgetan ...« Sie schluchzte laut auf.

»Wie konnte er sich sicher sein, dass es sich bei Frau Alessandrini um Ihre leibliche Mutter handelte?«

»Er hat heimlich einen Test machen lassen ...«, antwortete sie kaum hörbar.

Jetzt meldete sich Jo Bergmans zu Wort: »Sieh mal, das hat Frau Bruckmüller wohl am Körper getragen.«

Linde überflog das zerknitterte Schreiben in der Klarsichthülle – es war ein Abstammungsgutachten aus einem Labor in Ulm.

In diesem Moment vibrierte sein Handy. Er sah, dass es Paula war, und trat einen Moment vor die Tür.

»Richard, sie haben Bauernfeind gefunden«, sagte sie.

»Lebt er?«

»Ja, Gott sei Dank! Wanderer haben ihn in einer Höhle bei Berching entdeckt. Er ist unterkühlt, aber so weit in Ordnung. Die Sanitäter haben ihn zur Sicherheit mit in die Klinik genommen, damit ihn sich ein Arzt ansieht.«

Linde war erleichtert, als er ins Zimmer zurückkehrte. Katharina Bruckmüllers Augen waren nun geschlossen, sie schien wieder weggedämmert zu sein. Linde trat zu ihr ans Bett. »Christian geht es gut, Katharina. Wir lassen Sie jetzt in Ruhe. Alles Gute Ihnen, kommen Sie schnell wieder auf die Beine.«

Sie zeigte keine Reaktion.

75

Ergriffen betrachtet sie die kleinen Hände, jeden einzelnen der winzigen Finger, streichelt sacht über das schlafende Gesichtchen, berührt das Grübchen am Kinn, die Wangen und die Stupsnase ... Dort, wo es einen Bluterguss hat an dem noch verformten Kopf, zeichnet sie mit dem Finger ein Kreuz auf seine Stirn. Solch ein zartes Wesen! Kaum zum Überleben fähig, und dann war seine Geburt auch noch so langwierig und schwer gewesen. Und nicht nur das Kind, auch sie trägt die Male der stundenlangen Qual.

Alles an ihm ist winzig und vollkommen, fast wie eine Puppe, denkt sie. Eingewickelt in ihre Decke schläft das Kleine jetzt tief und regt sich kaum. Sie beugt sich dem Bündel neben ihr entgegen, denn zum Halten, auch wenn es kaum mehr als fünf Pfund wiegt, fehlt ihr im Bett noch die Kraft. Sein Atem ist so flach und kaum wahrnehmbar, es liegt so regungslos, dass sie alle Augenblicke die Angst überfällt, es könnte nicht mehr am Leben sein.

Noch immer fühlt sie sich benommen. Das Lachgas sollte den Schmerz nehmen, aber später hat sie begriffen, dass sie auch nicht zu viel mitbekommen sollte. Die Schwestern wissen, dass es den jungen Müttern dann noch schwerer fällt ...

»Ich muss das Baby jetzt wieder mitnehmen!«, flüstert Conny, die auf Zehenspitzen zu ihr ins Zimmer geschlichen ist und sich nervös zur Tür umdreht, aus Angst, entdeckt zu werden. »Wenn sie es merken, bekomme ich eine Menge Ärger, weißt du?«

Sie ist dankbar, dass Conny ihr das Kind noch einmal gebracht hat. Erst jetzt, da es geboren ist, empfindet sie eine ungekannte Nähe zu ihrem Kind. Und obschon sie weiß, dass es entschieden ist, hofft sie, dass es nicht das letzte Mal war, dass Conny ihr das Kind noch einmal für ein paar Minuten bringen kann. Es geht nur heimlich. Denn ihr selbst hat Schwester Agnes schon bald den Zutritt zur Säuglingsstation untersagt. Das müsse aufhören, hat sie ihr mitgeteilt.

Freitag

76

Linde kehrte mit zwei Bechern Kaffee in den Vernehmungsraum zurück und ging zum Fenster, um die Jalousie herunterzulassen. Nach kräftigen Schauern am frühen Morgen blinzelte die Sonne immer wieder hinter den Wolken hervor und fiel nun direkt in den schmucklosen Raum des K1, wo sie Bauernfeind blendete. Der Kommissar sah einen Moment nach draußen. Auf den regennassen Dächern Schwabachs verwandelte sich der Niederschlag in leichten Dampf, und ein Paar Turmfalken jagten einander in der Luft. Es versprach ein schöner Frühlingstag zu werden.

»Wir warten noch einen Moment auf die Kollegin«, sagte Linde jetzt mit Blick auf Bauernfeind und nahm ihm gegenüber Platz. Paula war noch in der Verwaltung unterwegs.

Linde betrachtete etwas befremdet, fast mitleidig Christian Bauernfeind. An diesem Morgen hatte er nichts mehr gemein mit dem kraftstrotzenden, sportlichen Typ, dem er vor wenigen Tagen zum ersten Mal begegnet war. Seine langen Haare hingen in wirren, fettigen Strähnen über einem Gesicht, das ausgemergelt und fahl erschien. Die Augen lagen tief in den Höhlen und hatten einen gehetzten Ausdruck angenommen. Einer der Helfer musste ihm eine Blousonjacke zum Überziehen geliehen haben. Sie war ihm augenscheinlich viel zu klein und entblößte seine Unterarme, die von Schrammen und blutig gekratzten Stellen übersät waren.

Linde konnte ihm die Befragung nicht ersparen. Wenn Irmgard Alessandrini tatsächlich die leibliche Mutter von

Kathi Bruckmüller war, warf dies ein neues Licht auf ihre Ermittlungen. Außerdem konnten sie Delbrück nicht noch länger in Untersuchungshaft behalten.

»Ihrer Lebensgefährtin geht es gut«, begann Linde. »Sie wird wieder ganz gesund werden.«

»Wann kann ich Kathi sehen?« Bauernfeind hatte sich aus der Erstarrung gelöst und blickte Linde flehend an.

»Das wird so schnell nicht möglich sein, aber bringen wir dies hier hinter uns, Herr Bauernfeind, und dann sehe ich, was wir tun können.«

Bauernfeind nickte, und Linde hatte den Eindruck, dass er schon allein Katharina zuliebe kooperieren würde. In diesem Moment wurde die Tür geöffnet, und Paula trat ein.

Linde bedeutete ihr, Platz zu nehmen, schaltete das Aufnahmegerät ein und sprach die Namen der Anwesenden auf Band.

»Herr Bauernfeind, warum sind Sie davongerannt, als Ihre Lebensgefährtin aufgefunden wurde?«, begann er.

»Ich weiß es nicht mehr«, sagte er nach längerem Schweigen, »ich dachte, sie wird sterben ... ich, ich bin einfach durchgedreht. Es ist meine Schuld, verstehen Sie?«

»Wie meinen Sie das, es sei Ihre Schuld?«, hakte Paula nach.

Ohne die Antwort abzuwarten, konfrontierte Linde Bauernfeind mit seiner Vermutung: »Hatte der Suizidversuch Ihrer Lebensgefährtin mit dem Gutachten zu tun, das wir bei ihr gefunden haben?«

Bauernfeind blickte erstaunt auf. Damit hatte er offenbar nicht gerechnet. »Wo haben Sie das gefunden?«

»Katharina hatte es bei sich.«

Bauernfeind verstand.

»Sie hat erst gedacht, ich hätte ein Kind von einer anderen Frau«, sagte er jetzt mit Bitterkeit in der Stimme.

»Aber das war es nicht, richtig? Es ging um Katharinas eigene Herkunft.«

Es kostete Bauernfeind offenbar Mühe zu sprechen. Seine Augen füllten sich jetzt mit Tränen. Dann nickte er nur mehrmals wortlos.

»Seit wann wissen Sie oder haben vermutet, dass Frau Alessandrini Katharinas leibliche Mutter ist?«, fuhr Linde fort.

»Schon seit ein paar Wochen, aber ich war mir nicht sicher, darum hab ich schließlich das Gutachten anfertigen lassen.«

»Sie haben die Hausreinigung als Vorwand dazu benutzt, um im Haus heimlich Probenmaterial einzusammeln?«, warf Paula ungläubig ein.

»Ich habe aus einer Haarbürste Haare genommen, ja«, bestätigte Bauernfeind, »aber das war erst später, die Clearings waren kein Vorwand!«, verteidigte er sich.

»Soweit ich weiß, nehmen diese Institute doch nur dann einen Abgleich vor, wenn alle Beteiligten dem zustimmen?«, fragte Linde nach. Er hatte in seiner Laufbahn schon einige Fälle bearbeitet, in denen Vaterschaftsnachweise eine Rolle gespielt hatten.

»Das war jetzt nicht so das Problem«, bemerkte Bauernfeind und deutete damit an, dass es in dieser Branche durchaus auch schwarze Schafe gab.

»Und wann haben Sie Frau Alessandrini mit Ihrer Vermutung konfrontiert?«

»Anfangs nicht, zumindest nicht direkt«, sagte Bauernfeind. Linde hatte mehr und mehr das Gefühl, dass er kurz davor war, sich alles von der Seele zu reden.

»Ich habe sie gemocht, die Frau Alessandrini, verstehen Sie? Sie war anders als so viele ... sie konnte über den Tellerrand blicken, das gibt es nicht so oft. Ich wollte sie nicht damit erschrecken, zumal ich anfangs ja gar nicht sicher sein konnte, dass sie es war. Also habe ich versucht, etwas über ihre Vergangenheit und Familie herauszufinden. Wir haben uns dabei immer gut unterhalten, gute Gespräche waren das.«

»Und haben Sie dadurch etwas in Erfahrung gebracht?«

»Nein, das war eben das Seltsame. Wenn ich konkreter geworden bin, hat sie dichtgemacht.«

»Eine nachvollziehbare Reaktion, wenn man annimmt, dass die Frau damals vielleicht aus einer Notlage gehandelt hat«, meinte Paula.

»Ja, ich verstehe, dass das vermutlich ein schwieriges Kapitel in ihrem Leben war. Aber hat nicht ein solches Kind auch ein Recht, zu erfahren, wer seine Eltern sind – und warum es fortgegeben wurde? Kathi ist daran fast zugrunde gegangen.«

»Sie leidet an Depressionen?«, fragte Linde.

»Seit sie ein Teenager war«, bestätigte Bauernfeind. »Ihre Adoptiveltern haben ihr erst spät die Wahrheit gesagt, aber Kathi hat wohl schon vorher gespürt, dass in ihrer Biografie etwas nicht stimmte.«

»Hatte sie in jungen Jahren versucht, Kontakt zu den leiblichen Eltern aufzunehmen?«

»Das war wohl nicht so einfach möglich, da es sich um eine anonyme Adoption gehandelt hatte. Sie hat es dann erst einmal auf sich beruhen lassen und später, als ich ihr half, hat sich dann herausgestellt, dass gar keine Unterlagen mehr vorhanden waren, von dem Heim sowieso nicht, aber auch nicht beim zuständigen Amtsgericht.«

»Ich verstehe«, sagte Linde. Was Bauernfeind erzählte, deckte sich mit dem Bericht von Juliane Winterstein.

»Alles, was sie wusste, war, dass sie in einem Entbindungsheim geboren wurde und schon im Alter von etwa zwei Monaten zu ihren Adoptiveltern gekommen war.«

»Das war das Heim in Kallmünz«, sagte Linde und überlegte einen Moment, was Irmgard Alessandrini in dem Ort hatte herausfinden wollen. Hatten die Fragen Bauernfeinds etwas in ihr ausgelöst, das sie veranlasst hatte, selbst nach ihrem Kind zu suchen?

»Wann haben Sie Frau Alessandrini dann konkret mit Ihrer Vermutung konfrontiert?«

»Spät, ganz spät ... ich hatte mal das Heim in Kallmünz erwähnt.«

»Wie haben Sie die Sprache darauf gebracht?«, wollte Paula wissen.

»Das war nicht so schwierig. Wir hatten ja ein gemeinsames Thema. Ich hab ihr erzählt, dass ich in Kallmünz in einem Gebäude war, in dem sehr viel Schmerz und Abschied lastete.«

Paula zog die Augenbrauen hoch. Linde war froh, dass Bergmans nicht zugegen war, der sich jetzt bestätigt gefühlt hätte.

»Bitte halten Sie mich nicht für einen Scharlatan! Ich nehme das ernst, was ich tue. Aber ich konnte ja nicht mit der Tür ins Haus fallen.«

»Aber hatten Sie damit Erfolg, ist Frau Alessandrini auf Ihre Andeutungen angesprungen?«

»Nein, überhaupt nicht, aber ich denke, sie hat schon gemerkt, dass es mir um etwas anderes ging. Sie war ja eine sensible Person. Ich hatte auch mal den Namen einer Säuglingsschwester fallen lassen, den Kathi noch von ihren

Eltern wusste, bei denen sie aufwuchs. Aber selbst darauf hat Irmgard nicht reagiert.«

»Und dann?«

»Eigentlich erst bei meinem dritten Besuch bei ihr, da hab ich sie konkret danach gefragt.«

»Wie hat sie reagiert?«

»Sie hat alles abgetan, abgestritten ... hat gesagt, dass ich sie verwechsle, dass ich auf der falschen Fährte sei ... sie hat mich dann rausgeschmissen«, gab Bauernfeind zu.

»Und wann war das genau?«

»Ich bin gegen achtzehn Uhr zurückgefahren, wie ich Ihnen gesagt habe.«

»Aber an diesem Tag ist noch etwas passiert, hab ich recht?«

Bauernfeind nickte nur stumm.

77

Juliane lief die Straße entlang und war froh, dass sie noch ein paar Minuten Fußweg vor sich hatte. Da sie unmittelbar an der Polizeiinspektion keine Parkmöglichkeit entdeckt hatte, war sie einmal um den Block gefahren und hatte ihr Auto in einer Seitenstraße geparkt. Jetzt wuchs ihre Anspannung zusehends, aber sie war fest entschlossen, persönlich vorzusprechen, um die Sache aus der Welt zu schaffen.

An der Pforte notierte ein Polizist ihren Namen und griff dann zum Hörer, um sie anzumelden. Durch die Plexiglasscheibe konnte sie die Worte nicht verstehen, die er mit der Person am anderen Ende wechselte, doch jetzt wandte er sich ihr zu und erklärte, welchen Weg sie durch das Gebäude nehmen sollte. »Herr Bergmans wird Sie im zweiten Stock in Empfang nehmen. Es kann ein paar Minuten dauern, Kommissar Linde ist in einer Besprechung.«

Juliane bedankte sich, nahm das Treppenhaus und spürte, dass der Polizist ihr nachsah. Sie hatte sich etwas zurechtgemacht – als ob dies einen Unterschied machen würde, dachte sie jetzt bei sich. Aber in einer ordentlichen Jeans und der dunkelblauen Seidenbluse fühlte sie sich zumindest etwas selbstbewusster und gewappnet, um Linde gegenüberzutreten.

»Frau Winterstein, guten Tag.« Lindes junger Kollege kam ihr am Ende des Aufgangs entgegen und führte sie über einen schmalen Flur, zu dessen Seiten mehrere Räume und Büros lagen. »Hier, bitte«, er öffnete eine Tür, »es kann noch eine Weile dauern, aber nehmen Sie doch einfach Platz und bedienen Sie sich.« Auf dem großen Tisch stand ein Tablett mit mehreren Wasser- und Saftflaschen.

Juliane sah sich im Raum um. Durch die Fensterreihe hatte man einen schönen Blick auf die Schwabacher Altstadt. Gleich gegenüber konnte man von hier oben in den Hof der Feuerwache sehen; dort wurde gerade bei einer Übung die Drehleiter in Stellung gebracht. Ganz offensichtlich befand sie sich im Gemeinschaftsbüro von Lindes Team, während der Kommissar in dem durch Glaswände abgetrennten Büro arbeitete. Sie überlegte, wie Linde wohl als Vorgesetzter so war. Vermutlich fordernd, dachte sie, aber unterstützend und fair, so wie sie ihn selbst erlebt hatte. Umso mehr empfand sie Scham über ihren Alleingang und hoffte, dass ihr Besuch das nun aus der Welt schaffen konnte. Sie drehte sich auf ihrem Stuhl und blickte zu Lindes Büro hinüber, dessen Tür weit offen stand. Dort befand sich ein schlichter Schreibtisch mit einem kleinen Stapel von Unterlagen. Sie lehnte sich etwas weiter nach hinten, um die ganze Arbeitsfläche zu überblicken, interessiert, ob dort etwas Persönliches stand, vielleicht ein Bilderrahmen, eine Fotografie oder etwas in der Art. Tatsächlich sah sie ein besonderes Objekt, aber es war nichts, das sie hier erwartet hätte – eine kleine weiße Büste, ein junges Mädchen mit hellen, lockigen Haaren und sorgfältig aufgemalten, verträumten Gesichtszügen. Juliane erkannte die Machart sofort wieder und war nicht wenig überrascht. Die Künstlerin, die vornehmlich Köpfe aus Pappmaché schuf und ihnen eine Anmutung verlieh, die fast einer Steinskulptur gleichkam, war ihr wohlbekannt. Erst kürzlich war sie doch in Kallmünz auf weitere Objekte von ihr gestoßen. Die Büste strahlte die Heiterkeit eines fröhlichen kleinen Mädchens aus. Sie schien auf den ersten Blick nicht zu Linde zu passen – und dann doch wieder. Vielleicht das Geschenk einer Frau, dachte Juliane. Das Telefon läutete auf einem der anderen Schreibtische, aber nur kurz, da offenbar die Rufumleitung eingestellt worden war.

78

»An jenem Tag hat Sie das hier erreicht, richtig?«, sagte Linde und hielt Bauernfeind das zerknitterte Gutachten des DNA-Labors hin.

»Sind Sie dann spät nach Wendelstein zurückgefahren oder war es Katharina?«

»Kathi, nein, um Himmels willen! Kathi hat von alldem nichts mitbekommen. Das müssen Sie mir glauben! Ich habe ihr überhaupt nichts erzählt. Wir hatten das schon so oft erlebt, dass da erst eine Hoffnung war, die dann schnell wieder zerplatzte ... Ich wollte erst sicher gehen, dass ich recht hatte.«

»Also sind Sie nach Wendelstein zurückgefahren?«

Bauernfeind sagte jetzt nichts mehr. Er starrte vor sich auf die Tischplatte und schlug dann beide Hände vors Gesicht. Linde ließ ihm einen Moment.

»Ich wollte das nicht«, sagte er jetzt leise und unter Tränen, »ich habe das nicht gewollt, das ist die Wahrheit! Ich habe nicht einmal bemerkt, dass sie so schlimm gestürzt war ...«

»Erzählen Sie der Reihe nach«, sagte Linde und erhob sich. »Sie sind also zurückgefahren. Wann waren Sie dann wieder in Wendelstein?«

»Kurz nach Mitternacht war das wohl.«

»Und Frau Alessandrini hat Ihnen die Tür geöffnet?«

»Ja, es brannte noch Licht, sie hatte noch nicht geschlafen, sondern sich einen Film angesehen, irgendwas Italienisches.«

Linde und Paula warfen sich einen Blick zu.

»Sie haben sie mit dem Gutachten konfrontiert?«

Bauernfeind nickte. »Ich hatte es schwarz auf weiß, trotzdem hat sie es immer noch geleugnet ... können Sie sich das vorstellen? Sie wollte Kathi nicht kennenlernen, ihr eigen Fleisch und Blut wegschieben!«

»Dann sind Sie wütend geworden ...?«

»Ich hab sie gebeten, sich das Gutachten genauer anzusehen, aber sie wurde ärgerlich und meinte, es würde ihr jetzt reichen, sie würde mit mir beizeiten darüber sprechen, aber nicht jetzt ...«

»Und dann kam es zu der Handgreiflichkeit?«

»Ich war verzweifelt, ich konnte nicht mehr ... ich hab nicht verstanden, warum sie so abwehrend reagiert hat, ich wollte doch nur, dass sie sich das verdammte Gutachten ansieht!«

Jetzt schaltete sich Paula ein. »Es gibt viele Gründe, warum manche Frauen nicht mehr damit konfrontiert sein wollten, ein traumatisches Erlebnis zum Beispiel. Stellen Sie sich doch bloß vor, die Frau wäre vergewaltigt worden, oder sie wäre zu einer Adoption gedrängt oder gezwungen worden ...«

»Katharina ist jetzt dreiundvierzig. Dann war ihre Mutter zum Zeitpunkt der Entbindung gerade einmal sechzehn Jahre alt!«, gab Linde zu bedenken. »Es ist gut möglich, dass sie die Entscheidung, das Kind zu behalten oder nicht, gar nicht selbst getroffen hat.«

Bauernfeind blickte auf. »Ich hab das nicht gewollt, das müssen Sie mir glauben! Ich wollte doch nur, dass sie das liest und mir sagt, dass sie Kathis Mutter ist! Dabei hab ich sie vielleicht etwas fester angefasst ... vielleicht gab es da ein Gerangel ... ich kann mich einfach nicht mehr genau an die Einzelheiten erinnern ...«

»Warum haben Sie dann nicht wenigstens Hilfe geholt? Sie müssen doch bemerkt haben, dass Frau Alessandrini gestürzt war? Sie wussten um ihr Handicap, nehme ich an!«

»Ich hab mir das immer wieder vorgeworfen ... aber die Situation wirkte auf mich nicht so dramatisch ... ich bin dann raus, ich hab den Schrieb vom Boden genommen und bin gefahren.«

Linde überlegte einen Moment, ob er mit dieser Aussage Katharina schützen wollte.

»Ihr Vater und Ihre Lebensgefährtin haben Ihr Alibi bestätigt, wie kann es sein, dass Sie noch einmal unbehelligt wegfahren konnten?«

»Kathi hatte an dem Abend Tabletten genommen, um schlafen zu können – mein Vater war nach dem Abendessen noch mal drüben beim Franz, dort treffen sich die älteren Herrschaften zum Stammtisch.«

Linde machte eine Pause, um seine Gedanken zu sortieren. Er dachte einen Moment an Juliane Winterstein und ihren Besuch bei der ehemaligen Säuglingsschwester.

»Eine Sache noch«, sagte Linde jetzt. »Sie sagten vorhin, dass keine Adoptionsunterlagen mehr vorhanden waren – wie sind Sie dann überhaupt auf Frau Alessandrini gekommen?«

»Das war ein verrückter Zufall.« Bauernfeind schüttelte ungläubig den Kopf. »Oder auch nicht, da hatte bestimmt jemand dort droben seine Hände im Spiel«, sagte er jetzt.

Linde sah ihn fragend an.

»Da sucht man so lange Zeit, und dann plötzlich erhält man aus dem Nichts einen Fingerzeig.« Er machte eine kurze Pause. »Es war das Foto, das bei Irmgard an der Wand hing.«

»Welches meinen Sie?« Linde versuchte, sich an die zahlreichen Bilder zu erinnern, die dort im Wohnzimmer an der Wand aufgehängt waren.

»Da war ein Foto aus Teenagertagen, das Irmgard stolz mit einer Handarbeit zeigte, mit einer ganz besonderen Decke, die sie in vielen Stunden Arbeit angefertigt hatte. So eine ganz bunte Decke.«

»Sie meinen eine Patchworkdecke, die aus verschiedenen bunten Stoffteilen zusammengenäht wird?«, erkundigte sich Paula.

»Genau«, bestätigte Bauernfeind, »aber die Teile waren nicht aus Stoff, sondern jedes einzelne gehäkelt, mit einem eigenen Muster.«

Linde dämmerte, wo er diese Decke vor Kurzem gesehen hatte.

»Für Kathi ist sie wie ein Schatz – es ist das Einzige, das sie von ihrer leiblichen Mutter hat«, sagte Bauernfeind jetzt.

Linde nickte. Jetzt erinnerte er sich auch dunkel an die Fotografie von der Bilderwand am Tatort.

»Das konnte doch kein Zufall sein«, sagte Bauernfeind, »da hatte jemand Erbarmen dort oben.« Er hatte bei diesen Worten eine Gewissheit in Stimme und Blick, um die Linde schon so manches Mal einen Gläubigen beneidet hatte.

»Was für ein Zufall!« Paula war bass erstaunt. »Warum haben Sie uns das nicht alles schon früher erzählt, Herr Bauernfeind?«

»Ich konnte es einfach nicht. Ich hatte Angst, dass Kathi dann alleine zurückbleibt. Sie ist so fragil ...«

»Sie hat also erst von alldem erfahren, nachdem sie das Gutachten selbst entdeckt hatte?«

»Ja«, sagte Bauernfeind leise. »Ich werde damit leben müssen, dass ich für den Tod ihrer Mutter verantwortlich bin. Dass sie sie nie kennenlernen wird. Sie wird mich hassen dafür.«

»Das glaube ich nicht«, widersprach Linde. Aber es war ihm klar, welche Last dieser Mann zu tragen hatte.

»So schlimm und dramatisch das Geschehene freilich ist – vielleicht kann es Ihrer Lebensgefährtin einmal helfen, mehr über die Umstände ihrer Geburt und der Adoption zu erfahren ...«, warf Paula ein.

»Kann ich Kathi bitte einmal sehen? Und wie geht es denn nun für mich weiter?«

»Das wird der Haftrichter entscheiden, Herr Bauernfeind, das müssen wir jetzt abwarten.«

Beim Aufstehen nickte Linde Paula zu, die sich ebenfalls erhob, und öffnete die Tür. Er bat den Schutzpolizisten, der draußen gewartet hatte, hereinzukommen, während er selbst in den Flur trat. Dort atmete Linde tief durch. Im selben Moment öffnete sich eine weitere Tür, und Jo Bergmans gesellte sich zu ihm. Er hatte die Vernehmung im Nebenzimmer mitverfolgt.

»Was für eine Geschichte! Und du hattest doch den richtigen Riecher, was Delbrück angeht.«

»Das werden wir sehen ... das Thema mit dem Medikament ist dadurch jedenfalls nicht vom Tisch«, entgegnete Linde. »Obwohl das vermutlich keine strafrechtlichen Konsequenzen haben wird.« Er bat Paula, den Staatsanwalt zu informieren und sich um die Formalitäten zu kümmern.

»Übrigens, Frau Winterstein wartet drüben im Büro.«

»In Ordnung, ich kümmere mich gleich um sie«, erwiderte Linde, obwohl er dringend eine Pause nötig gehabt hätte.

79

Nach einer halben Stunde Wartezeit hörte Juliane endlich, wie sich Zimmertüren öffneten und auf dem Korridor mehrere gedämpfte Stimmen näher kamen. Sie glaubte, auch Lindes Stimme in dem Gemurmel zu erkennen, und es dauerte keine Minute, bis der Kommissar vor ihr stand, gefolgt von einer dunkelhaarigen, freundlich aussehenden Frau, die einen der Schreibtische am Fenster ansteuerte.

Linde sah müde, aber aufgeräumt aus, fand Juliane und erhob sich, um ihm die Hand zu reichen.

»Frau Winterstein, guten Tag«, erwiderte er nüchtern und rückte seine Lesebrille zurecht. Er schien noch verärgert zu sein.

»Ich würde Sie gerne einen Augenblick sprechen, wenn es passt?«, fragte sie mit Blick auf die Kollegin. Einen Moment lang betrachtete Linde sie und schien dabei etwas zu überlegen. Juliane fühlte sich verunsichert.

»Ich kann natürlich auch ein andermal kommen ...«

»Nein, nein, bleiben Sie.« Er berührte sie leicht am Arm und wandte sich seiner Kollegin zu. »Paula, du brauchst mich gerade nicht?«

Sie hatte bereits den Telefonhörer am Ohr und schüttelte den Kopf.

»Was halten Sie davon, wenn wir einen Moment nach draußen gehen?«, schlug Linde vor. »Ich wollte ohnehin gerade an die frische Luft, und dann können wir uns dabei unterhalten. In Ordnung?«

Juliane war etwas überrascht, augenscheinlich war sein Unmut verflogen. Er ging kurz in sein Büro und kehrte mit einer Jacke in der Hand zu Juliane zurück. »Können wir?«

Wenig später erreichten sie den nahe gelegenen Stadtpark, der nur wenige Gehminuten von der Dienststelle entfernt lag. Hier hatten sich schon einige Sonnenhungrige zur Mittagspause auf den Parkbänken niedergelassen, und ein Hund jagte irgendetwas hinterher, während sein Besitzer verzweifelt die Leine zu fassen versuchte. Auf dem Spielplatz war eine kleine Gruppe Kinder an den Spielgeräten zugange. Die Erzieherin teilte an einem Picknicktisch Äpfel in kleine Schnitze.

Beide hatten sie während des Gehens geschwiegen, doch nun begann Juliane. Sie wollte es hinter sich bringen. »Ich möchte mich entschuldigen, Herr Linde!« Sie blieb stehen und sah ihn direkt an. »Ich war so besessen davon, alles zu dem Thema in Erfahrung zu bringen, und ich denke, irgendwann ging es dann nicht mehr allein um Irmi ... es war egoistisch von mir, dass ich allein mit Frau Steffenshagen geredet habe, ja, und einfach falsch«, schloss sie.

Linde blickte sie einen Moment nachdenklich an. »Das war reichlich unverfroren«, sagte er dann und fügte mit einem Augenzwinkern hinzu: »Letzten Endes hat es aber dazu geführt, dass wir den Fall heute klären konnten.«

»Tatsächlich?«, rief Juliane überrascht. »Inwiefern, ich meine ... hat die Mütterheim-Sache doch etwas mit ihrem Tod zu tun ... oder ... aber ich nehme an, Sie dürfen nicht darüber sprechen.«

»Indirekt hatte das mit Frau Alessandrinis Tod zu tun, ja. Einige sehr unglückliche Umstände waren im Spiel.«

»Dann hatte Irmi eine Tochter!«

»Ja – und diese hat wohl auch bereits viele Jahre vergeblich nach ihrer leiblichen Mutter gesucht.«

»Und sie hat sie nicht gefunden?«

»Letzten Endes doch, aber da war es schon zu spät.« Er blickte zu Boden. »Manchmal ist es im Leben für etwas zu spät. Das ist einfach so.«

Juliane begriff, dass Linde viele dieser Schicksale, denen er im Berufsleben begegnete, beschäftigten.

»Eine furchtbare Geschichte. Aber zumindest war es wohl keine vorsätzliche Tat.«

Juliane hätte gern mehr erfahren, aber sie verstand, dass sie nicht nachfragen durfte. Sie dachte an Irmi und fühlte sich mit einem Mal unendlich traurig.

»Es gibt vermutlich noch viele solcher Schicksale«, sagte Juliane, nachdem sie sich etwas gefasst hatte. »Frauen, die bis heute aus Scham über das Erlebte schweigen – oder weil sie das Trauma von damals nicht überwunden haben. Und diese Kinder wiederum haben ganz oft keine Chance, ihre leiblichen Mütter zu finden.«

»Stimmt«, sagte Linde. »In diesem Fall war es nur ein unglaublicher Zufall, der die Tochter zur Mutter geführt hat.«

Juliane sah ihn fragend an.

»Eine Handarbeit, eine besondere Decke, die auf einer Fotografie wiedererkannt wurde.«

Juliane dachte einen Moment über die Bemerkung nach und stutzte dann. Linde konnte nur die Patchworkdecke meinen, die sie auf einigen Jugendfotos von Irmi gesehen hatte. Irmi hatte in ihrer Häkelphase, wie sie das nannte, sogar einen Bikini angefertigt, den sie Juliane einmal aus Spaß am See vorgeführt hatte. Juliane hatte sich vor Lachen weggeschmissen.

»Sie meinen eine Patchworkdecke, die so ganz bunt und gehäkelt war?«, fragte Juliane nach.

»Ja. Irmgard Alessandrini hatte ihr Kind in diese Decke gewickelt und sie ihm mitgegeben – daher besaß die Tochter genau diese Decke.«

Juliane überlegte einen Moment und schüttelte den Kopf.

»Was haben Sie?«, fragte Linde nach.

»Irmi hat diese Decke nicht für sich angefertigt«, sagte Juliane eindringlich. »Ich weiß das so genau, weil ich sie einmal gefragt habe, was mit diesem Schmuckstück passiert ist.« Sie machte eine Pause. »Irmgard hat die Decke ihrer Schwester Sonja geschenkt, als diese in jungen Jahren in Stellung zu einer anderen Familie ging!« Juliane sprach nicht weiter und blickte Linde nur an. »Aber andererseits ... Frau Steffenshagen«, überlegte sie laut, »hatte auf dem alten Foto Irmi doch wiedererkannt ...«

»Die Schwestern sahen einander in jungen Jahren so ähnlich, da ist es durchaus denkbar, dass Frau Steffenshagen ein Irrtum unterlaufen ist.« Für sich dachte Linde im Stillen weiter ... wenn Frau Alessandrinis Schwester das Kind geboren hatte, würde das erklären, warum sich das Opfer so sehr gegen die Vorhaltungen Bauernfeinds gesträubt hatte. Aber andererseits war da doch das Gutachten, das die Mutterschaft zweifelsfrei belegte ...?

Linde hatte es plötzlich sehr eilig. »Das wird sich alles klären, ich melde mich bei Ihnen, Frau Winterstein!«

Juliane sah ihm perplex nach, wie er in großen Schritten davonlief.

Epilog

Fast zweieinhalb Monate waren vergangen, seit Linde den Fall in Wendelstein abgeschlossen hatte. Auch wenn er nicht vollkommen unbefangen in seinen alten Wohnort fuhr, so war er heute doch mit anderen Gefühlen dorthin unterwegs, leichter, befreiter. Vielleicht lag es auch einfach an dem herrlich warmen Sommertag. Nur ein paar vereinzelte Schäfchenwolken waren am Himmel zu sehen, die der Nachmittagsstunde eine heitere Note verliehen.

Linde parkte seinen Wagen und überquerte zu Fuß die am Ortseingang gelegene Brücke über die Schwarzach, die wenig Wasser führte. Er freute sich auf die bevorstehende Verabredung. Am historischen Badhausplatz tollten einige Kinder übermütig an dem in Intervallen sprudelnden Brunnen herum und spritzten sich unter lautem Gekreische gegenseitig nass. Er hatte sich vorgenommen, irgendwann nach Bad Windsheim zu fahren, wenn das mittelalterliche Badhaus, das man ins dortige Freilichtmuseum überführt hatte, wieder vollständig aufgebaut und restauriert worden war.

Linde war gespannt, Juliane Winterstein wiederzusehen, und auch ein wenig nervös, wie er sich jetzt eingestand. Er hatte schon lange Zeit keine Verabredung mehr gehabt, es sei denn aus beruflichen Gründen. Und auch wenn ihr Treffen heute nicht rein privater Natur war, da sie sich über die Ermittlungen kennengelernt hatten, so hatte er doch die Initiative ergriffen, sie wiederzusehen.

Vor einiger Zeit hatte Juliane Winterstein eine bemerkenswerte Reportage über die Entbindungsheime herausgebracht, die das Thema ins öffentliche Licht rückte und diesem dunklen, unbewältigten Punkt in so vieler Leben Rechnung trug. Sie hatte dafür viel recherchiert, in Archiven gearbeitet und mit Zeitzeugen und Historikern gesprochen. Er war beeindruckt gewesen, wie sie an dem Thema drangeblieben war, akribisch recherchiert und einfühlsam Lebensläufe von Betroffenen nachgezeichnet hatte. Spontan hatte Linde sie angerufen, um ihr zu dem Artikel zu gratulieren, und so war es zu der Verabredung gekommen. Er hätte selbst nicht mehr sagen können, ob es schließlich sein oder ihr Vorschlag gewesen war.

Jetzt sah er sie bei der Eisdiele *Il Gelato* an eine Mauer gelehnt stehen, da sich vor der Theke eine lange Schlange gebildet hatte und auch die wenigen Tische bereits besetzt waren. Über die Köpfe der Leute hinweg winkte sie ihm nun mit einem fröhlichen Lachen zu.

»Sind Sie eher die Zitronen- oder die Nuss-Nougat-Fraktion?«, ging sie ihm entgegen und fügte gleich hinzu: »Ich tippe auf Letzteres.«

»Da liegen Sie gar nicht so falsch«, begrüßte er sie und gestand, dass er in dieser Eisdiele am meisten den guten Espresso geschätzt hatte, als er noch in Wendelstein wohnte.

Wenig später saßen sie an einem der bunten Bistrotische im Schatten des Gebäudes bei zwei *affogato al caffè* und waren sich einig, dass dies doch ein guter Kompromiss sei. Linde nahm einen Schluck und ließ sich für einen Moment von der Schlagzeile eines Boulevardblatts ablenken, das ein älterer Herr am Nebentisch studierte. »Sanocur-Skandal!« prangte dort in großen Lettern. Die Unregelmäßigkeiten im Unternehmen und um den Forschungsleiter Delbrück schlugen noch immer hohe Wellen. In diesem Punkt, dachte Linde, hatte Jo Bergmans doch noch recht behalten.

Schnell wandte er sich wieder Juliane zu. »Auch wenn ich mich wiederhole – Ihre Reportage war ganz großartig. Sie hatten mir ja schon einiges darüber erzählt, aber so dargestellt hat sich das Thema mir noch einmal ganz neu erschlossen.«

»Das freut mich«, entgegnete sie. »Mir hat die Arbeit daran sehr geholfen. Nach Irmis Tod bin ich in ein ganz schönes Loch gefallen.«

»Sie haben bestimmt noch Kontakt zur Familie?«, erkundigte sich Linde.

»Ja, besonders zu Elio natürlich. Ich glaube, er wird mir fehlen, wenn er bald zum Studium ganz nach Leipzig zieht.«

»Das ist doch eine gute Perspektive für ihn«, antwortete Linde und erinnerte sich an das Gespräch mit dem jungen Mann.

»Ja, er wird seinen Weg machen ... und ich habe auch Irmis Schwester Sonja kennengelernt, auf der Trauerfeier war das.«

»Wie geht es ihr?« Linde hatte kurz nach ihrem letzten Zusammentreffen ein zweites Gespräch mit Sonja Mittermeier geführt, das emotional sehr schwierig gewesen war. Damit konfrontiert, dass sie – und nicht ihre Schwester – im Mütterheim von Kallmünz einst ein Kind geboren hatte, war sie zusammengebrochen und musste stationär behandelt werden. Ein DNA-Test hatte ihre Mutterschaft dann zweifelsfrei bestätigt.

»Inzwischen wieder einigermaßen gut«, konnte Juliane beruhigen, »auch wenn es sicher noch eine ganze Weile dauern wird, bis sie ihren Frieden mit alldem wird machen können.«

»Sie hatte das traumatische Erlebnis verdrängt? Unvorstellbar eigentlich.«

»Dafür gibt es einen psychologischen Fachbegriff, dissoziative Amnesie«, erklärte Juliane. »Sonja konnte wohl nicht einmal mit ihrer Schwester darüber sprechen, als diese sie kurz vor ihrem Tod angerufen und direkt nachgefragt hatte. Irmi selbst hatte tatsächlich von der Schwangerschaft ihrer Schwester nichts geahnt, bis Herr Bauernfeind sie darauf gebracht hatte.«

Linde nickte ernst. »Und dieser war einem tragischen Irrtum aufgesessen: Das von ihm in Auftrag gegebene Gutachten schien zwar die Mutterschaft von Frau Alessandrini nahezulegen, konnte aber letztlich nur die Verwandtschaft von Irmgard und Katharina sicher bestätigen. Die medizinischen Details waren kompliziert und für einen Laien wie Bauernfeind unverständlich.«

»Irmi hat wohl vermutet, dass Bauernfeind sie mit ihrer Schwester verwechselte – und wollte eigene Nachforschungen anstellen, um sicherzugehen«, schloss Juliane.

»Hat Sonja Mittermeier ihre Tochter denn inzwischen kennengelernt?«

»Oh ja, das hat sie! Einmal habe ich danach mit ihr noch darüber telefoniert. Sie war sehr bewegt und hatte nicht viele Worte. Ich denke, die beiden haben nun die besten Voraussetzungen, das Erlebte zu bewältigen und gemeinsam einen Neuanfang zu wagen.«

»Ja, das wünsche ich ihnen sehr«, sagte Linde. »Auch wenn es natürlich bedauerlich ist, dass dies erst nach über vierzig Jahren geschehen kann.«

»Das ist wohl wahr«, stimmte Juliane nachdenklich zu. »Andererseits haben viele Kinder, die damals in Entbindungsheimen geboren wurden, nicht diese Chance, und viele der Mütter auch nicht, die aus Scham und Angst vor Stigmatisierung bis heute darüber schweigen ...«

Sie wechselte das Thema. »Ich habe gehört, die Verhandlung von Christian Bauernfeind wird schon in wenigen Wochen beginnen?«

Linde nickte. »Bei einem verständigen Richter wird Bauernfeind aller Voraussicht nach mit einer eher milden Strafe davonkommen.«

»Ja, wie ich es verstanden habe, war es ein tragischer Unglücksfall.« Julianes Miene verriet Linde, wie sehr sie der unvermittelte Tod der Freundin noch immer beschäftigte.

»Ohne Ihre Hilfe, Frau Winterstein, hätten wir diesen ungewöhnlichen Fall nicht so schnell aufklären können. Ich danke Ihnen sehr!«

»Gern«, entgegnete Juliane Winterstein. »Wie wär's, wenn wir uns einmal wieder im Buchcafé träfen?«

Ein großes Dankeschön an:

Bettina Heckert, Christiane Hawranek, Friederike Hellerer, Claudia Flynn und Bettina Hitzer für die hilfreichen Informationen rund um die Themen Adoption und Entbindungsheime,

Daniela Full von der Polizeiinspektion Schwabach für die kompetente und nette Beratung,

Elmar Tannert, der großartig lektoriert und so manches »Unding« entlarvt hat,

Ute, grazie mille a te, cara,

Ralph, der seinen Nachnamen ins Buch gezaubert hat … und an Felicia,

Eva, Beate und Olivia, mein Testleser-Dreamteam – und überhaupt,

… und an Matthias, ohne den es das Buch nicht gäbe!

Die Handlung dieses Buches

ist frei erfunden. Etwaige Ähnlichkeiten mit lebenden Personen sind nicht beabsichtigt und rein zufällig. Auch das dargestellte Entbindungsheim in Kallmünz ist fiktiv. Allerdings hat es »Mütter- oder Entbindungsheime« noch bis weit in die 1970er-Jahre gegeben. Allein in Bayern sind 27 solcher Einrichtungen aus dieser Zeit dokumentiert, wie Nadine Ahr und Christiane Hawranek in ihrem bemerkenswerten Podcast *Die gefallenen Mädchen* berichten. (abrufbar unter br.de/podcast [Stand 2022]; die Reportage erschien auch im *ZEITmagazin* Nr. 25/2018.)